Alana Ghosten
e as Viúvas do Vampiro

Clovis Nicacio

Alana Ghosten e as Viúvas do Vampiro
de *Clovis Nicacio*

Consultoria e Projeto Gráfico
Casa do Escritor
www.casadoescritor.com.br

Nicacio, Clovis,
Alana Ghosten e as Viúvas do Vampiro - 1 ª Edição
ISBN: 978-85-922293-5-1
Clovis Nicacio – São Paulo, Casa do Escritor: 2016
1.Ficção 2. Romance 3. Ação e Aventura Título I

Sumário

Introdução

Uma menina qualquer não conseguiria um sacrifício como este. Nenhuma mulher jamais se atreveu a tirá-lo da cama ás três da madrugada. A idade, embora não tão avançada, recomendava evitar passeios noturnos e solitários, em noites frias e chuvosas. Precisava deixar o ruidoso aquecedor do carro ligado no máximo, interferindo com a música clássica.

Ela foi muita clara no telefone celular:

— Descobri uma coisa muito importante. Mas não posso falar por telefone, tem que ser pessoalmente. Venha sozinho ou não poderei contar nada. Estou enviando um endereço seguro pelo WhatsApp, estarei lá em duas horas.

Ela é ousada. Passou o recado e desligou, sem dar tempo de ser questionada. É diferente das outras acompanhantes ou mesmo das prostitutas de quem compra informações. São duas espécies diferentes, com finalidades distintas. Maravilhas da cultura oriental. Prostitutas servem para sexo. Acompanhantes para conversar e fazer companhia.

Mas aquela estava mostrando competência além do normal. Não fosse isso e já a teria descartado.

Tinha apenas dois meses que a conhecia. Desde que foi convidado para a Casa, onde acompanhantes de luxo atendem autoridades e políticos selecionados. Ser convidado já significava uma enorme deferência.

Como proprietário de uma poderosa cadeia de restaurantes, e sendo um importante membro de um Clã da Yakuza, é claro que a honraria é merecida.

Desde a primeira visita, percebeu que a Casa podia ser uma lucrativa fonte de informações, pela clientela que a frequentava. Bastava ter dinheiro para subornar as funcionárias.

Aquela logo se mostrou interessada em vender informações. Se apresentava sempre usando quimonos cor de rosa, combinando com a cor das sandálias e com a cor do enorme laço nas costas. Miyasaka parecia ser uma das melhores funcionárias do lugar, uma acompanhante com acesso aos clientes mais influentes.

Descobriu que a menina também atendia Morishigi, um concorrente de longa data, membro de outro Clã. Vez ou outra os dois se encontravam em eventos sociais, mas nunca pensou em encontrá-lo numa casa destas, já que o homem tem a própria rede de casas noturnas.

A menina de rosa se prontificou a obter o máximo de informações de Morishigi, a troco de polpudas gorjetas. Ela deve ter conseguido alguma coisa muito importante, para tirá-lo de casa no meio desta noite gelada.

O endereço que ela passou fica na zona portuária de Tóquio, um beco entre os armazéns sob a Rainbown Bridge, perto da Estação de Shibaurafuto. Um local bastante deserto no meio da noite, bem longe das áreas iluminadas e movimentadas.

Estacionou cerca de cinquenta metros antes do endereço, observando a redondeza. Nenhum movimento, nem mesmo de gatos. Só o vento gelado assobiante, trazendo a brisa salgada do porto. Do outro lado da rua havia um carro estacionado, mas nenhum sinal de ocupantes. A fraca luz que iluminava a rua vinha dos armazéns distantes.

Caminhou até o ponto de encontro, literalmente um beco, sempre observando em volta. Se arrependeu de não ter chamado os guarda-costas, mas havia saído muito apressado.

O número informado estava sobre a porta lateral de um armazém, fechada. Mas não precisou bater e nem entrar. Um vulto inconfundível o esperava nas sombras, perto da porta. Quando ele se aproximou, ela deu alguns passos, saindo da sombra, e mesmo com a pouca luz, o homem pode ver como a beleza dela impressionava. Mesmo sem estar de quimono, o perfil era revelador. Um rosto de menina num corpo de mulher. Parecia não sentir frio. Estava com os negros cabelos presos num rabo de cavalo, amarrados por uma fita rosa. Mesma cor da blusa fina que aparecia sob a jaqueta de couro desabotoada, revelando o lindo formato dos seios. Calças justas de couro e botas, também de couro, amarradas até os joelhos, completavam o traje de motoqueira, formando um perfil provocante e delicioso, contra a pouca luz. Não viu a moto e nem um capacete, mas deduziu que deveriam estar próximos.

Ela foi a primeira a falar, soltando uma pequena nuvem de vapor pela boca, usando um tom baixo para não ecoar no local deserto:

2

— Pensei que não viria, o que seria um problema.

Respondeu no mesmo tom.

— Espero que o que você tenha para mim compense isto. Não gosto daqui. Podia ter escolhido outro lugar melhor.

— Aqui é bastante adequado.

A voz dela continuava sendo a sedutora de sempre, mas o local escuro, o perfil e a iluminação incluíam um tom de mulher fatal, decidida.

— Vamos logo ao que interessa, quero voltar para minha cama. O que descobriu?

— Também quero resolver logo. Acho que posso resumir em uma frase. Ou duas.

— Não enrola, menina. Ou não te pagarei nada. Diga logo o que sabe!

— Certo, em uma frase: Morishigi paga melhor que você.

— O quê? Como disse?

— Segunda frase: ele não precisa mais da sua existência.

O significado estava óbvio. Uma armadilha. Olhou em volta procurando pelos capangas do concorrente, já sacando o revolver e esperando pelo pior. Mas não havia nenhum movimento em lugar algum. Ao voltar a atenção para a menina se surpreendeu definitivamente.

— O que é isto? Seus olhos... O que você tem na boca?

O salto veloz e inesperado da jovem cobriu os dois metros que os separavam num único movimento. O homem sentiu os braços imobilizados por uma força inumana, enquanto as presas na boca da menina se enterravam profundamente no pescoço dele. O desvio do sangue que irriga o cérebro provocou uma tontura imediata. O pavor e o medo terminaram de imobiliza-lo, impedindo-o de gritar, enquanto o sangue era sugado freneticamente. Ouviu o barulho do revolver batendo no chão, parecendo um estrondo distante. Depois não ouviu mais nada, nem quando o coração parou de bater. Demorou mais um minuto até que a menina o soltasse, deixando o corpo desabar. Ela se abaixou e pegou o celular no bolso do cadáver, para eliminar pistas que a pudessem incriminar. Pegou o revólver e o atirou no mar, por cima da amurada do cais, distante pouco mais de cem metros.

Primeira parte da missão, cumprida. Faltava a segunda.

Ela acenou para o carro parado do outro lado da rua. Dois homens saíram dele e começaram a se despir, jogando as roupas dentro do veículo. Depois atravessaram a rua completamente nus, soltando vapor pelas bocas, sem se importar com o frio da noite. Quando se aproximaram, ela se afastou alguns passos, obedecendo a um antigo instinto natural. Mas os homens não estavam interessados nela, pensando unicamente nas ordens que tinham recebido. Pararam perto do cadáver, hipnotizados pelo cheiro de carne fresca e sangue quente. Foi ela quem quebrou o silêncio:

— Conforme prometido pelo meu Mestre, este é o primeiro. Podemos entregar muitos mais.

Os dois homens se concentraram, iniciando a metamorfose. Seus corpos nus começaram a inchar e a se deformar, ganhando volume e se cobrindo de pelos. Os narizes se transformaram em focinhos, orelhas ficaram pontiagudas, mãos e pés se transformaram em patas com potentes garras. Os dois caíram de quatro e no minuto seguinte, no lugar dos homens, havia dois monstros semelhantes a enormes lobos, com olhos vermelhos e bocarras salivando.

Ambos se atiraram sobre o cadáver, estraçalhando carne e ossos, devorando tudo sofregamente. Restos de roupas, sujas com o pouco sangue que restou, ficaram espalhadas pelo chão.

A jovem, mesmo sendo uma vampira, virou o rosto enojada pela cena do banquete macabro e se afastou na direção dos fundos do armazém. Acostumada com o doce cheiro de sangue, descobriu que um corpo humano sendo estraçalhado fedia pior do que o inferno.

Havia cumprido as duas missões: entregou um presente oferecido pelo noivo e atendeu ao pedido de um cliente especial, pelo qual receberia uma vultosa soma.

Pegou um lenço no bolso interno da jaqueta e limpou algumas gotas de sangue que ainda estavam na boca. No minuto seguinte, o ronco da potente motocicleta B-King foi ouvido por todo o cais, acelerando em direção do centro iluminado da noite de Tóquio. Kireina, a assassina, seguiu até uma Casa noturna luxuosa, onde trocou as roupas de couro por um quimono rosa, voltando a ser Miyasaka, a eficiente diretora. Tinha muitas atividades administrativas para completar, antes do nascer do sol.

Parte 1 — Caçadores e Hunters

1 — Corpos mutilados

É a terceira vez que acontece e todas foram no mês de junho.

Hiroshi Katsuo, um jovem delegado com 28 anos, ainda com cheiro de Academia, já nem sabe o que registrar no relatório, já que seu forte nunca foi ficar escrevendo boletins de ocorrência. Quando fez o treinamento para Delegado de Polícia, pensava que só teria que lutar contra bandidos. Depois descobriu que o maior bandido a ser combatido é um tal chamado burocracia.

Os três corpos encontrados na região urbana de Tóquio, devorados mais da metade, são as ocorrências mais esquisitas acontecidas no meio do ano. De qualquer ano.

A autópsia nos dois primeiros revelou que os corpos estavam sem sangue quando foram devorados. Provavelmente o terceiro, descoberto nesta madrugada, também estará.

Desde criança sempre ouviu que é o cheiro de sangue que atrai animais predadores. Alguns policiais já estão falando em algum novo tipo de crime organizado, possivelmente uma nova organização que cria animais perigosos em cativeiro e atira-os em cima das vítimas.

Não pode escrever o que pensa. Relatórios oficiais só podem conter fatos, nunca suposições.

Leu novamente o relatório da autópsia do segundo corpo. Diz que as marcas das mordidas são compatíveis com *canídeos* com tamanho estimado em mais de dois metros. Como é possível alguém ter escrito isto num relatório oficial? Nenhum zoológico de Tóquio tem um animal deste porte e ursos não são canídeos

Este foi um dos motivos que justificou a conversa que teve com Akira, um dos amigos de Academia, e que está trabalhando numa Patrulha de vigilância no Monte Fugi. Mesmo sabendo que não devia conversar assuntos de trabalho com pessoas de fora, pegou o telefone e discou para o amigo novamente.

— Akira, é Hiroshi. Aconteceu de novo. Encontramos outro corpo esta noite.

— Isto é muito ruim, Hiroshi. Estou dizendo, você está lidando com dois tipos de predadores diferentes. Meus amigos aqui já viram casos assim, mas nunca as duas situações juntas.

— Entendi o que você me disse, mas não faz sentido. Não pode existir um animal que seca o sangue das vítimas e um outro que devora as sobras.

— Desde que entrei para a "*Caça ao Corpo*" já encontramos várias vítimas sem sangue e muitos restos de corpos devorados. Como disse, os outros da minha equipe também já viram isto. Mas não podemos divulgar detalhes, você sabe, regras oficiais.

Então Akira também sofre com a burocracia. O amigo trabalha há vários anos na Floresta de Aokigahara, no sopé do Monte Fugi, conhecida como "Mar de Árvores" ou "Floresta do Suicídio". Um local onde são encontrados, em média, cem corpos por ano, divulgados oficialmente como suicídios. A informação de que alguns corpos não tinham sangue destruía por completo essa hipótese. Se caísse no conhecimento da população, colocaria as autoridades em apuros.

— Por isso estou te ligando. Conseguiu contato com o especialista?

— É um dos meus companheiros na Patrulha. Na última vez que achamos um corpo assim, ele me confidenciou trabalhar para uma organização secreta que caça e extermina monstros, mas não pode me dar detalhes, por questões de protocolo. E que a tal organização já entrou em contato com uma outra, já que são duas espécies de predadores. Esperamos que até a semana que vem alguém faça contato, comigo ou com você.

— Já tenho três corpos. Quer dizer, restos de corpos. Espero não encontrar mais nenhum até a semana que vem. Ou isto será tratado como epidemia.

— Seria terrível se Tóquio virasse outra Aokigahara. Já encontramos quarenta e dois corpos este ano e ainda estamos na metade. Vou avisar o Oshino que tem mais uma ocorrência e vou pedir para ele te ligar.

— Obrigado, Akira. Fico te devendo esta.

Desligou. Pelo menos é reconfortante saber que outras pessoas também têm problemas burocráticos, mesmo aqueles que os chamam de *protocolos*.

Ainda estava pensando no que escrever no novo Boletim quando o telefone tocou. Atendeu e ouviu uma voz tranquila perguntando:

— Delegado Hiroshi Katsuo?

— Sim, em que posso ajudar?

— Delegado, meu nome é Andy Kuato. Represento uma agência de investigações especializadas. Um amigo comum nos informou a respeito de corpos mutilados. Podemos conversar pessoalmente?

2 — Polícia Montada

Susan detesta banheiros de avião, por serem cubículos minúsculos onde ela mal consegue se mexer. Sentia-se muito mais confortável ao deixar o lugar, principalmente por sair com a pistola especial abastecida.

Quando não estava armada ou enquanto a pistola estivesse descarregada, ela se sentia completamente nua, não importa que roupa estivesse usando. Nunca gostou de chamar a atenção, apesar de ser uma morena clara de 1,70, que usa os cabelos longos e negros sempre soltos, emoldurando o lindo rosto onde se destacam os lábios carnudos geralmente com pouco batom. Apenas o suficiente para combinar com a maquiagem leve. Mesmo involuntariamente, ela sempre chama a atenção, seja a cobiça dos homens ou a inveja das mulheres. Neste vôo vestia uma blusa de algodão azul clara que destaca a silhueta perfeita, um casaco leve, botas curtas e uma saia folgada preta, que chegava até os joelhos, escondendo a cartucheira de silicone presa na coxa. Se algum peludo se atrevesse a estar no mesmo avião, a roupa permite sacar a pistola facilmente, possibilitando acertar duas pequenas balas de prata calibre .22, bem entre os olhos da besta.

Tiros certeiros são a especialidade dela. Com vinte e oito anos de idade, faz cinco que detém o título de Campeã de Tiro da RCMP, a *Royal Canadian Mounted Police*, não apenas atirando com pistolas, mas também com rifles de longa distância. Isto já é suficiente para dar a ela o direito de viajar armada, mas as pistolas e rifles precisam seguir no compartimento de cargas do avião. Viajava frequentemente para participar de novas competições, representando a organização considerada a melhor polícia do mundo.

Estava desafiando todos os protocolos, viajando como civil e trazendo a pequena Glock especial dentro do avião, uma pistola de polímeros plásticos invisível aos Raios X, única no mundo e feita sob encomenda. Ela sempre adorou desafios, e precisava entrar com aquela preciosidade descarregada, porque a munição não era indetectável. Para contornar o problema, embarcava com duas balas de prata presas nas orelhas, disfarçadas de pingentes, que passavam pelas bandejas dos terminais de Raios-X como brincos comuns. Depois que o avião decolava, ela sempre ia ao banheiro, para carregar a pistola, deixando-a na cartucheira de silicone presa na coxa.

Seguia esta rotina apenas por estar numa missão civil. Missões oficiais permitiam que ela viajasse com o uniforme de Tenente da Polícia Montada, o clássico casaco vermelho, saia azul e bolsa preta, levando armas na cintura. Mas desta vez não era o caso.

Lembrava-se da conversa que teve no início do dia. A intendente apareceu na sala logo depois que ela chegou da caserna, voltando do café da manhã:

— Susan, o Superintendente Eagles está te chamando, na sala dele.

— Disse do que se trata, Marjorie?

— Não, mas me pareceu bastante agitado.

— Lá vem bomba. Obrigada.

As duas trabalhavam juntas há tantos anos que muitas vezes esqueciam o protocolo, se tratando pelo primeiro nome. Susan não podia deixar o Superintendente esperando. Imediatamente atendeu à convocação.

— Mandou me chamar, papai?

Quando não havia mais ninguém na sala, pai e filha podiam se tratar sem formalidades, quase esquecendo que ambos eram oficiais.

— Sente-se Susan. Tenho uma missão para você. Seu avião parte esta noite.

— Oba, faz tempo que não passeio um pouco. Voo noturno? Para onde a RCMP vai me mandar agora?

— Não é uma missão da Força. Você vai como Hunter.

O clima mudou. Susan ficou séria na hora. Além de Polícia Montada, ela e o pai também são integrantes da Lycan Hunters, uma divisão secreta da RCMP especializada em combate a lobisomens.

— O que está acontecendo, papai?

— Lembra quando te contei do lugar chamado Mar de Arvores?

— Sim, uma floresta no Japão que provavelmente esconde uma matilha muito antiga. Muitos corpos são encontrados lá todos os anos.

— Exato. Temos um agente infiltrado na equipe que vasculha a floresta e ele nos contatou há três dias. Disse que ouviu uma história sobre corpos semidevorados aparecendo no centro de Tóquio.

— Então acha que os peludos estão migrando para uma floresta de concreto?

— Tem mais: são corpos secos. O sangue foi retirado antes de serem devorados.

— Como assim? Nunca ouvi falar que os peludos adotassem esse tipo de dieta.

— Os boatos foram confirmados por Shokiro, nosso comandante responsável pelo Japão. Ele sugeriu que pode haver alguma ligação entre os peludos de lá e vampiros.

— Impossível, são inimigos mortais.

— Se estão agindo na mesma área vamos ter problemas. Ou pode ser apenas coincidência, pois lupinos nunca se sujeitariam a ficar com sobras. Shokiro conhece uma agente dos Caçadores de Vampiros, uma russa que atua por lá. Já trabalharam juntos em alguma coisa no passado. Ele pediu ajuda para a agencia dela. Responderam prontamente.

— Então devo ir ao Japão esclarecer essa coisa toda.

— Não, você vai para o Brasil. A tal agencia disse que enviaria agentes locais para colaborar na investigação em Tóquio, e pediram uma reunião entre nosso melhor especialista em lupinos e a melhor especialista em vampiros que eles têm. O encontro será em São Paulo.

— Do nosso lado sou eu?

— Eu mandaria o Michael, mas ele ainda está ocupado por mais alguns dias, caçando peludos na Colômbia. Não gosto da ideia de te envolver com vampiros.

— Eu gosto. Posso me virar, papai, é só mais um desafio. E na volta ainda posso passar na Amazônia e socorrer meu irmãozinho.

— Michael te mata se você aparecer por lá. Mas como te conheço, vou preveni-lo da possibilidade. Embora não seja necessário: ele é quem vai para o Japão, assim que eu conseguir estabelecer comunicação. Aquelas florestas bloqueiam tudo.

Depois da conversa, Susan teve bastante tempo para arrumar as malas, incluindo um conjunto de pistolas e rifles, acompanhados de muita munição de prata pura, extraídas das minas canadenses de propriedade da família. Do quartel seguiu direto para o *Aeroporto Toronto Pearson*, para embarcar quase ás 23 horas. A previsão era voar mais de dez horas, num voo da *Air Canada* direto para São Paulo.

Aproveitou o tempo no aeroporto, antes do embarque, para pesquisar sobre a tal especialista.

Seu pai disse que o nome da mulher é Alana Ghosten. Deveria ser alguma escritora ou jornalista, cheia de publicações sobre o assunto Vampiros, mas ficou frustrada quando não encontrou nenhuma referência, sobre assunto nenhum.

Ficou imaginando se aquele seria um codinome para alguma agente secreta. Podia indicar que a agencia dos Caça-Vampiros é organizada. Imaginou a mulher como uma velhinha de óculos, toda enrugada. Uma devoradora de livros, do tipo daquelas secretárias de bibliotecas que se veem nos filmes.

O avião pousou no *Aeroporto Internacional de Guarulhos* quase ao meio dia, com duas horas de atraso, sob um sol abrasador, muito mais quente do que ela estava acostumada. Por sorte trouxe óculos escuros. Demorou mais de meia hora para recuperar a bagagem especial e se dirigir para a área de desembarque.

Imaginou que a agencia enviaria alguém para recebê-la, mas ficou surpresa quando viu a menina segurando um cartaz improvisado onde se lia "Miss Eagles". Era uma jovem japonesinha muito bonita, aparentando uns vinte e poucos anos. Deduziu que devia ser a secretária da velhinha, que provavelmente tem alguma dificuldade para se locomover.

Empurrou o carrinho de bagagens na direção da menina e ao chegar a um metro dela, estendeu a mão e se apresentou:

— Susan Eagles.

A garota respondeu em perfeito inglês, retribuindo o aperto de mão e lhe oferecendo um sorriso encantador:

— Welcome to São Paulo, Miss Eagles. I am Alana Ghosten, your hostess. Can I call you just Susan?

3 — Plano quase perfeito

Alguma coisa está acontecendo por debaixo dos panos, e ninguém está percebendo. Só pode ser uma infiltração para destruir a organização.

Mas não será tão fácil. Não enquanto ele, Alan Blacksword, estiver no comando de uma base e de olhos abertos. Talvez Apolônio possa ajudar, parece não ser tão obtuso como os demais.

Aquele golpe de Espério foi a gota d'água. Anunciar a contratação de vampiros e tirar seu melhor agente, são a prova de que o Comandante Geral perdeu o juízo. Uma pessoa em seu estado normal nunca acreditaria que são ex-vampiros, como eles mesmos afirmam, porque isto não existe. Os monstros devem ter encontrado alguma forma de fingir que são humanos, acharam um jeito de resistir ao sol e estão se infiltrando na organização. A qualquer momento vão revelar sua verdadeira natureza e acabar com todos.

A vampira deve ter simulado o próprio sequestro, como parte do plano. Ela já provou que é uma estrategista competente, pelos golpes que aplicou nos últimos séculos. E conseguiu outra vitória, destruindo os próprios registros nos Arquivos X. Tinha que admitir, o plano dela foi quase perfeito. A única falha é que não convenceu nem ele e nem Apolônio.

Os dois leram os relatórios confidenciais, disponíveis apenas para comandantes. E não acreditaram nem um minuto naquela estória dela estar desacordada entre vampiros por uma semana, depois ser libertada por ninguém menos do que o braço direito do Imperador dos Vampiros. Pior, Espério parecia acreditar na fábula.

Só ele mesmo e Apolônio enxergavam a verdade: a vampira planejou tudo. Ela mesma confessou que transformou o sujeito que chamava de marido. Depois o sujeito deixou que a agente Cora morresse e também se transformasse. Por fim, pegaram seu melhor agente, o Steve, quando ele estava prestes a fechar o cerco sobre a Red Moon. Podia apostar que as próximas vítimas seriam Alice e

Irina. Depois pegariam o próprio Espério e dominariam a VH inteira.

O tolo do Comandante Geral estava se cercando de vampiros, oferecendo a corporação numa bandeja para o inimigo.

Mas ainda haviam dois comandantes lúcidos que se sentiam na obrigação de fazer alguma coisa rápida, para salvar a organização e o mundo. Os monstros precisam ser exterminados, o mais cedo possível. Provavelmente Espério vai cair junto com os inimigos que está protegendo, deixando vago o cargo maior.

Se conduzisse corretamente o movimento para proteger o mundo, seria naturalmente nomeado o novo Comandante Geral, pronto para acabar com todos os outros vampiros e com a Red Moon. Mas tinha que agir com cautela, pois os inimigos são espertos e poderosos.

Precisariam de recursos externos. Steve estava trabalhando em uma outra investigação que ficou abandonada desde a descoberta da empresa maldita. As pistas indicam uma terceira organização grande e poderosa. Uma coisa que ele mesmo devia investigar pessoalmente antes que os inimigos percebessem.

Mas não pode simplesmente se ausentar de New York sem chamar a atenção. Primeiro é preciso avisar Apolônio para manter a vigilância. Depois avisar Espério que estava tirando uma semana de folga, por conta de férias.

As pistas levantadas por Steve determinaram onde encontraria diversão: Las Vegas.

4 — Lua de mel

O mundo nunca foi tão lindo. Poder sonhar com a realidade sem medo de acordar.

Para quem passou a infância treinando ginástica; depois atravessou o mundo para quase participar de uma olimpíada; sofreu uma tragédia; ficou os cinco anos seguintes estudando sobrevivência num quase colégio interno; lutou muitas batalhas sangrentas; morreu; matou seu amor e o ressuscitou.

Estar casada agora e com um mês inteiro de férias pela frente é algo completamente inacreditável. Parece uma história de romance de ficção.

Depois do casamento em Londres, Cora e Steve ganharam as férias atemporais como presente dos Comandantes Espério e Alice.

A primeira semana foi aproveitada viajando pelo Brasil, terra natal de Cora, visitando locais que nem ela conhecia, por nunca ter tido tempo de fazer turismo. Na segunda semana passearam pelos EUA, terra natal de Steve, vendo locais que ele também nunca visitou.

A terceira e quarta semana tiveram a Europa como destino, os dois tentando viver como um casal normal em lua de mel, como se fossem turistas típicos.

Embora os dois soubessem que nunca mais seriam normais. Alana os ajudou a entender como usar os novos superpoderes, nas primeiras semanas após a transformação e antes do casamento. Ensinou como usar a super força para que não se matassem acidentalmente, como usar a velocidade vampiresca, falou da capacidade de regeneração que cura qualquer ferimento e que não permite cansaço, além de estimular a memória e o raciocínio, que ambos já possuíam bem desenvolvidos. Como os dois possuíam os mesmos poderes e treinamento, a convivência ficou fácil, criando ambiente para a pura felicidade.

Cora finalmente entendeu o motivo de Claudius quase ter enlouquecido quando foi separado de Alana. Ela não suportaria ser separada novamente de Steve, depois que cada um ofereceu a própria vida para o outro.

Estavam pensando nisto, naquele final de tarde, saboreando um delicioso café sentados em bancos na calçada, ao lado do *Oudezijds Voorburgwal*, um dos canais do centro de Amsterdam.

— Querido, alguma vez imaginou que nossa lua de mel, seria passeando pela Holanda?

— Nem em sonhos. Sinto que um mundo acabou e outro muito melhor começou.

— Talvez isto seja verdade. Espério está tão maravilhado com esta situação que virou outra pessoa. Nunca imaginei vê-lo noivo de outra agente na ativa, muito menos da Comandante Alice.

— Tem falado com ele?

— Não querido, estamos em férias. Só na semana que vem vamos nos apresentar em Genebra. Até lá, nem quero pensar em trabalho.

— Então por que trouxe seus óculos e a Jedi?

— Bobão, é força do hábito. Sabe que nunca saem da minha bolsa. Você também está com seus equipamentos, pensa que não sei? Acho que nem ligam mais, esqueci completamente de conferir as baterias.

— Acho que estamos relaxando. Temos poderes novos, mas não somos imortais e nem indestrutíveis.

— Ok, só para testar, vamos colocar os óculos. Tem mais alguns minutos de claridade, vamos ver qual é o tom de azul dos holandeses.

— Já usei os óculos à noite, em muitas missões de vigilância. Parece que foi em outra vida...

A conversa continuou tranquila enquanto o sol se punha, permitindo que a penumbra se espalhasse sobre o canal e ruas próximas. Dez minutos depois, Cora ficou séria repentinamente:

— Estão aqui!

— Quem, querida? Algum conhecido?

— Vi uma imagem vermelha no fim da rua.

Steve se virou rapidamente, já empunhando a espada retrátil especial.

— Onde?

— Desapareceu ao virar a esquina.

— Vamos segui-los.

— Não, estamos em férias e as baterias estão fracas. Precisamos carregá-las primeiro.

— Tem razão. Devemos estar perto da Casa de Amsterdam. Naquela direção fica o *Red Light District*...

— O Bairro da Luz Vermelha? Pensei que fosse uma fábula.

— Existe mesmo, é real. Uma zona de prostituição legalizada. Não me surpreende se esconder um covil de vampiros.

— Vou ligar para Espério agora mesmo. Amanhã à noite teremos uma equipe de vigilância. Se você quiser, podemos acompanhá-los em uma patrulha por este bairro amanhã. Fiquei curiosa para ver como é esta tal zona.

— Tem certeza?

— Tenho, mas vou com você, agora que sou uma mulher casada. Mas iremos com óculos e Jedis carregadas com carga máxima.

5 — Frustrante

Altos e baixos existem em qualquer situação, mas assim já está ficando frustrante.

Mesmo com o apoio irrestrito da maravilhosa Alice, agora oficialmente sua noiva, os resultados não estão aparecendo como seria de se esperar. Joseph Espério, o Comandante Geral dos Caçadores de Vampiros, nunca gostou de guerras, mas também não queria calmarias muito longas.

Em março tudo aconteceu como uma avalanche. Em apenas uma semana descobriu que vampiros podem ser curados, mobilizou equipes no mundo todo para resgatar a esposa ex-vampira do seu agente temporário mais poderoso, que por pouco não enlouqueceu; perdeu agentes e conseguiu um quarteto fantástico superpoderoso. Mas depois do resgate e da contratação de Alana não aconteceu mais nada.

Isto é, nada relacionado com vampiros. Cora e Steve ficaram algumas semanas no Brasil treinando com Alana e Claudius, se habituando com seus novos poderes. Depois foram para Londres cuidar do casamento deles. O casal agora está aproveitando férias merecidas viajando em lua de mel, e mesmo assim, Cora ligou informando ter encontrado vampiros em Amsterdam. Bons agentes trabalham até durante férias.

Em Londres ele mesmo assumiu o compromisso com Alice.

Três meses depois do sequestro de Alana e a única novidade eram corpos semidevorados descobertos no Japão. Irina, a recém nomeada Comandante da Base Tóquio saberia cuidar disto rapidamente.

É pouco.

Depois da derrota de Shogun no Japão não tiveram mais notícias do Imperador dos Vampiros. Segundo Alana, ele deve ter sofrido um choque muito grande por ter sido traído pelo melhor guerreiro, aquele que a libertou e a devolveu para Claudius. Mas é difícil de acreditar que isto foi suficiente para fazer Shogun se associar com lobisomens, como os corpos no Japão podiam sugerir. Tem que haver mais alguma coisa.

Claudius e Alana continuam no Brasil, prosseguindo com as investigações de Steve, sobre a Red Moon, a empresa multinacional fundada por vampiros. Claudius até interligou os computadores da empresa dele com os da VH, a multinacional dos Caçadores, usando as conexões da Base São Paulo. Assim ele pode trabalhar nas duas funções simultaneamente: na empresa dele e como consultor da VH. Também permite que o casal trabalhe longe dos olhos de Apolônio, o Comandante da Base São Paulo, que não ficou nada satisfeito com as mudanças dos últimos meses.

É até bom que o outro insatisfeito, Blacksword, o Comandante da Base New York, tenha tirado uma semana de férias, aproveitando a calmaria. Blacksword é um eterno rival, sempre procurando uma oportunidade de interferir na sucessão do Comando Geral.

A experiência de muitos anos lhe diz que essa calmaria é o prenúncio de uma tempestade se formando no horizonte. Para amenizar a angustia só conhecia um jeito: cozinhar. Desde o noivado com Alice estava vivendo em um ritmo muito mais intenso, dividindo metade do tempo na Base em Genebra e a outra metade em Paris, com a amada.

Esta noite estava em Paris, com tempo para preparar um jantar especial para ela: "*bifteck crevettes au cognac*" acompanhado por "*asperges avec du fromage à la crème*", servido com pão italiano e vinho argentino. Bifes de camarões com aspargos prometiam uma noite maravilhosa na companhia de Alice.

Depois convocaria Cora e Steve para que se apresentassem em Paris na volta das férias, na semana seguinte, onde fariam uma teleconferência junto com Alana e Claudius, no Brasil, para decidirem como se preparar para a tempestade.

Seria bom convidar também a Caçadora de Lobisomens que estava hospedada com Alana, antes que alguma coisa fique agitada.

Parte 2 — Monstros e monstros

6 — Depois da batalha perdida

Três meses vivendo de ódio puro só serviram para concentrar ainda mais a frustração e a humilhação. Sentia-se sufocado.

Nem mesmo as noivas que visitou no período, tentando fazer a existência voltar ao normal, amenizaram alguma coisa. Está claro que nada será como antes, pois o mundo mudou.

E toda a culpa é dela e daquela aberração.

Menos de meio ano antes se orgulhava de ser o Imperador dos Vampiros: o playboy internacional sempre viajando ao encontro das noivas espalhadas pelo planeta, preocupado apenas em acumular fortunas e exercer um enorme poder sobre centenas de humanos e vampiros. Dono e fundador da Red Moon, uma multinacional poderosa e respeitada nos cinco continentes, que presta serviços de utilidade pública para a maioria dos governos e milhares de órgãos ligados a saúde. Isto no plano legal, visível para todos, porquê no submundo a Red Moon domina o tráfico de influências, tráfico de pessoas, promove a morte e elimina cadáveres, explora a prostituição, a chantagem e outras atividades afins, todas extremamente lucrativas.

Este era seu estilo de vida. Era.

Tudo começou a ruir quando descobriu que Alana, uma de suas noivas considerada morta há um século, estava viva e escondida no Brasil. Pensou que bastava recuperar a propriedade, para saber o que aconteceu e depois decidir entre mantê-la como antes ou simplesmente se livrar dela em definitivo.

Em apenas uma semana que ficou de posse da garota, teve duas casas de prostituição destruídas, dois generais e outra noiva assassinados, perdeu uma dezena de vampiros leais, perdeu dois aviões moderníssimos, foi traído por seu melhor general guerreiro e precisou acionar o plano de emergência que congelou todas as atividades ilegais da Red Moon.

Dói pensar que sua antiga e deliciosa noivinha foi corrompida e voltou para a companhia daquela coisa que ela chama de marido.

Uma criatura com agua no lugar de sangue, feita em laboratório, e que roubou os poderes dela.

Faltou pouco para eliminar a criatura nas ruínas do antigo palácio, três meses atrás. Se não tivesse sido traído por Noboiushi teria arrancado a cabeça da aberração e estaria mais tranquilo. A luta estava ganha quando o general se meteu e estragou tudo.

Depois que o maldito traidor libertou Alana e o sujeito, ainda permaneceram vários minutos trocando golpes, até que ambos ouviram a chegada dos Caçadores. Nenhum dos dois sabia quantos inimigos estavam chegando, mas qualquer que fosse o número de atacantes não seria de bom senso enfrentá-los. Cada um abandonou a luta e fugiu para um lado diferente. Sobreviver é a prioridade para qualquer vampiro. Como ambos viveram por mais de um século na região, embora tenha sido há muito tempo, nenhum deles teve dificuldade para se afastar das ruínas, correndo a pé pela floresta escura. O fato de ser noite só ajudou os vampiros.

Noboiushi desapareceu desde aquela noite. O que até foi bom de certa forma, porque ele teria impedido o que veio a seguir.

Estava a meio caminho de Tóquio quando percebeu a presença, até aquele momento indesejada. Se não estivesse tão irritado e nervoso poderia ter evitado o encontro, mas quando se deu conta já estava cercado e de forma alguma podia demonstrar fraqueza.

Dois lobisomens na forma humana fechavam seu caminho na estradinha de terra. Não precisou de muito treinamento para perceber que havia mais quatro escondidos na floresta em volta. Ou seja, sem chance de escapar vivo. Mesmo assim os enfrentou:

-Por que demoraram tanto? Quem é seu líder?

O que estava à direita respondeu, demonstrando que tinha autoridade:

— Estas são suas últimas palavras, chupa-sangue?

— Não sejam tolos. Não vim para combater. Quero conversar.

— Não conversamos com vampiros. Só os matamos.

— Vocês sabem quem sou eu? Sou o Imperador dos Vampiros. Se me atacarem, estarão decretando o fim da sua raça.

— Onde está sua corte, imperador? Espera nos aniquilar sozinho?

— Estão onde eu ordenei que estivessem! Se vim sozinho é porque não pretendo lutar. Tenho uma proposta de negócios para o Rei Kogino!

Exibir autoridade sempre gera resultados, inclusive para Lobisomens.

— Como conhece nosso Rei?

— Sou o Imperador Shogun, sei tudo o que preciso. Digam a Kogino que temos negócios a discutir. Espero um contato dele em Tóquio. Ele sabe como me achar.

Dito isto, virou as costas aos dois lobisomens boquiabertos e saiu caminhando calmamente, a passos normais.

7 — Bebidas e jogos

Se soubesse que haveria tanto trabalho, teria criado uma equipe há muito tempo, para resolver os problemas menores. Mesmo com a ajuda de Annette e de Sophie, as duas noivas do mestre que estavam sob sua proteção, cuidar de toda a Red Moon era uma carga enorme para um homem só.

Foi uma surpresa quando o mestre o nomeou como o Diretor Geral Donatello, três meses antes, fundindo as duas Diretorias. Graças a demissão do antigo Diretor de Operações, acusado de traição.

Ainda não conseguia acreditar. Noboiushi foi o braço direito do mestre por séculos, um general leal e obediente, feroz e selvagem. Um dos cérebros que ajudou a fundar a Red Moon quase um século antes. E de repente resolveu virar a casaca, dizendo adeus a tudo.

Os detalhes da operação ainda estavam obscuros. Noboiushi e o mestre haviam viajado para o Japão, levando uma antiga noiva do mestre que haviam recuperado dos Caçadores, e a estavam usando como isca para atrair uma aberração criada pelos inimigos. Uma criatura que estava causando muito prejuízo e matando vampiros, inclusive uma das noivas do mestre.

Mas alguma coisa saiu errado, e a criatura fugiu levando a mulher, graças a traição do general que os salvou de serem mortos. Esta foi a história que o mestre contou quando chegou a Tóquio.

Imediatamente toda a Organização entrou em estado de Alerta Vermelho, acionando o plano de emergência para o caso da morte ou da captura de um dos Diretores. Acontece que o Plano foi desenvolvido e planejado pelo Diretor de Operações, justamente o traidor, que aparentemente não foi capturado e nem morto, e pode estar trabalhando com os inimigos.

Foi quando Donatello foi nomeado Diretor Geral e recebeu a incumbência de neutralizar qualquer ação que Noboiushi ainda podia executar. A primeira semana foi gasta, quase totalmente, bloqueando os possíveis acessos que o antigo Diretor de Operações pudesse usar. Acontece que o traidor acumulava a função de Diretor de Segurança e tinha acesso a todos os sistemas da Companhia, no mundo inteiro. Não foi nada fácil expurgá-lo. Foi preciso usar mercenários cibernéticos do Mossad, eliminados em seguida.

Outra coisa trabalhosa foi remanejar todos os vampiros que trabalhavam na Organização, para novos esconderijos. O Alerta Vermelho incluía uma evacuação de todos os executivos, para que não fossem apanhados em seus locais de trabalho. Mas era outro plano desenvolvido pelo Diretor de Segurança, e Noboiushi conhecia todos os esconderijos. Foi preciso encontrar novos locais para todos. As noivas no mundo inteiro foram as primeiras a se proteger e ajudaram a proteger os demais. O plano garantia a continuidade da Red Moon legal, temporariamente administrada apenas por humanos.

A sobrecarga de trabalho não parava por aí. Ainda restava a Red Moon do submundo: foi preciso desenvolver novos planos de trabalho, novas rotinas, esquemas seguros para atender os clientes e tentar recuperar alguma coisa dos lucros cessantes.

Pela primeira vez em um século, a Companhia realmente sentiu o golpe desfechado por seus piores inimigos, os Caçadores.

Quando as coisas pareciam estar voltando à normalidade, uma ordem do mestre provocou outra revolução.

Ele anunciou uma mudança radical no esquema de atendimento das Casas, no mundo todo. As Casas foram criadas logo depois da Segunda Guerra Mundial, para influenciar políticos e autoridades, e facilitar a expansão da Red Moon em todo o planeta. Eram administradas pelas doze noivas do mestre, nas cidades mais influentes do mundo. Basicamente eram prostíbulos de luxo, com meninas vampiras e humanas, vigiadas por seguranças vampiros. Extremamente lucrativas, apesar do alto custo de manutenção, já que a clientela era selecionada entre as pessoas mais influentes do globo. Outra ideia de Noboiushi.

As casas sempre foram instaladas em mansões ou locais luxuosos, com privacidade para os vampiros e para os clientes. A novidade anunciada agora é que o mestre quer trabalhar com cassinos, em hotéis ou iates de luxo. Tem vantagens e desvantagens.

De positivo tem que os negócios podem expandir bastante, usando muitos locais de atendimento novos, que certamente serão aprovados pelos clientes, mesmo os mais exigentes.

De negativo, vai precisar de muito mais gente para trabalhar. As doze noivas podem não ser suficientes, mesmo considerando que a vaga de Katsumí, a que foi morta pelos Caçadores, seja reposta.

O mestre disse que já está providenciando mão de obra adicional, mas não detalhou o que isto quer dizer.

Como se isto não bastasse, ele também anunciou que pretende terceirizar alguns serviços nas Casas já existentes. Citou os bares das casas e a segurança interna.

É estranho ver o mestre preocupado com estas coisas, agora que Noboiushi se foi. Muitos anos antes o tema já havia sido debatido, e o mestre terminantemente proibiu explorar bebidas e jogos. Estes assuntos eram considerados tabu, por ser território dominado pelos lobisomens, os outros inimigos mortais dos vampiros.

Talvez o mestre esclarecesse tudo, quando voltasse da Ásia na semana seguinte. Mas teriam que ser rápidos, pois ele já havia comunicado que planejava outra viagem urgente, sem dizer para onde.

8 — Quarto de hotel

— Você ainda vai demorar nesse banheiro?

— Não, já estou saindo. Só falta um retoque no batom.

— Você não pegou o meu de novo, né?

— Para de ser ciumenta, Sophie. Eu te compro outro!

— Não quero outro, gosto do meu. Comprei numa boutique lá em Brasília.

— Mas agora você está em Paris. Tem boutiques aqui que funcionam vinte e quatro horas, e você vai ficar muito bem usando batons franceses.

— Tentando me adular, Annette?

— Não preciso. Sei que você só está me provocando para ganhar outro beijo.

— Convencida. Não preciso te provocar. Você vai me beijar de qualquer jeito!

— É o que você gosta. E eu gosto quando você retribui com suas mordidas. São muito melhores do que as do Donatello.

— Não gosto dele. Muito menos das manias dele. Na semana passada quase o enforquei com aquele chicote que ele gosta tanto.

— Mas se não fosse o alerta vermelho você estaria com ele no Brasil, montando sua casa nova.

— Ele estaria no mesmo país, mas não comigo. Eu pretendia fazer como a Katsumí fazia: mandá-lo para outro hotel bem longe. Kat sempre preferiu o general Noboiushi, fazia tudo para agradá-lo.

— Já que você comentou, eu também sempre adulei o general. Passei várias noites memoráveis na mansão dele. Ele morde quase tão carinhosamente como você. Não consigo acreditar que ele foi dominado pelos Caçadores.

— Annette, tem muita coisa que não estou acreditando. Essa história de aberração, de noiva que ressuscita, de traição, estão parecendo lorotas inventadas para nos engabelar.

— O que quer dizer?

— Presta atenção. Estamos juntas neste hotel faz três meses, desde o alerta, uma protegendo a outra. Percebeu que não precisamos de mais ninguém para vivermos nossas vidas, nem de Donatello, do general, e nem mesmo do mestre?

— Cuidado com o que diz, Sophie. Se o mestre te ouve, ele te destrói e substitui.

— É um risco, mas se ele não ouvir não vai acontecer nada. Estive pensando naquela menina, a que nos disseram que foi devorada por lobisomens. Está claro que não foi isso que aconteceu, ou ela não estaria viva.

— Ela foi uma noiva antes do nosso tempo. Onde quer chegar?

— Ouvi que ela desapareceu há cem anos atrás. Naquela época não acredito que os Caçadores tivessem laboratórios e condições de manter uma vampira em cativeiro por tanto tempo. Aconteceu outra coisa. Se não foi lobisomens e nem caçadores, o que pode ter acontecido?

— Sophie, para de me enrolar. Fala logo!

— Acho que ela fugiu. Foi viver uma vida por conta própria.

— Impossível. O mestre teria mandado todos os samurais atrás dela.

— Ele nem sabia que ela estava viva até o começo deste ano.

— Acha mesmo que uma vampira pode sobreviver sozinha, sem o apoio e a proteção do mestre?

— Tem mais. A menina ficou uma noite em minha casa, antes da invasão dos Caçadores. Eu a vi pessoalmente. Ela estava dopada e acorrentada, mas, segundo Noboiushi, com a mesma aparência de um século atrás e cheirava como humana.

— Então essa parte é verdade. Não foi mentira do general.

— Ele e o mestre sabem muito mais do que nos contaram. Uma coisa que quero saber é se realmente ela pode andar sob o sol. Mas tem outro jeito de sabermos a verdade.

— Qual?

— Perguntando a ela. Quero encontrá-la novamente e esclarecer tudo. Se ela pode andar sob o sol, eu quero saber como.

— Você vai procurá-la?

— Vou. Você vem comigo?

— Enlouqueceu? Ela deve ter voltado para os Caçadores. Eles não conversam, eles matam vampiros. Nunca chegaríamos nem perto dela.

— E o que você acha que aconteceu com Noboiushi? Não acredito que ele tenha sido morto, ou Donatello não estaria tão empenhado em se proteger. Nós conhecemos o general, ele não fugiria simplesmente, sem uma boa razão. Acho que ele se aliou a Alana e foi viver uma nova vida. Se ele pode, nós também podemos.

— Sophie, não conte comigo. Não vou abandonar minha casa, e nem a vida que tenho, para entrar nessa aventura sem volta.

— É uma pena, eu contava com você. Me sentiria mais segura. Mas se alguém disser que devo voltar ao Brasil sem você, não pensarei duas vezes. Alana foi capturada em São Paulo, deve ter voltado para lá, e imagino que é para onde o General também foi.

— Não quero pensar nisso. Vamos aproveitar nosso tempo enquanto estamos juntas.

9 — Cabine do pânico

Depois da conversa com Alana, Noboiushi se sentia diferente. Não sabia explicar, mas alguma coisa mudou.

Continua sendo consumido pela sede de sangue, embora alguns velhos hábitos estejam se alterando gradualmente. Deve ser consequência involuntária da reviravolta que deu na vida, quando decidiu libertar Alana.

Naquela hora, nas ruínas, lhe pareceu a última oportunidade de morrer com honra. Entregou Alana para o marido dela e partiu para cima do mestre, com a intenção de ganhar algum tempo para a fuga do casal, antes de morrer nas mãos do mais velho e mais forte dos vampiros. Seria sua libertação. Mas isso não aconteceu.

Quando ouviu a chegada dos outros Caçadores, o mestre deixou prevalecer o velho instinto de sobrevivência dos vampiros: ele fugiu. Não é preciso ser muito esperto para deduzir que Shogun saiu correndo para se esconder debaixo da saia cor de rosa de Miyasaka, a noiva residente em Tóquio.

Depois que se viu sem adversário foi que a ficha caiu: não tinha para onde ir. Era um traidor e não podia mais voltar para a Red Moon e nem para nenhum outro lugar. E não podia ficar parado para ser morto sem honra nenhuma pelos Caçadores.

Agindo por puro instinto, saiu das ruínas onde estava e foi se proteger na floresta. Viu a movimentação de poucos Caçadores usando armaduras negras, quase invisíveis na escuridão, mas que não passavam despercebidos pelos olhos de um vampiro treinado, mesmo estando distantes. Permaneceu vários minutos escondido, só observando, até que chegou um helicóptero plainando sobre as ruínas e de onde choveu mais um grupo de Caçadores. Lembrou-se do ruído que ouvira pouco antes do marido de Alana aparecer.

Se os Caçadores estavam usando helicópteros, deduziu que o ponto de encontro deles deveria ser a Base Aérea distante apenas poucos quilômetros. Conhecia várias trilhas que podiam levá-lo até a base, correndo através de florestas e arrozais. Sem pestanejar, saiu em disparada correndo sem fazer barulho, com a prática adquirida em séculos. Seu único objetivo naquele momento era conferir se Alana estava bem.

Chegou na base poucos minutos antes do primeiro helicóptero, tempo suficiente para perceber a presença do moderno avião do mestre, estacionado na pista. Como Diretor de Segurança foi o responsável pelo planejamento e implantação de várias melhorias naquela aeronave. Uma delas foi a "cabine do pânico", uma câmara secreta do tamanho de um caixão grande escondida na cauda, equipada com um saco de dormir térmico, equipamentos de sobrevivência incluindo bolsas de sangue, e que podia ser acessada por uma escotilha camuflada na cauda ou por um alçapão escondido numa das cabines internas. Mais uma medida para proteger o mestre em caso de perigo. Nem Donatello sabia daquela cabine.

Aproveitou a agitação que se formou com a chegada do helicóptero, para correr até a cauda do avião e entrar na cabine pela escotilha. O espaço era pequeno para um homem com a estatura dele, mas conseguiu entrar no saco de dormir e colocou os fones de ouvido para monitorar as conversas que aconteciam no interior da aeronave. Relaxou quando ouviu que o próximo destino era Paris.

Gostou de ouvir a voz tranquila de Alana conversando em várias línguas, que atestava que ela estava muito bem na companhia do marido. Devia estar sorrindo. Colocou a máscara de oxigênio que havia na pequena cabine, se ajeitou melhor no saco de dormir e dormiu quase que a viagem toda.

Quando o avião pousou em Paris, ele monitorou pelos fones até não ouvir mais nenhum ruído, e depois saiu da câmara pelo alçapão interno. Esperou pelo melhor momento para sair do avião, levado para o hangar e se escondeu no aeroporto até chegar a noite.

Voltou para a mansão logo que escureceu. O local ainda não estava vigiado, porque até os inimigos imaginavam que ele estivesse no Japão. Na sala de conferências da mansão, constatou que o alerta vermelho estava em plena execução. Acessou o sistema usando um dos nomes falsos que deixou preparados. Como fundador da Companhia e Diretor de Segurança sabia como burlar os sistemas, mesmo com Donatello trabalhando a todo vapor para bloqueá-lo. Tirou cópias de todos os arquivos particulares que tinha e os deletou do sistema. Depois limpou todos os rastros que podiam indicar suas próprias contas. Não podia deixar que Donatello as bloqueasse ou mesmo que se apoderasse delas.

Neste processo observou que Donatello não perdeu tempo. O outro diretor já havia transferido todos os bens de Katsumí para o próprio nome. Kat não merece esta desonra, mesmo estando morta. Refez todas as transferências, as transformando em uma doação anônima para a Cruz Vermelha. Donatello demoraria meses para perceber, mas quando soubesse do desfalque milionário poderia até ter um infarto, se isto for possível em vampiros. Era uma boa vingança.

O passo seguinte foi viajar para o Brasil, usando documentos falsos. Se instalou em um hotel luxuoso em São Paulo e começou a investigar o paradeiro de Alana, que se revelou um trabalho fácil demais. Os momentos de solidão no hotel, sem prostitutas, sem trabalho e sem um objetivo de vida acabou se transformando numa depressão.

Quando foi visitar Alana realmente estava pensando em se entregar para ser morto pelos Caçadores. Mas alguma coisa mudou durante a visita.

Saiu do prédio testando a hipótese de Alana, de que podia se misturar aos humanos se fingindo de professor, e acompanhado de Pedrinho, um jovem afeminado, que aceitou ser seu aluno cobaia. Não podia levar Pedrinho para estudar no hotel, para não chamar a atenção e o garoto não tinha nenhum lugar disponível. Então alugou uma sala no porão de um prédio comercial no centro da cidade para usar como sala de aula. Uma coisa inédita que nunca havia feito antes, mas que lhe proporcionava segurança, mesmo durante o dia.

Pedrinho se revelou um aluno exemplar, aprendendo rapidamente tudo o que era proposto. Mas em contrapartida era muito desbocado, e tentava seduzi-lo descaradamente. Vampiros não tem moral nem escrúpulos. O assédio de Pedrinho não era nenhum incomodo, considerado que sangue de prostitutas e de garotos afeminados são todos iguais. O que está estranho é que não vê Pedrinho como fonte de alimento, apesar de sentir falta de sangue fresco. Como se estivesse realmente se afeiçoando ao garoto.

Para se alimentar adotou o esquema proposto por Alana. Está caçando indigentes que encontra pelas ruas, pessoas que podem desaparecer sem deixar vestígios.

Seria muito melhor se pudesse se livrar da sede, como Alana já fez. E ela já lhe contou o que precisa fazer. Esta ideia sim, o está incomodando cada dia mais forte.

10 — Negócios com o inimigo

Vida de executivo é sempre corrida e cheia de surpresas. Sempre está faltando tempo e alguma coisa nova pode surgir a qualquer momento.

Para Willian Montgomery Smith nunca foi diferente. Ocupando a posição de Presidente do Sindicato Americano dos Fornecedores de Bebidas, Tabaco e Afins, ele estava sempre muito ocupado com as reuniões com fornecedores, autoridades, donos de cassinos, de hotéis e outros.

Todas as nove horas úteis de todos os dias uteis eram consumidas pelas atividades do sindicato. Considerando que o dia começava ao nascer do sol, a rotina dele se iniciava com uma chuveirada pela manhã, antes do primeiro cigarro. Apesar dos quarenta e cinco anos de idade, ainda tinha porte atlético e uma saúde de ferro. O rosto ovalado que barbeava diariamente era coberto por cabelos curtos aparados frequentemente, que secavam rapidamente no clima quente e seco da cidade. Tinha a pele bronzeada, talvez uma herança dos índios Paiute de quem era descendente, aqueles que habitavam o deserto antes mesmo da cidade ser pensada. Não tinha o hábito de fazer nenhum desjejum. Depois do banho e do cigarro, normalmente vestia um terno, obrigatoriamente de tecido leve, para suportar o calor, colocava uma gravata, e seguia para o prédio do Sindicato, distante apenas três quarteirões do famoso letreiro de boas-vindas: "Welcome to Fabulous Las Vegas".

O trabalho quase sempre era rotineiro: reuniões intermináveis discutindo aspectos legais dos contratos de remessas para o exterior, problemas trabalhistas dos associados geralmente envolvendo imigrantes, problemas legais de vendas de bebidas para menores e mais um monte de burocracia que brotava do chão todos os dias.

Quando o dia de trabalho terminava, começava outra jornada, que muitas vezes podia durar a noite toda. Voltava para casa, tomava outro banho seguido de outro cigarro, vestia um agasalho de jogging e corria quatro quilômetros de volta para o prédio do

Sindicato, desta vez se dirigindo ao porão, embaixo do estacionamento. Depois desta corrida, assumia a personalidade de "Bill Bigdog", Rei da Matilha norte americana dos Lobisomens, traficante internacional de drogas, de bebidas e membro da Máfia que controla o jogo no submundo de Las Vegas.

A atividade agora era trabalhar com as informações obtidas durante o dia: registrar onde havia imigrantes ilegais; quais deles tinham família e poderiam ser remetidos para albergues quando delatados para a polícia e antes da deportação; quais não tinham família nenhuma e não seriam delatados, mas remetidos para outros locais onde pudessem ser caçados mais facilmente; onde havia turistas sem documentação; menores flagrados em cassinos; candidatos a indigentes; e coisas assim. Uma vez por mês, na lua cheia, se reunia com a matilha e saiam para caçar nas áreas pré-determinadas, populadas com os selecionados. Uma vítima é suficiente para alimentar até dez lobisomens, tendo a carne devorada e os ossos roídos para não deixar pistas.

Um dia de vinte e quatro horas já era muito curto. Ficou pior quando a novidade acabou com qualquer sobra de tempo inexistente. Foi o que aconteceu há dois meses quando Kogino trouxe a surpresa. O que deveria ser apenas uma reunião comum de comercio exterior se transformou em uma revolução, que desencadeou um número infindável de novas reuniões. Tanto pelo teor do assunto quanto pela abrangência.

Nunca antes na história deste mundo se teve notícias de um acordo entre lobisomens e vampiros, historicamente eternos inimigos.

Quando Kogino, o Rei da Matilha no Japão disse que foi procurado pelo Imperador dos Vampiros em pessoa, muitos acharam que ele estava louco, que tinha pego uma hidrofobia. Mas havia testemunhas para provar.

Já foi difícil para entender o que Kogino dizia, porque o homem falava bem rápido em um inglês falho e cheio de sotaque japonês. Isto numa teleconferência realizada em conjunto com vários outros Reis de Matilhas espalhadas pelo mundo todo. O que puderam entender como o teor da conversa, foi que o imperador sanguessuga estava propondo uma aliança para combater um inimigo dele, um grupo chamado Caçadores de Vampiros. Disse que os inimigos estavam desenvolvendo uma nova arma mortal para vampiros, mas que seriam facilmente aniquilados por lobisomens. Até aí o assunto era banal, o vampiro que resolvesse o problema dele.

Mas então a conversa começou a ficar interessante quando, em contrapartida, o sanguessuga ofereceu algumas coisas inesperadas. Ele dizia possuir um estoque de humanos para consumo, em despensas espalhadas por onze das mais influentes cidades do planeta. Vampiros se alimentam apenas do sangue, o resto era jogado fora. A oferta era que a carne que sobrava seria oferecida aos lobisomens, sem custo. Um dos problemas de Bigdog e de todos os outros Reis era conseguir áreas de caça seguras. Em qualquer lugar, mesmo nas grandes cidades, quando humanos começam a desaparecer, a atenção de autoridades é atraída e isto traz de volta os outros eternos inimigos, os Caçadores de Lobisomens. Transferir o problema da caça para os sanguessugas e receber carne fresca embalada e de graça, já seria um excelente negócio, mas ainda havia outros fatores.

Shogun disse possuir uma rede de tráfico de influência naquelas cidades, trabalhando com uma clientela pequena e selecionada, composta quase que exclusivamente por autoridades e políticos. Kogino confirmou o fato depois de visitar a instalação de Tóquio. A oferta do vampiro era ceder os bares das casas dele, permitindo a entrada de drogas e bebidas para aquele público selecionado de altíssimo poder aquisitivo. Em troca ele pedia lobisomens para atuarem como seguranças e queria expandir os próprios negócios levando prostitutas vampiras e clientes para os cassinos e hotéis dos lobisomens.

Esta parte da proposta despertou o interesse imediato dos lobisomens ligados à Máfia, muito interessados no tráfico de influências e no poder aquisitivo dos clientes. Foi o que trouxe o fator "abrangência" para a conversa. Não era só um negócio em Tóquio, mas devia ser feito pelo planeta todo. Explicava o fato de Kogino estar pedindo ajuda para o Sindicato e principalmente para Bigdog. Ter vampiros circulando pelos cassinos era um preço baixo comparado com os altos lucros que a Aliança podia proporcionar.

Os outros Reis de Matilhas nos territórios abrangidos por aquelas onze cidades foram convocados e diversas negociações estavam em andamento. Nem todos aceitavam uma aliança com vampiros, mesmo sendo apenas um negócio comercial extremamente lucrativo. Alguns ameaçaram se rebelar caso a aliança se concretizasse.

Bigdog sabia que o mesmo problema também acontecia com Shogun, mas o Imperador mandou um recado através de Kogino, dizendo que tinha a obediência incondicional de todos os vampiros. Qualquer um que se rebelasse seria destruído imediatamente.

Se isso for verdade, era mais uma vantagem para os lobisomens.

Em face de tantas possibilidades, não havia tempo a perder. Uma reunião foi marcada para acontecer em território neutro, entre o Imperador Shogun e os cabeças do império dele, com Bigdog e alguns Reis de Matilha, incluindo Kogino. Na semana seguinte o futuro do planeta seria decidido na cidade escolhida por consenso: Manaus.

Parte 3 — Novas atividades

11 — A peça que falta

Claudius está radiante com sua nova vitória. A moderna Sala de Teleconferências da LightYear Brasil será usada pela primeira vez. Bem, não é assim tão moderna, mas é como ele a vê. Na verdade, é apenas a velha sala de reuniões, equipada com um projetor ligado ao Laptop dele e a um equipamento de som de segunda mão. Alana não permitiu comprar equipamentos novos, pois ela tem intenções de mudarem para instalações maiores, já que os negócios estão indo tão bem.

Foi muito fácil conseguir a ligação direta com a "*VH Eletrônica*", sede da Base São Paulo dos Caçadores de Vampiros, e consequentemente foi facílimo se ligar à totalidade da Rede de Comunicações dos Caçadores, distribuída pela "*VH Enterprises*", sede mundial situada em Genebra.

A única coisa chata neste dia memorável foi ter que acordar cedo, para atender a convocação do Comandante Joseph Espério, o manda chuva das empresas VH e Comandante Geral dos Caçadores. Espério é bastante compreensivo, e para evitar atrasos do pessoal marcou a reunião para as dez horas. Horário de Paris, o mesmo fuso usado em Genebra e que em São Paulo quer dizer seis horas da manhã. Seria pior se fizesse frio no inverno de São Paulo.

Mas isto tem um efeito colateral positivo: Claudius e Alana podiam conversar livremente sobre qualquer assunto, sem serem interrompidos pelos outros funcionários da LightYear, que só chegariam mais tarde, e que nem desconfiavam do teor dos assuntos que seriam discutidos.

A reunião começou exatamente às seis horas, obedecendo a pontualidade suíça de Espério. O Comandante e Alice estavam em Paris, Cora e Steve estavam em Genebra. Os equipamentos sobre a mesa projetavam uma tela dividida em duas partes, na tela colocada numa das paredes, mostrando um casal em cada parte. No monitor do Laptop, aparecia a imagem que era transmitida em tempo real para a Europa, com Claudius à direita, Alana no meio e uma linda morena ao lado de Alana.

A sétima e última convidada era Susan Eagles, a Caçadora de Lobisomens, que assistia a tudo maravilhada, surpresa pela acolhida e organização que encontrou. Espério abriu a reunião, falando em inglês, a língua em que todos eram fluentes. Inclusive Claudius depois que teve a memória estimulada pela transformação e depois dos meses de imersão e treino com Alana:

— Antes de começar, quero agradecer a presença de nossa convidada, a Senhorita Susan Eagles. Já os informei de quem ela é e porquê precisamos da ajuda dela e da Organização que representa. Quer perguntar alguma coisa antes de começarmos, senhorita?

— Não neste momento, Comandante. Alana já me posicionou nos últimos dias, sobre uma infinidade de assuntos e sobre os senhores. Já sou capaz de reconhecê-los. Agradeço o convite e a oportunidade de tomar conhecimento deste novo mundo. Confesso que estou muito surpresa e ainda incrédula sobre algumas coisinhas.

— Também vimos os relatórios que Alana enviou. A propósito, Alana, seus relatórios em áudio ficaram muito bons, melhor do que alguns escritos que recebemos.

— Foi ideia do Claudius, Comandante. Ele tem experiência com relatórios, mas eu nunca havia feito um.

— Certo, agora já temos alguma ideia do que são lobisomens e do que precisamos para enfrentá-los. Senhorita Susan, só para registro, poderia resumir o que nos contou?

— Está bem, Comandante. Mas podem me chamar apenas de Susan, sem formalidades. Resumindo bastante, lobisomens são seres híbridos, metade humanos e metade animais, assumindo uma forma de cada vez. Enquanto na forma humana, são quase impossíveis de serem localizados, pois vivem exatamente como as pessoas normais. Na forma animal, semelhantes a lobos enormes, são dominados pelos instintos, matando e devorando humanos e outros animais. Geralmente isto ocorre nos períodos de lua cheia, mas eles também podem se transformar em qualquer época, dependendo do nível de adrenalina, o que os torna extremamente perigosos quando acuados.

Steve interveio:

— Pode confirmar as formas como podem ser mortos, Susan?

— Pois não. Na forma humana morrem como qualquer pessoa, inclusive de velhice. Mas na forma animal, são extremamente fortes e velozes, resistindo à maioria das armas convencionais. São sensíveis à prata, que os fere mortalmente, seja na forma de balas ou de armas brancas, mas eles conseguem se esquivar da maioria dos ataques. A Organização dos Lycan Hunters prefere caçá-los à distância, com armas de fogo e munição de prata, pois é mais seguro. Outro detalhe é que todo lobisomem quando morre retorna à forma humana. Vocês nunca encontrarão uma pele ou uma cabeça de lobisomem enfeitando a sala de um caçador. Isto costuma ser um problema com as autoridades, quando exigem provas de que o morto era um animal antes de morrer.

A pergunta seguinte foi de Cora:

— Susan, e sobre os hábitos deles?

— Bem, essa é a parte complicada. Alguns deles preferem se alimentar só de animais. Criam seus rebanhos em áreas definidas e só caçam naquelas áreas. Não representam nenhum perigo para as pessoas e uns poucos até nos auxiliam a identificar os outros. O problema é localizá-los. Mas a grande maioria prefere se alimentar de humanos. Também criam áreas de caça, concentrando pessoas sem família ou pessoas abandonadas em áreas demarcadas, pessoas que normalmente não são muito procuradas quando desaparecem. Quando estas vítimas estão insuficientes ou escassas eles podem atacar qualquer lugar, agindo pelo puro instinto de sobrevivência. É quando podem ser localizados mais facilmente e é quando atuamos, eliminando todos os que pudermos. Se os deixarmos à vontade, as matilhas aumentam e o número de vítimas só cresce.

Alice também entrou na conversa:

— E estas ocorrências no Japão? O que você acha que está acontecendo?

— Bem, isto é outra coisa completamente inesperada. Algumas lendas dizem que lobisomens só existem para impedir a proliferação de vampiros. São inimigos naturais. Se realmente estiverem trabalhando juntos, deve ter um motivo muito forte por trás, para sobrepujar a animosidade que sempre vai existir.

Alana pediu a palavra:

— Vampiros não tem escrúpulos e nem moral, a única coisa que os motiva é a sobrevivência. Para fazer uma parceria deste tipo, eles precisam se sentir muito ameaçados, como se estivessem à beira da extinção. Mas também são orgulhosos, nunca pediriam proteção de inimigos mortais. Pode ser algum acordo de base comercial, temporário.

Susan concordou:

— Isto é possível. Lobisomens são muito ambiciosos e um acordo comercial poderia ser uma explicação. Mas não acredito que dure muito tempo. Na primeira dificuldade eles se explodem mutuamente.

Foi a vez de Espério:

— Bem, isto nos dá uma linha de ação para seguir. Vou orientar Irina a investigar nesta linha. Ela me mandou um relatório esta manhã: a polícia local identificou a primeira vítima através de testes de DNA. Era um integrante da Yakuza, a máfia japonesa.

Susan interrompeu:

— Se a Yakuza estiver metida nisto, pode ficar mais complicado localizá-los. Suspeitamos que algumas matilhas também estejam associadas com a Máfia Internacional e com o Sindicato do Crime americano, e estas são as mais perigosas e as mais bem escondidas.

— Vou recomendar para que Irina seja cautelosa, embora ela saiba o que faz. E envolver outras bases na investigação, americanas e europeias.

Alice considerou aquele assunto encerrado e iniciou outro:

— Claudius, queremos agradecer seus esforços com as investigações sobre a Red Moon, durante a ausência de Steve. Agora que ele está de volta à ativa, acho que vocês podem trabalhar juntos. Tem alguma coisa a acrescentar?

— Comandante Alice, lamento não ter notícias melhores. Desde que retornamos do Japão, não identificamos nenhuma atividade da Red Moon que revelasse qualquer coisa. É como se eles tenham entrado em freeze.

— Freeze?

— É um termo comercial, quando as empresas interrompem qualquer atividade que não seja relacionada ao negócio básico. Como lojas na época do natal, que param tudo que não estiver relacionado com as vendas.

— Entendi. Quer dizer que a Red Moon está ativa, mas num estado de dormência. É isso?

— Exato. Só este caso dos lobisomens parece estar em andamento, como uma atividade paralela. Mas ainda não encontramos a ligação, como se faltasse uma peça.

Alana pediu a palavra novamente:

— Comandante, falando em peça faltante, estou me sentindo inútil até agora, como se eu fosse uma peça fora do lugar.

— Do que está falando, menina? — Foi Espério quem perguntou:

— Desde que entrei para o time ainda não ajudei em nada, só vimos arquivos. Estive pensando nisto.

Claudius comentou:

— Comandante, cuidado com as ideias malucas dela. Geralmente dão resultado, apesar de parecerem loucas...

— É sério. Minha convivência com os vampiros foi interrompida antes da criação da Red Moon. Eu não sou a pessoa mais indicada neste assunto.

Alice questionou:

— E qual seria a ideia maluca desta vez? Capturar um vampiro mais bem informado e interrogá-lo sem matá-lo?

— Ainda estou pensando numa alternativa. Comandante Espério, sei que o senhor teve problemas com a minha contratação. Teria espaço para contratar outro vampiro?

— Alana, eu nunca contratei ou vou contratar um vampiro. Vocês quatro estão aqui agora por que provaram que são humanos. Em que está pensando?

— Ainda não posso contar, é só uma ideia maluca como o Claudius sugeriu. Me deem uma semana para pensar melhor e depois conto os detalhes.

Ficaram mais uma hora discutindo outros assuntos até que a reunião foi encerrada.

Susan percebeu que restou uma preocupação nos rostos do casal. Claudius sabia o que Alana estava pensando.

12 — Kireina Bakku

Muito estranha, era como conseguia definir a sensação que estava sentido. O Mestre acabou de partir e em trezentos e sessenta e cinco anos é a primeira vez que ele deixa uma impressão de que não faz falta nenhuma. Talvez seja influência da última conversa com Annette, pelo telefone.

Mesmo estando numa fase de congelamento geral, ninguém pode impedir que as noivas troquem informações entre si, regularmente. Sem o congelamento, seriam informações normais da administração das casas. Mas não se deve esquecer que as noivas são mulheres, antes de tudo, e sempre sobra espaço para algum assunto picante ou venenoso. Com as casas paradas, sendo administradas por humanos, a elas só restou o espaço das fofocas.

Annette ficou quase uma hora no telefone, contando as ideias de Sophie, sobre o que pensavam a respeito da deserção do General Noboiushi, e sobre Alana, a antiga noiva ressuscitada. Eram ideias interessantes. Mas não necessariamente novas. Coitada, Annette era vampira apenas há sessenta e seis anos, uma novata, quase uma criança. Sophie, transformada a cento e doze anos, parecia ter os pés no chão, apesar de também ser uma novata. Todas precisavam verificar os arquivos mortos, para descobrir mais sobre Alana. Se bem que na época em que aquela esquisita desapareceu ainda não haviam arquivos formais. Os arquivos dos Recursos Humanos só foram implantados com a criação das Casas, depois da Segunda Grande Guerra.

Com a morte de Katsumí, foi ela, Miyasaka, quem assumiu a posição de noiva mais velha. Mais velha não, porque ninguém é velha com vinte e seis anos, a idade com que foi transformada. Somente o Mestre e os diretores sabem que neste ano ela vai comemorar trezentos e noventa aniversários. Katsumí tinha oito anos a mais e aquela sim, era velha. Se dedicava cegamente ao mestre e foi esquecida, horas depois de morrer. Miyasaka agora pode se considerar a noiva mais experiente e realmente a mais poderosa.

Embora as outras noivas a considerem apenas a bobinha fanática pela cor rosa, na realidade ela se considera livre há vários anos, independente do mestre e do império dele. O dinheiro extra que ganha e que não depende da Red Moon é muito útil para que se sinta assim.

É a segunda vez que está dirigindo a Casa de Tóquio, dentro do programa de rodizio. Na primeira vez, nos anos sessenta, foi realmente uma bobinha vestida de rosa. Administrou a Casa de maneira modesta, acreditando que dependia do mestre e dos dois diretores, numa época em que as mulheres ainda eram consideradas meros acessórios. Cinquenta anos depois assumiu novamente a administração da Casa na terra do sol nascente, desta vez com uma nova mentalidade: ser a mais poderosa das noivas.

Usou os dois primeiros anos para se habituar com a nova sociedade japonesa, aprendendo sobre as novas drogas, os novos costumes a respeito de sexo e prostituição, as novas gangues e a disputa entre os clãs dominantes. Não teve nenhuma dificuldade para ganhar terreno entre as casas de prostituição, focando o atendimento aos poderosos, usando vampiras e humanas nativas, deixando as estrangeiras apenas para clientes e situações especiais. Sendo a Diretora não precisa atender clientes, mas se divertia recebendo alguns representantes dos clãs mais influentes. Um desses clientes foi quem abriu novas possibilidades. Norio Morishigi é o dono de uma rede de casas noturnas, e ela estava à procura de novos negócios para a Red Moon, quando o encontrou pela primeira vez. O homem tem cerca de cinquenta anos, é bem-apessoado e vem de uma família tradicional. Naquela noite, ela já suspeitava de que ele comandava um Clã pertencente à Yakuza. O encontro aconteceu numa suíte da Casa de Tóquio.

— O senhor nos foi muito bem recomendado, Senhor Morishigi. Espero que fique satisfeito com nossos serviços.

— Esta casa é nova para mim. Alguns amigos me disseram que aqui podemos fazer qualquer coisa.

— Tudo o que o fizer feliz, senhor.

— Isto inclui coisas proibidas em outras casas?

— Isto inclui tudo o que o senhor puder pagar.

— Gosto disto, você é direta. Não me parece uma acompanhante.

— Não sou. Eu dirijo esta casa e me dou o direito de atender pessoalmente quem eu achar que merece.

— Interessante. Me coloca em uma posição privilegiada. Não sei se fico lisonjeado ou em perigo.

— O senhor não tem nada a temer. É nosso convidado.

— Mais um motivo para ficar apreensivo. Minhas melhores funcionárias não atendem clientes importantes sem uma boa razão.

— O senhor disse que sou direta, então vamos continuar assim. Eu tenho um bom motivo para estarmos conversando.

— Ótimo. Assim volto a pisar em terreno firme. Do que se trata?

— Esta casa é antiga e tradicional, mas eu a estou dirigindo há apenas dois anos. Estou tentando expandir nossos serviços, mas ainda não conheço muito bem o mercado. Como o senhor está no ramo há mais tempo, penso que podemos lucrar trocando experiências.

— Entendo. Eu adoraria poder ajudar, mas temo não estar em condições. Logo você vai descobrir que a concorrência é muito acirrada, e não deixa espaço para novos jogadores.

— Disto eu já sei, senhor. Nestes dois anos já tive alguns problemas. Não tenho inimigos hoje. Todos aqueles que tentaram bloquear o meu caminho, ficaram para trás. Acredito que sou uma pessoa de muita sorte.

— Eu queria ter esta sorte. Tenho muitos inimigos que não deixam meus negócios evoluírem como eu gostaria.

— Porquê não compartilhamos esta minha sorte? Sei que o senhor tem muito dinheiro, e se trabalharmos com um objetivo comum, pode ser lucrativo para as duas partes.

— O que tem em mente?

— Digamos que seu maior inimigo fique para trás. Isto seria vantajoso para seus negócios?

— Sim, seria bastante lucrativo.

— E este é um prazer que o senhor pode pagar?

— Eu pagaria com muito gosto.

— Vamos fazer uma experiência. Me dê um nome. Se em três dias o problema não estiver resolvido, então o senhor não me deve nada. Caso contrário, voltaremos a discutir negócios.

A reunião terminou uma hora depois, deixando um cliente apreensivo e uma jovem com o nome e o endereço do dirigente de outro Clã, também pertencente a Yakuza.

Na noite seguinte uma figura toda vestida de preto, usando botas, calças e jaqueta de couro, estacionou uma motocicleta Suzuki GSX1300 B-King também negra, nas proximidades do endereço. Quando o capacete foi retirado surgiu o doce rosto de Miyasaka, com os cabelos presos com uma fita rosa, formando um rabo de cavalo. Em menos de um minuto ela chegou na casa cercada por um muro alto, fácil de escalar para uma vampira que foi treinada em artes marciais por samurais ninjas.

Passou despercebida pelos diversos seguranças que infestavam o lugar, correndo pelas sombras com a velocidade dos vampiros. Entrou na casa por uma janela que alguém se esqueceu de fechar, ou que não fechou confiando que estavam seguros. Ela saiu da casa dois minutos depois, voltando pelo mesmo caminho, até chegar na moto e voltar para as ruas de Tóquio.

O corpo do homem foi encontrado algumas horas depois. Nenhum sinal de arrombamento ou de luta. Nem os legistas da polícia conseguiram explicar como um homem, sozinho em um escritório, consegue quebrar o próprio pescoço e morrer instantaneamente.

Aquele trabalho rendeu um bom dinheiro para a diretora da Casa de Tóquio e abriu a porta para muitos negócios que vieram depois.

Todos os membros da Yakuza são conhecidos por usarem tatuagens de todos os tipos, enfeitando ou mutilando seus corpos. Mas nos últimos anos surgiu a lenda de uma assassina que tem o corpo limpo, sem nenhuma tatuagem. Pouquíssimas pessoas sabem disto, porque os que a encontraram pessoalmente não sobreviveram para descrevê-la.

Morishigi batizou a mais letal assassina da Yakuza de *Kireina Bakku*; "costas limpas" em japonês.

13 — Reunião de diretoria

Depois de vários meses, todas as diretoras finalmente estavam em suas casas novamente. Exceto Sophie, ainda na condição de hospede de Annette.

Desde a deserção de Noboiushi, as duas preferiram abandonar os cuidados de Donatello, saindo da mansão dele e ficando juntas no quarto de hotel. Quando Annette precisava ir até a Casa, Sophie a seguia como uma sombra, apesar dos protestos do diretor abandonado.

Mas nenhuma das onze noivas havia retornado para trabalhar, não no sentido exato da palavra. Todas estavam em suas casas, mas nas salas adaptadas para vídeo conferência, atendendo à convocação do mestre.

No momento dez cidades, entre os meridianos 75, oeste, e o meridiano 135, leste, estavam interconectadas através de fibras óticas de altíssima velocidade, como só as empresas mais modernas possuem. Seguindo o fuso horário estavam presentes na reunião: Shizuka em Washington DC, Ayumi em Londres, Yoshiki em Amsterdam, Sugihara em Genebra, Sayoko em Munique, Donatello sozinho na mansão dele, Annette e Sophie na Casa de Paris, Danielle em Roma, Yusuke no Cairo, Ozawa em Hong Kong e finalmente Miyasaka acompanhada de Shogun em Tóquio.

Shogun exigiu todas as noivas e o atual Diretor Geral reunidos para anunciar as mudanças na Organização, as que ele vinha planejando desde que os Caçadores eliminaram Noboiushi, conforme havia sido divulgado.

A voz grave do Homem Que Não Sorri abriu a reunião, silenciando o zum-zum que sempre acontecia nestas ocasiões, captado por vários microfones e colocado em todos os alto-falantes ao mesmo tempo. Sempre havia mais alguém nas salas, cochichando fora do alcance das câmeras.

— Lamento informar para todas vocês que suas férias terminaram. Temos muito trabalho pela frente.

Shizuka foi a primeira a se manifestar:

— Até que enfim. Não aguento mais viver num hotel. Que lindo isto!

Foi cortada friamente pelo mestre:

— Eu não disse que vocês voltarão para as suas casas.

O zum-zum começou de novo. A voz grave se sobrepôs:

— Calem-se. Deixem-me terminar.

O silêncio voltou imediatamente, deixando lugar apenas para alguma estática.

— Nossos inimigos se fortaleceram muito ultimamente. Como vocês sabem, eles criaram uma aberração poderosa, que matou Katsumí, destruiu duas casas, matou dois generais e contaminou um terceiro, provocando uma deserção. Mas não se preocupem, vou destruir todos, assim que se atreverem a cruzar meu caminho novamente.

Só se ouvia a estática. Os monitores mostravam todos os rostos muito atentos.

— A atividade deles exigiu que interrompêssemos as nossas por algum tempo, até nos reorganizarmos. E isto está nos trazendo muitos prejuízos. É hora de virarmos o jogo. Se eles querem guerra, é o que terão. Mas não permitirei que outros vampiros sejam sacrificados, sejam generais, soldados ou minhas noivas. Não se esqueçam que estamos em guerra, o que exige ações ousadas. Por isto fiz um acordo com os Lobisomens, para que lutem e morram no lugar dos nossos.

Alguns rostos mostraram sinais de incredulidade, outros manifestaram indignação e o zum-zum voltou. Sophie foi a única que teve coragem de perguntar:

— Eles aceitaram morrer por nós, mestre?

A estática se fez novamente, aguardando a resposta.

— É claro que não. São apenas animais que servirão aos nossos interesses. Pensem neles como se fossem cães de guarda, uma equipe terceirizada que fará a segurança de todas as nossas casas. Meninas, em qualquer sinal de Caçadores vocês atirarão os cães em cima deles, e deixem que se matem à vontade. Em troca deste serviço nós vamos alimentá-los, vamos comprar bebidas deles e faremos vista grossa ao comércio de drogas que farão em nossas casas. Assim atendemos a uma antiga reinvindicação dos nossos clientes.

O Diretor Geral, ex-Diretor Financeiro, pareceu incomodado, mesmo na tela de um monitor. Shogun percebeu:

— Donatello, sei o que está pensando. Que vamos perder uma receita enorme, que nós mesmos podíamos explorar. O acordo também prevê uma contrapartida, que compensará estas perdas e será muito lucrativa. Os Lobisomens possuem uma enorme rede de cassinos e hotéis pelo mundo todo, e abrirão suas portas para nós. Podemos levar nossos clientes selecionados, para que gastem indiscriminadamente e teremos participação nos lucros deles. Dinheiro fácil, sem despesas e sem riscos. Se os Caçadores atacarem algum cassino, o problema será deles.

Donatello ficou calado, parecia estar fazendo contas mentalmente. Shizuka fez a próxima pergunta:

— Mestre, isto parece lindo. Qual é o plano para alimentá-los?

— Vamos entregar os corpos dos humanos que nos servem de alimento. Sempre tivemos problemas para nos livrar das carcaças, o que nos levou a criar as empresas coletoras de lixo. Miyasaka entregou alguns corpos frescos, mas me disse que eles não têm modos para comer, são verdadeiros animais. Donatello, quero que oriente todas as empresas para não queimarem mais nenhum corpo. Deverão ser entregues nos frigoríficos dos Lobisomens. Negociei que serão entregues em pedaços, para aproveitar a estrutura dos sacos de lixo que já temos. Significa uma redução dos nossos custos com as siderúrgicas.

Donatello suspirou. Finalmente o mestre começava a pensar em termos comerciais, embora ele próprio tivesse sido o autor da ideia original. Uma excelente ideia, por sinal, a de fazer convênios com empresas siderúrgicas usando os poderosos fornos industriais para incinerar restos humanos. Nas ultimas dezenas de anos, milhares de corpos secos foram destruídos sem deixar rastros, embalados como lixo hospitalar. Ironicamente, o plano do mestre de doar carne fresca e evitar que os corpos fossem queimados, evitando mais fumaça na atmosfera, revelava uma nova visão ecológica da Red Moon. Uma visão involuntária, mas como diria Shizuka: que lindo!

Shogun continuou:

— Estas novas atividades nos hotéis e cassinos vão precisar de mais pessoal. Meninas, vocês estão autorizadas a transformar todos os que forem necessários, homens e mulheres, conforme a demanda dos seus clientes. Mas não se esqueçam que cada nova cria de vocês vai produzir mais carne para os Lobisomens e não quero cães de guarda obesos e preguiçosos. Cuidem para não exagerar na dose.

Desta vez foi Yusuke quem falou:

— Ótimo. Tenho vários escravos que precisam ser promovidos. Darão ótimos vampiros.

Todas as noivas começaram a cochichar novamente com quem quer que seja que as estivesse acompanhando nas salas. O mestre levantou a voz e advertiu:

— Yusuke, pense nos seus clientes, não em você. Seus seguranças serão lobisomens, não vai precisar de mais soldados.

A noivinha fingiu uma cara de choro, tentando se defender.

— Mas eu estava pensando neles. Tenho muitos pedidos por rapazes, inclusive por indianos...

Foi interrompida por Shizuka:

— Eu também tenho, principalmente por rapazes lindos. Tem alguns na minha despensa...

Shogun se irritou:

— Parem com isso! Não me interessa quem ou quantos vão transformar, desde que não exagerem. São vocês que vão cuidar deles. A propósito, sei que várias de vocês e os seus vampiros vão ter problemas de adaptação com os lobisomens. Eles cheiram mal, são violentos, mal-educados e são perigosos. Na forma humana são presas fáceis, mas quando transformados podem ser mortais. Proíbo qualquer vampiro de provocar briga com eles, enquanto durar este acordo. Quando os Caçadores estiverem extintos decidirei se o acordo continua ou não, mas até lá destruirei qualquer um que ponha o acordo em risco. Isto vale para todas vocês. Eles também serão instruídos a não nos provocar, mas não confio em animais selvagens, mesmo nos domesticados.

Ninguém se atreveu a falar nada.

— Antes de terminarmos, tem outra coisa. Vários cassinos deles estão montados em navios, verdadeiros hotéis flutuantes. Três de vocês já estiveram comigo em alto mar, quando Donatello era o capitão. Quero que as três orientem as outras como é estar num navio, em espaço confinado sem lugar para correr. Devem estar sempre atentas para não serem emboscadas pelos animais. Evitem permanecer nestes locais durante o dia, pois vocês estarão indefesas.

— Donatello, você conhece navios. Depois de encerrarmos, diga a elas como se proteger. Na próxima semana quero que você me acompanhe para assinarmos todos os contratos. Quero respaldo legal já que tem valores elevados envolvidos nesta operação. Por precaução, prepare todos os soldados que puder, para nos escoltarem.

Donatello pensou em argumentar que foi capitão de um veleiro, muito diferente dos enormes navios atuais, coisa que qualquer um que assista o National Geografic sabe. Mas não pode perder a oportunidade de parecer superior perante todas as noivas. Para Annette e Sophie, as mais próximas, ele faz questão de orientá-las pessoalmente.

— Certo, mestre. Onde será o encontro?

— Em Manaus, no Brasil. Podem desligar, declaro esta reunião encerrada.

14 — Águas caudalosas

Podia ser por causa da FADA que todos os hotéis de Manaus estavam lotados. Ou por causa da CBDA. Mas não era nem uma nem outra.

Ambas, a *Federação Amazonense de Desportos Aquáticos*, filiada à *Confederação Brasileira de Desportos Aquáticos*, estavam promovendo um campeonato internacional de natação neste exato momento, embora as delegações que acompanham os atletas não fossem suficientes para encher todos os hotéis.

A lotação era provocada por outro evento acontecendo simultaneamente, que não era do conhecimento da imprensa ou da população: o encontro dos Reis de Matilhas, promovido pelo *Sindicato Americano dos Fornecedores de Bebidas, Tabaco e Afins*.

As altas temperaturas frequentes na cidade, com mais de 40 graus à sombra na maior parte do dia, eram um terror para Vampiros, exigindo que se mantivessem escondidos em porões e subsolos refrigerados por barulhentos motores a diesel. Estas mesmas temperaturas, porém, são excelentes para Lobisomens, que nunca tiveram problemas com climas tropicais. Foi um dos motivos de terem escolhido Manaus para o encontro.

Bill Bigdog exercia um papel duplo, como Presidente do Sindicato organizador do evento e como Rei da Matilha norte americana. Cada um dos quinze outros reis, provenientes de todos os cantos do mundo, também estavam acompanhados por três a cinco assessores, nome dado aos guarda-costas, formando um grupo de quase sessenta lobisomens passeando no barco pesqueiro. Formavam a cúpula dos Lycan, enquanto centenas de outros circulavam pela cidade, fazendo negócios entre as várias matilhas ou simplesmente aproveitando o passeio, como turistas normais.

Para reunir um grupo tão grande sem chamar a atenção, o Capitão Napoleão Manuel, o Rei da Matilha brasileira, havia alugado um barco de dois andares para turistas pescadores, que aproveitava o quente sol da tarde ancorado numa falésia do Rio Negro, distante alguns quilômetros da capital.

Os dezesseis reis estavam sentados como podiam, no piso inferior do barco, discutindo os planos futuros. Enquanto os assessores observavam a paisagem bucólica, ouvindo o marulho da correnteza batendo na quilha do barco, os piados dos pássaros e os guinchos dos macaquinhos na floresta perto da margem visível. Bebiam guaraná nativo e cachaça, acompanhando os tira-gostos de carne crua de macaco.

Kogino se esforçava, arranhando seu inglês carregado de sotaque, para descrever as últimas experiências pelas quais passou em Tóquio:

— A boate do sanguessuga é bem luxuosa e moderna. Ele tem muitas meninas, todas muito bonitas, mas nem todas são vampiras. Eu podia sentir o cheiro do medo nas parasitas. Já as humanas estavam bem à vontade, pensando que eu era apenas um rico comerciante. Algumas queriam me levar para os reservados, mas a vampira gerente delas não permitiu.

Napoleão Manuel comentou:

— O vampiro não te ofereceu nenhuma como aperitivo? Pensei que ele fosse educado.

— Pior. Eu pedi uma humana a ele, a que tinha as coxas mais grossas e que até os ossos pareciam deliciosos. Mas o branquelão disse que o treinamento delas é especial e que não podia dispensar uma acompanhante. Disse que tem muitas outras do mesmo nível em estoque e que iria providenciar algumas já na primeira remessa.

Bigdog entrou na conversa:

— Quando falei com Shogun por telefone, ele explicou que a captação deles é de primeiro nível. Ele recruta candidatas a dançarinas que se apresentam voluntariamente pelo mundo todo, depois seleciona as melhores para serem escravizadas e manda as que sobram para o estoque. Só tem carne de primeira. É muito melhor do que os indigentes que nós selecionamos.

Antonelli, o Rei italiano, se manifestou:

— Em Roma só tenho conseguido drogados. Estou enjoado de comer só carne podre.

Todos os reis concordaram, por terem o mesmo problema. Bigdog continuou:

— Esta é só uma vantagem do acordo. Vamos receber carne de primeira, embalada em sacos herméticos e pronta para congelar. Assim que assinarmos os contratos hoje à noite, vou entregar a eles os endereços dos nossos frigoríficos. Antonelli, sua cota será entregue em Paris.

— Você disse que eles têm passe livre nas fronteiras. Não podemos incluir uma clausula para que a entrega seja feita em Roma? Já tenho dificuldades para passar nossas drogas, não quero mais problemas com autoridades sanitárias.

— Nesta fase vamos ter que correr alguns riscos. Depois que o negócio engrenar, vou dar um jeito para que eles transportem não apenas nossa comida, mas nossas outras mercadorias também. Vamos explorar os sanguessugas ao máximo.

Napoleão Manuel tem outra opinião:

— Se for mesmo como você falou, eu vejo uma coisa ainda melhor nesse esquema: influência.

— Tem razão, Capitão. Já tem algum projeto em vista?

— Faz algum tempo que venho trabalhando para que o Governo aprove a liberação da maconha. Minhas fazendas estão produzindo a todo o vapor e preciso escoar a produção. Forneço drogas para intelectuais provarem que maconha é inofensiva e que serve de remédio, mas este processo é lento. As vampiras podem ser uma droga mais eficiente para convencer os legisladores a assinarem esta liberação mais rápido.

— É um projeto interessante. Se der certo aqui, podemos aproveitar em todo o mundo. Em Washington podemos trabalhar para liberar maconha e cocaína, dizendo que é para fins medicinais e podemos expandir nossas plantações de ópio na América do Sul e Ásia. Os vampiros podem fazer a distribuição no mundo todo. Precisamos amadurecer esta ideia.

Antonelli interrompeu:

— Estamos falando apenas das vantagens que vamos ter. O sanguessuga não proporia este acordo se não tivesse vantagens para ele também. Alguém sabe o que pode ser? Kogino?

Kogino voltou a forçar o inglês dele:

— Sou o único que o conheceu pessoalmente, até agora. Ele é frio e calculista, tenta disfarçar, mas senti o cheiro do medo nele. Ele teme alguma coisa, mas não me pareceu que era medo de nós. Tem alguma outra coisa.

Bigdog comentou:

— No telefone, ele me disse que tem inimigos desenvolvendo uma nova arma anti vampiro. Imagino que seja alguma coisa parecida com a prata, que nossos inimigos usam contra nós. A proposta dele está baseada na segurança que nós podemos oferecer. Então suponho que esta tal arma não nos afete. Vou descobrir se a velocidade deles permite que eles desviem de balas de prata. Se sim, eles podem nos ajudar fazendo segurança cruzada.

— Acha que é só isso? E se a tal arma for realmente perigosa, até para nós? — Antonelli questionou.

— Nesse caso, teremos que combater lado a lado. Nunca pensei que diria isto. — Após um momento de reflexão, Bigdog completou:

— Bem, vamos conhecer o vampiro pessoalmente, esta noite. Ele vai trazer assessores, como nós. Este acordo tem tudo para ser muito lucrativo. Orientem seu pessoal para não os provocar de jeito nenhum. Não podemos perder esta oportunidade histórica.

Kogino estava ficando alegre:

— Um brinde a isso. Tragam outro litro desta maravilhosa cachaça brasileira...

15 — Amigos improváveis

Bigdog demorou para entender o que era a "Suframa's Ball" quando ouviu a expressão pela primeira vez, dita por um taxista.

O capitão Napoleão, antigo morador da região, foi quem explicou que "bola da Suframa" é o nome popular para a praça circular que liga diversas avenidas do Distrito Industrial. É um ponto de referência para chegar ao hotel onde ele estava hospedado, junto com mais duas delegações de lobisomens e várias de atletas aquáticos. Ao lado do hotel, um Shopping moderno abriga uma grande academia de ginástica que por si só justifica a presença dos atletas, interessados em um local para treinamento. No interior da "bola", ou seja, no centro da praça circular também tem o Centro Cultural dos Povos da Amazônia, um enorme ponto turístico que exibe a cultura de alguns dos primeiros habitantes da região amazônica, e que é outro importante chamariz de turistas.

Independente do evento esportivo acontecendo na cidade, que trouxe as delegações de atletas, a presença de executivos no

Distrito Industrial é um fato corriqueiro, graças a quantidade enorme de empresas que se beneficiam dos incentivos fiscais, proporcionados pelo regime da Zona Franca de Manaus, um programa governamental criado para estimular a produção industrial no País.

Bigdog e os outros Reis de Matilhas eram confundidos com executivos internacionais. O que não deixava de ser verdade, já que haviam concluído um lucrativo acordo comercial durante a última noite.

O encontro com os vampiros começou tenso. Aconteceu num local afastado, em um hotel fazenda no meio da floresta, grande o suficiente para acomodar os mais de oitenta participantes, entre vampiros e lobisomens. Cada um dos dezesseis Reis de Matilhas estava acompanhado por pelo menos três seguranças, se passando por assessores. A comitiva dos vampiros era formada pelo Imperador Shogun, pelo Diretor executivo dele, pela noiva do Imperador e por mais dez guarda-costas, visivelmente guerreiros samurais. Bigdog e os outros reis sabiam que a proporção de sete lobisomens para cada vampiro não significa nada, enquanto estivessem na forma humana. Para garantir que seus homens tivessem tempo de se transformar em caso de problemas, o Capitão Napoleão havia escondido outros dez na floresta, já na forma de lobos. Atacariam ao menor sinal de provocação.

Shogun estava ciente da ameaça, e logo no início da reunião, deixou bem claro que eliminaria pessoalmente qualquer vampiro que pusesse o grupo em perigo. Bigdog afirmou que os lupinos só tomavam medidas de segurança padrão, e empenhou a própria palavra de que nenhum lobisomem seria o estopim de qualquer animosidade. Eram afirmações apenas para constar, pois se algum deles atacasse qualquer outro haveria uma carnificina sem tamanho, podendo aniquilar os dois grupos em questão de minutos. Todos sabiam disto.

Os dezesseis Reis lobisomens e os três executivos vampiros estavam reunidos na Casa-Grande do Hotel Fazenda, enquanto os demais permaneciam circulando em volta da casa, se observando e se vigiando mutuamente. Napoleão organizou uma fogueira no terreiro do hotel, promovendo um churrasco de carne de capivara, regado por cachaças, vinhos e sucos de frutas da região. Seria uma festa memorável se não fosse o clima de desconfiança. Os funcionários do hotel jamais desconfiaram que estavam cercados de predadores.

Depois de várias horas com Donatello lendo intermináveis contratos que foram assinados pelos dezenove presentes, a reunião se aproximava do final. Nas dez cidades onde Shogun já operava, o fornecimento de carne humana fresca seria iniciado imediatamente. Lobisomens seriam deslocados para fazer a segurança das dez casas e das respectivas despensas, mas o controle destes locais permanecia sendo dos vampiros. Os vampiros poderiam levar clientes para os hotéis e cassinos administrados pelos lobisomens, dividindo os lucros, em qualquer outra cidade. Lobisomens poderiam explorar bebidas e drogas nas casas dos vampiros, pagando comissão. A exploração da influência sobre os clientes seria tratada caso a caso, dependendo de quem fosse o mais beneficiado.

Neste ponto, Napoleão questionou sobre as atividades dos vampiros no Brasil, que Shogun informou estarem suspensas. Foi o único momento na reunião em que Sophie recebeu permissão para falar:

— Rei Napoleão, até poucos meses atrás eu e uma colega éramos as responsáveis por nossas atividades no Brasil. Nossas casas eram as mais lucrativas e nossos clientes eram muito prestativos. Mas como o Mestre já informou, nossos inimigos se tornaram muito perigosos ultimamente. Minha colega foi assassinada e nossas duas casas foram desativadas. Tenho certeza que com a ajuda dos senhores vamos retomar nossas atividades muito em breve.

Os lobisomens se impressionaram com a forma como Sophie se expressou. Tradicionalmente fêmeas lobisomens não participam de reuniões de negócios, tanto que nenhuma estava presente. Quando Sophie chegou e foi apresentada como a noiva do Imperador, todos os lobisomens trocaram olhares cumplices entre si, pensando que a linda jovem seria apenas mais uma diversão do vampiro. Principalmente depois que Kogino afirmou ter conhecido a noiva do Imperador, em Tóquio, e que era japonesa. Sophie não é oriental, e revelava ser mais do que uma simples diversão. Os Lobisomens não sabem que Shogun tem onze noivas, depois que uma foi assassinada recentemente e que a vaga ainda não foi preenchida.

Napoleão queria ouvir mais:

— Senhorita, lamento por sua colega. Realmente, temos interesses comuns e vamos ajudá-la a eliminar seus inimigos inconvenientes. Mas como estamos falando de negócios, quero perguntar se pode nos auxiliar num projeto em que estou trabalhando.

Sophie olhou para Shogun como se pedisse aprovação e recebeu um aceno positivo, quase imperceptível.

— Pois não, Rei Napoleão. Se for alguma coisa que estiver em meu alcance...

— Me chame apenas de Capitão, como meus amigos fazem. É um título que herdei quando devorei um militar, há muitos anos. Outro dia conto a história, se estiverem interessados. Mas o que eu queria falar mesmo é sobre a liberação da maconha. Já faz alguns anos que distribuo erva para vários indivíduos, que se dizem intelectuais e me prometeram influenciar a opinião pública, para a liberação da maconha em nível nacional. Eu os convenço que a droga é medicinal, embora vários estejam morrendo sem conseguir nada. Perco muito dinheiro com a repressão e não posso ampliar as plantações. É um projeto lento que só tem me dado prejuízo.

— Não se preocupe, Capitão. Já trabalhei com lobbys deste tipo. Tenho clientes nos Ministérios da Saúde, do Interior e do Meio Ambiente, que facilmente vão orientar os legisladores para aprovar as leis que o senhor precisa. Minhas funcionárias só precisam assoprar sugestões nos ouvidos certos. Mas o senhor deve estar preparado para transferir alguns custos, gastos na repressão, para outros bolsos, se quiser melhorar sua saúde financeira.

— Era isto o que eu queria ouvir. Coloco todos os meus recursos à sua disposição, se puder acelerar este projeto. Nem precisa reabrir sua casa para começar. Tenho muitos barcos cassinos navegando aqui mesmo pelo Amazonas, tenho hotéis nas melhores cidades turísticas do País e alguns iates circulando pelo Atlântico e pelo Pacífico. Essa parceria será mesmo muito proveitosa...

Shogun interrompeu:

— Vamos passar por Brasília antes de voltar para a Europa. Temos alguns assuntos para resolver lá. Sophie deixará nosso pessoal trabalhando neste projeto. Será nosso primeiro projeto conjunto. Donatello, libere os fundos que forem necessários.

A reunião terminou num clima muito melhor do que havia começado, duas horas antes do raiar do sol, já que os vampiros precisam se proteger. Shogun e sua comitiva, de alguma forma, haviam conseguido quartos subterrâneos, em hotéis no centro da cidade. Todos voltaram para a cidade.

Mas o dia que se seguiu reservava uma outra surpresa para Bill Bigdog.

Pouco depois do almoço, no hotel, ele recebeu um telefonema do escritório do Sindicato em Los Angeles, informando que outra pessoa estava em Manaus, solicitando um encontro. Eram quatro horas da tarde quando ele se dirigiu para uma sala de reuniões reservada para executivos, um dos serviços do hotel. O visitante já o esperava na sala:

— Sr. William Smith? Peço desculpas por interromper seus negócios assim repentinamente, mas foi uma surpresa quando seu escritório informou que o senhor estava nesta mesma cidade.

Bigdog farejou uma mentira, o que o deixou mais interessado na conversa:

— Perdão, cavalheiro, mas já fomos apresentados?

— Desculpe, sou Alan Blacksword, Diretor de uma empresa de pesquisas tecnológicas no estado de New York. Estou na cidade como convidado para debater sobre alguns esportes que pratico. Mas o assunto que me fez procurá-lo é pessoal: também sou um caçador, como o senhor.

Desta vez Bigdog não farejou nenhuma mentira no interlocutor. A mentira era dele próprio. Ele também era o responsável por um Clube de Caça, uma instituição de fachada para justificar o encontro de lobisomens em territórios inóspitos e selvagens. Tentou se esquivar:

— Se procura uma caçada, Sr. Blacksword, lamento decepcioná-lo. Esta viagem é puramente de negócios.

— Compreendo, mas deixe-me esclarecer. Minha empresa trabalha com pesquisa tecnológica em várias áreas e deparamos com uma espécie de animal exótico e muito perigoso. Tomei conhecimento de que seu grupo de caça é especializado em animais selvagens e vim consultá-lo sobre a possibilidade de uma caçada diferente. Pode ser uma oportunidade de obter um troféu muito valioso.

Bigdog resolveu dar corda para o visitante:

— Gostamos do perigo, mas nossas caçadas têm sido um pouco restritas devido ao perigo de extinção de alguns animais. Não podemos mais caçar bisões americanos, onças amazonenses ou gorilas africanos, por exemplo. Espero que o senhor não esteja se referindo a um destes animais.

— Os animais que encontramos não se encontram protegidos por nenhuma lei. O que os torna mais perigosos é que podem se camuflar e passar despercebidos, além de poderem se multiplicar rapidamente.

— Um animal assim já seria de nosso conhecimento. Estamos falando de algum vírus?

— Não senhor, é pior. Já ouviu falar de vampiros?

Agora o assunto ficou interessante. Precisava saber o quanto aquele estranho conhecia.

— Sim, claro. A TV e o cinema estão cheios deles. Na vida real, existem poucos animais hematófagos. A maioria são insetos, mas na América do Sul existem alguns morcegos enormes. É disto que estamos falando?

— Os vampiros do cinema não passam de personagens fantasiosos. Os vampiros reais são muito piores. Já matei alguns e tenho provas documentais da existência deles. É por isto que vim pedir sua ajuda, para caçá-los e exterminá-los. Está interessado?

— Senhor Blacksword, isto que está me dizendo é no mínimo estranho. Mas já vi muita coisa estranha em minha vida. Preciso de mais detalhes antes de tomar uma decisão.

— Tenho todo o resto desta tarde, se o senhor tiver tempo. Posso lhe mostrar vídeos, fotos, interrogatórios e tenho até nomes de alguns. Um ex-funcionário meu foi contaminado, o que comprometeu minha organização.

A conversa prosseguiu pelo resto da tarde.

Parte 4 — Contratações

16 — Perseguição

A pior parte sempre foi a sede. Lutar, matar, correr, fugir do sol, tudo o mais é fácil ou pelo menos aceitável, mas a necessidade de beber sangue humano frequentemente, é que torna a vida de vampiro uma agonia.

Desta vez é ainda pior.

Quando vivia nas florestas do Japão feudal era muito simples se alimentar. Bastava procurar um camponês ou um caçador solitário, beber o sangue e abandonar a carcaça para os animais selvagens. Mesmo quando o Mestre criou as despensas, no antigo Palácio, os Generais ainda tinham permissão para caçar à vontade.

Depois quando saiu para explorar o mundo, era fácil se esconder em prostíbulos, se alimentar de prostitutas ou dos clientes delas, e era fácil desaparecer com os corpos sem chamar a atenção. Cidades litorâneas sempre tem o mar ou rios para esconder qualquer coisa. Nas florestas sempre existem animais selvagens famintos.

A Red Moon inaugurou uma nova fase, queimando carcaças em fornos industriais. Bastava um telefonema para que as equipes de faxina levassem as sobras devidamente embaladas em sacos discretos, para eventualmente trazer uma nova vítima, direto das modernas despensas.

Agora tudo isto se foi. Só sobrou a mesma sede de sempre.

As dificuldades estão cada vez maiores desde que abandonou Shogun num Japão cada vez mais distante. Para piorar agora existe Pedrinho.

Noboiushi não sabe o que está acontecendo. Nunca hesitou em matar quem quer que fosse, para obedecer a uma ordem ou para se alimentar. Homens, mulheres, soldados, vampiros, eram apenas vítimas circunstanciais. Sempre matou com facilidade, sem pensar e sem remorsos. Eliminar vidas não é problema, quando apenas a sobrevivência importa.

No entanto, desde que visitou Alana e conheceu Pedrinho, alguma coisa mudou. Mesmo com o garoto afeminado desbocado tomando algumas liberdades, não consegue encontrar uma justificativa para matá-lo. Se não fosse um vampiro, poderia pensar que está se afeiçoando ao garoto. Pedrinho não é um jovem comum: é educado, gentil, atencioso e inteligente. Nunca forçou a barra, embora deixe muito claro que tem preferencias homossexuais. Consegue rebolar e se insinuar de uma forma natural, mantendo respeito e exibindo admiração. Acaba por transformar as aulas em momentos alegres e descontraídos, bastante produtivas, tanto para o professor como para o aluno.

Ter que sair para se alimentar acaba se tornando um tormento.

A última vez foi a quase um mês, ainda em Paris, quando roubou uma prisioneira da despensa de Annette. Um tipo de roubou que sempre acontecia, já que a maioria dos vampiros detesta preencher formulários. Quando a sede aperta, não tem jeito. Agora precisa achar uma vítima nova, e desaparecer com o corpo para não despertar suspeitas.

Nas cidades onde as Casas estão instaladas existem as equipes de faxina, que recolhem as carcaças, as picam em pedaços menores e as enviam para fornos industriais, embaladas como lixo hospitalar. Foi uma excelente ideia. As noivas ajudaram a obter os contratos com siderúrgicas e outras companhias, influenciando as pessoas certas.

Mas nem isso tem agora. Mesmo que consiga contatar algum vampiro faxineiro e o ameaçar para não ser delatado, a despensa do Brasil foi desativada pelos amigos da Alana. E funcionava em Brasília, não tem nenhuma em São Paulo. É preciso caçar à moda antiga.

Eram dez horas da noite de uma sexta, quando decidiu agir. Quando a cidade começa a ferver.

São Paulo é só mais uma grande metrópole, cheia de oportunidades para quem quer um pouco de ação. Saiu do apartamento que tinha alugado, no subsolo de um pequeno prédio no bairro Ana Rosa e seguiu andando pela calçada. Ainda se lembrava da expressão de incredulidade do sindico, ao ver um executivo japonês, vestindo um caríssimo terno francês, bem perfumado e educado, alugando um minúsculo apartamento úmido e sem janelas. Precisou justificar:

— Estou em férias e não quero ser incomodado.

Isto e uma nota de cem dólares evitou qualquer outra pergunta do sindico.

Seguiu pela rua até um ponto em que a lâmpada do poste estava queimada, cerca de cem metros antes de um bar agitado. Estava vestindo um agasalho esportivo e tênis, como se estivesse indo para alguma academia. Esperou até que um transeunte solitário chegasse para pegar um dos carros estacionados na rua. Assim que o sujeito abriu as portas do veículo, Noboiushi, o mais letal samurai dos vampiros, correu até o homem, lhe aplicou um potente golpe de caratê na nuca, apoiou o homem nos ombros como se fosse um saco de batatas e correu com ele até uma caçamba de lixo, onde o homem foi atirado. Tudo em segundos, usando a velocidade típica dos vampiros.

Podia ter bebido o sangue do sujeito, mas estava muito perto do apartamento. Regras de sobrevivência de um serial killer que se presa: nunca mate no próprio quintal.

Voltou para o carro calmamente, agora com as chaves. Arrancou imediatamente no veículo emprestado, um Renault Sandero esportivo. É inacreditável que existam pessoas que compram carros caros e não tem dinheiro para pagar um estacionamento. Quando o dono acordasse, em algumas horas, tudo já estaria terminado e o carro estaria abandonado em algum local.

Antes de sair havia consultado os roteiros turísticos da cidade, pela internet, e memorizado os pontos mais interessantes para caçar. É preciso evitar os pontos mais óbvios e mais frequentados, dando preferência aos mais isolados e discretos. Mas não nesta noite. Queria chegar rápido em qualquer lugar onde uma pessoa pode desaparecer sem chamar muito a atenção.

Seguiu na direção do Jabaquara e rapidamente chegou na Avenida Indianópolis, conhecida como um ponto frequentado por prostitutas e travestis. Andou poucas esquinas e já viu uma garota usando um microvestido branco, com a saia minúscula exibindo coxas grossas, seios bastante salientes e cabelos tão loiros que provavelmente eram uma peruca de baixa qualidade. Estava sozinha, encostada em um muro, sob uma arvore frondosa. Parou ao lado da garota, que se aproximou rapidamente assim que viu o vidro da janela do passageiro sendo aberta. Ela que falou, numa voz grave, rouca e empostada:

— Está a fim de um programa, gato?

— Estou, se você souber ser discreta.

— Já sei, todos os meus clientes exigem a mesma coisa. Você precisa conhecer meu poço de discrição. Pode pagar?

O general conhece o protocolo. Exibiu um maço de notas de cem dólares.

— Entre, tenho uma proposta.

A garota do microvestido branco entrou no carro e quando se sentou, o que havia de saia subiu ainda mais, deixando aparecer o fundilho da calcinha, também branca. Ela, falsa e inutilmente, tentou abaixar a barra da saia, num gesto ensaiado, só para chamar a atenção. Se acomodou aparentemente fechando as pernas, mas deixando o decote bastante visível.

— Sou toda ouvidos, gostosão! Para onde vamos?

Noboiushi estava para responder quando notou uma movimentação anormal do outro lado da rua. Um carro arrancou cantando pneus e tentava se meter no meio dos outros que passavam, como se o motorista tivesse enlouquecido.

O instinto de sobrevivência assumiu o controle. Arrancou acelerando o automóvel roubado, se atirando para o meio da avenida, enquanto ordenava:

— Ponha o cinto. Vamos passear.

A travesti arregalou os olhos dando gritinhos excitados, e conseguiu afivelar o cinto para amenizar o balanço forçado. Estava com as pernas totalmente abertas, esquecendo por completo da simulação de recato.

Pelo retrovisor, o vampiro viu o carro passando por cima do canteiro central e iniciando uma perseguição. Só via os faróis do outro carro, o que impedia uma identificação apurada. Mas havia notado antes que era um carro civil, escuro. Não deviam ser policiais. A hipótese mais provável dizia que eram Caçadores, que de alguma forma notaram a presença dele. Os malditos estão cada vez mais sofisticados.

A garota continuava com os gritinhos excitados:

— O que foi gatão? Viu a patroa na sua cola? Não são os tiras, né?

Ignorou os comentários, se concentrando na avenida. Mesmo sendo mais de dez da noite, o transito é bastante intenso neste lado da cidade. Seguiu costurando pelo meio dos automóveis, acelerado, na direção do Ibirapuera.

Os agentes George e Ricardo são dois dos sete melhores agentes da Organização VH, no mundo todo. Talvez por isto fossem os mais requisitados para patrulhar a cidade. Haviam começado esta noite de sexta perto da Base, situada na Rua Santa Ifigênia. Depois de algumas voltas pelo bairro, seguiram pela Avenida São João até chegar na Marginal Tietê, depois na Marginal Pinheiros, desviando para passar por trás do Jóquei Clube, para chegar nas ruas conhecidas como outro ponto de prostituição. São os locais preferidos pelos vampiros, onde os monstros acreditam que vão encontrar humanos descartáveis. E, exatamente por este motivo, são os pontos preferidos pelas patrulhas de Caçadores, as únicas defesas com que os humanos podem contar, mesmo ignorando o perigo que correm.

Sem ter encontrado nada nas cercanias do Jóquei, atravessaram o Rio Pinheiros, continuando pela Juscelino Kubitscheck até o Parque do Ibirapuera, onde entraram na República do Líbano e chegaram na Avenida Indianópolis. Foi quase no final dela que fizeram o contato positivo. Todos os patrulheiros trabalham com a armadura de combate por baixo das roupas, e usam os óculos especiais dos Caçadores todo o tempo. Sem armadura, nenhum humano é páreo para enfrentar um vampiro no corpo a corpo. Bem, exceto a Agente Alexia que conseguiu eliminar um, mas ela não revela como o fez.

Os óculos são equipados com micro câmeras e sensores especiais, que identificam vampiros e os projetam coloridos nas lentes. Foi assim que Ricardo viu uma sombra vermelha dentro daquele carro onde a menina estava entrando. A imagem da menina estava azul, indicando uma humana normal. Imediatamente ele acelerou, gritando para George:

— Alvo.

Seguindo o protocolo, George ligou para a Base. Foi atendido por Alexia, trabalhando em mais um turno noturno nas Comunicações. Ele foi direto ao assunto:

— Alvo motorizado localizado na Avenida Indianópolis, se dirigindo para norte. Iniciando perseguição.

Alexia sempre foi muito eficiente. Uma palavra e ela sabe tudo o que tem de fazer:

— Reclassificando sua EBA. Solicitando apoio aéreo e motorizado. Temos quatro agentes para apoio, seguirão em dois veículos. Me mantenha informada.

Ricardo adora quando Alexia está de serviço. Todos adoram. Em poucos minutos teriam Policiais Militares cercando o vampiro, em motos e em helicópteros. Mas para o combate, é mandatório que sejam os agentes, especialmente treinados e equipados. Eles e os dois veículos apoiadores, sem envolvimento de mais ninguém, policiais ou não. Isto faz parte do acordo que a VH mantém com as forças policiais do mundo todo.

No carro em fuga, Noboiushi, sem a menor noção do que o esperava, tentava pensar em uma saída. Ao cruzar com a Avenida Ibirapuera fez uma curva brusca para esquerda, tentando alcançar a Avenida dos Bandeirantes, onde teria mais opções. A passageira, mesmo com o cinto, foi atirada de encontro à porta, e mudou de atitude:

— Você está louco, cara. Vai matar nós dois. Me deixa descer.

Foi ignorada mais uma vez. Pelo espelho, o vampiro viu o perseguidor fazendo a mesma manobra, provocando um caos no cruzamento, com batidas e buzinadas dos outros carros.

Acelerou mais ainda, provocando ainda mais buzinadas. Chegando na avenida mais larga virou bruscamente para a direita, avançando em zigue zague e arrancando palavrões dos outros motoristas.

No carro perseguidor, George tentava passar os dados para Alexia.

— Ele entrou na Ibirapuera. Não, agora está na Bandeirantes. Agora está indo para a Marginal.

Alexia ouvia tudo e tentava coordenar.

— Já tenho a ROCAM, as motos estão sendo mobilizadas. Tem seis delas aí na Bandeirantes. Consegui um helicóptero Águia. Está decolando. Não percam o vampiro de vista, o apoio está a caminho.

George lembrou:

— Alexia, evite as TVs. Na última vez elas só atrapalharam...

— Vou tentar, mas eles gostam de seguir os helicópteros da polícia.

Noboiushi entrou na Marginal Pinheiros a mais de 140 km por hora, se esforçando para desviar do transito sempre intenso. É uma avenida que deveria ser uma via rápida, mas isso não existe em São Paulo. Todas as avenidas são entupidas de radares e obstáculos, que represam todos os veículos e prejudicam a cidade como um todo. As velocidades reduzidas permitem que pedestres e transeuntes se atrevam a circular pelas avenidas, o que cria um efeito cascata. Embora vampiros em fuga não se importem com pedestres ou outros motoristas, sempre serão obstáculos para atrapalhar. A parte boa disto é que também atrasa os perseguidores.

Correndo como estava, bastou cinco minutos para passar ao lado do Parque Villa Lobos, uma área arborizada ao lado da avenida. Foi onde o ex-general ouviu as sirenes. Um enxame de motocicletas da polícia, do esquadrão ROCAM, se juntou aos perseguidores. É apenas uma questão de tempo até que o alcançassem.

A passageira se agitava como podia, sempre gritando:

— Paaaare! Quero descer! Eu vou morrer!

Um golpe de caratê bem na base do pescoço fez com que ela/ele se calasse instantaneamente. A força foi suficiente para mantê-la calada por várias horas, mas sem matar. De relance, pode ver que a minúscula saia havia subido até em cima, se transformando numa cinta. E que o travesti tinha pernas grossas muito bonitas, bem depiladas.

Todo vampiro sabe que veias safenas, na parte interna das coxas, são uma excelente fonte de sangue. Teve que fazer um esforço para evitar a distração.

Quando os gritos cessaram, outro barulho lhe chamou a atenção. Vindo do Leste, um helicóptero se aproximou num voo rasante, fazendo a volta e se juntando à comitiva.

A coisa ficou séria. Iluminado por um potente facho de luz proveniente da aeronave, Noboiushi fazia ziguezagues, costurando por entre os carros como um alucinado.

Mais quatro minutos e chegou no complexo de viadutos conhecido como Cebolão. Fingiu seguir para a esquerda e atravessou a pista virando para a direita, entrando na outra avenida marginal, desta vez a Tietê. Todas as manobras possíveis para atrapalhar as motocicletas foram feitas. Pelo espelho, viu que mais dois automóveis se juntaram à perseguição.

No carro perseguidor, George continuava discutindo com Alexia, enquanto Ricardo dirigia.

— Eu disse para você bloquear o cara, não para o seguir. Agora estamos todos do mesmo lado.

— George, não deu. Tem transito em todas as rotas. O Águia vai cercá-lo, assim que chegarem em uma área sem tantos carros. Estou com a PM no rádio. Querem saber quem é o terrorista.

— Mas quem falou em terrorista? Estamos caçando um vampiro!

— Eu falei. Como acha que consegui essa megaoperação? Nesse horário só tem plantonistas, precisei agilizar.

— Tá certo. Resolvemos isto depois.

— A PM está dizendo que estão entrando na Rodovia dos Bandeirantes. Agora vai ficar fácil, estão montando uma barreira no primeiro posto da policia rodoviária. O Águia vai empurrá-lo direto para lá. A ROCAM vai impedir que ele volte. Se preparem para o combate.

O fugitivo é um experiente general, sobrevivente há mais de quinhentos anos. Mesmo com a tentação de permanecer na excelente Rodovia, sabia que isso facilita a operação aérea, além de permitir que os perseguidores aumentem a velocidade. É hora de mudar de tática.

Logo que entrou na Rodovia dos Bandeirantes, viu uma placa indicando um retorno. Fez mais algumas manobras em ziguezague para confundir as motos e entrou na pequena rua lateral, procurando o tal retorno. Logo à frente, a ruazinha virava em angulo de 90 graus para passar por baixo da autopista. Pisou no freio com força, fazendo o carro derrapar por vários metros, e conseguiu fazer a curva.

Pisou nos freios com mais força, até que o carro parou. Abriu a porta e correu em direção da mata que margeia a avenida, usando a velocidade característica. Ouviu freadas das motos e carros que o seguiram, mas tinha a vantagem de correr a pé.

Visto da estrada a mata parece uma floresta, mas na realidade são apenas poucos metros de arvores e vegetação rala. Continuou correndo entre as arvores por mais um quilometro, se escondendo do helicóptero que já sobrevoava o local. Quando chegou em um ponto onde não seria visto, seguiu para dentro do bairro, se afastando da Rodovia.

Mais alguns quarteirões e ouviu o barulho de um trem. Atrás, o helicóptero continuava vasculhando a mata.

Continuou correndo na direção da ferrovia. Em poucos minutos chegou na Estação Pirituba.

Com todo o treinamento aperfeiçoado em séculos, não teve nenhuma dificuldade para saltar por cima das grades de proteção e chegar na plataforma no momento em que o trem urbano estava parando.

O trem da CPTM voltou para a cidade. Em 20 minutos ele desceu na Estação Barra Funda. Com cuidado, sabendo que já haveria um alerta para sua pessoa, desviou de todos os seguranças, principalmente dos que usavam óculos escuros ás onze horas da noite e embarcou no Metrô, com destino a Estação Sé, onde fez baldeação para a linha azul, que o levou até a Estação Ana Rosa, de volta ao apartamento.

Era quase meia-noite quando chegou no quarto sem janelas, ainda mais sedento. Esta noite está perdida. Deve haver Caçadores pela cidade inteira. Pensaria em outra coisa para a noite seguinte, talvez uma visita a um bailinho funk na periferia.

Mas a noite ainda não estava terminada.

Assim que abriu a porta do quarto, foi recepcionado por dois rostos aliviados por o verem intacto.

Alana, sentada na cama, o cumprimentou:

— Boa noite, professor. Estávamos preocupados.

Pedrinho, anormalmente bastante sério, e sentado numa cadeira, o olhava com dois enormes e doces olhos, lhe fazendo uma censura:

— Devia ter me contado que está doente! Faço qualquer coisa para te ajudar.

17 — Nova dupla

Algumas horas antes, Pedrinho foi surpreendido por uma convocação inesperada, precisamente no momento em que voltava do almoço:

— Pedrinho, Alana está te procurando. Vá até a sala dela assim que terminar o que estiver fazendo.

O tom de voz do Senhor Claudius era jovial, como sempre. Mas uma ordem direta do chefão, para falar com a chefona, deixa qualquer um com os cabelos em pé.

Não tinha feito nada de errado recentemente. Poderia ser outra bronca por causa das gírias? É o principal motivo pelo qual os chefões o chamam. E as broncas nunca resolvem, só porque não sabe falar de outro jeito.

Mas não adianta adiar. Dona Alana sempre foi muito legal, deixá-la esperando é falta de educação. Com ou sem gírias.

Bateu na porta discretamente, antes de enfiar o rosto para dentro da salinha de reuniões, usada como escritório pela patroa.

— Quer falar comigo, Dona Alana?

— Entre, Pedrinho. Sente-se. Só quero te fazer umas perguntas, não vai demorar.

— Foi alguma coisa que eu fiz? Garanto que não foi de propósito...

— Para com isso, Pedrinho. Não é nada disso.

— É que a senhora sempre me lembra para não falar do meu jeito. Pensei que...

— Sim, isso é um problema. Não fica bem do jeito que você fala com os nossos clientes. Mas percebo que você está se esforçando. Não é por causa disto que te chamei.

— Beleza, então tá suave!

— Lembra daquela noite em que um amigo veio me visitar, o General?

Pedrinho gelou.

— Não fiz nada de mais, Dona Alana.

Os sentidos aguçados da ex vampira captaram o aumento da palidez do rapaz.

— Pedrinho, só quero saber se ele deixou algum cartão de visitas, um endereço ou telefone para contato. Não tem nada no registro da recepção.

— Eu esqueci de registrar, foi? Desculpa, Dona Alana.

— Desculpado. Mas tem algum contato?

O rapaz pode ter muitos defeitos, mas não sabe mentir, principalmente para aquela mulher que sempre o tratou muito bem. Antes de conhecê-la, no dia em que foi entrevistado para a vaga de Office-boy, sempre era visto como uma aberração, por se mostrar afeminado, desbocado e sem ligar para coisa nenhuma. Mesmo assim, Alana lhe deu o emprego, sempre o aconselha bastante e o trata como um ser humano normal. Ela e o marido. Pedrinho devolve a consideração trabalhando com dedicação. Um dos defeitos recorrentes que ele tem, é que não sabe esconder nada. É quando fica nervoso e se afunda cada vez mais nas desculpas.

— Ele reclamou de alguma coisa para a senhora?

A palidez aumentou, o denunciando. Alana não queria assustar o garoto, mas precisava da informação.

— Pedrinho, não falo com o General desde aquela noite. Mas tenho um negócio muito importante para tratar com ele. Se ele te deixou um telefone de contato e pediu segredo, pode me falar. Ou ele te disse para manter segredo até de mim?

— Não, Dona Alana, ele não falou nada da senhora. Mas, sim, é segredo. Ele exigiu que eu não contasse para ninguém.

— Imagino que ele estava se referindo a qualquer outra pessoa. Acha que eu também estou incluída?

— Não sei. Mas naquela noite ele disse que foi uma ideia da senhora. Então acho que posso contar, mas só se a senhora prometer que também guarda o segredo.

— Está certo, eu concordo e te prometo não contar para mais ninguém. Mas o que pode ser tão secreto assim?

— O General está me dando aulas particulares. De História e de Geografia.

Alana se recostou na cadeira, digerindo a informação.

— Lembro de ter sugerido isto, mas não pensei que você se tornasse um aluno. Como vocês estão fazendo?

— Três vezes por semana eu vou ao apartamento dele, depois do trabalho. Ele me comprou vários livros. Ficamos estudando e depois ele me leva até em casa. Juro que não acontece mais nada.

— Isso é surpreendente. Tudo bem que eu dei a ideia, mas não esperava que ele começasse a praticar assim tão rápido.

— Kenji é fora de série.

— Kenji?

Agora a palidez avermelhou.

— Dona Alana, não é o que está pensando. Ele disse que eu podia chamá-lo assim, durante as aulas.

— Pedrinho, não estou pensando nada. É que conheço o General há muito tempo, e toda esta situação me parece muito estranha. Ele já te falou sobre a doença dele?

Desta vez foi Pedrinho que arregalou os olhos, fazendo uma expressão de espanto:

— Que doença? É grave? É alguma coisa perigosa?

— Calma, Pedrinho. Não é assim tão sério. É só uma doença no sangue, mas que incomoda bastante.

— Ele devia ter me contado. Não quero que ele sofra. Ele é muito legal. Eu quero ajudar.

— É impressão minha ou você o está vendo como mais que um amigo?

— Dona Alana, não pense mal de mim. Ele é muito legal, me trata muito bem, igual a senhora e o senhor Claudius. Não quero que nada de mal aconteça com ele.

— Se tivesse alguma coisa que você pudesse fazer para ajudar, você toparia?

— Claro, qualquer coisa.

— Até mesmo uma transfusão de sangue?

— Eu tenho medo de agulhas, mas para o Kenji eu faço.

— Então vamos fazer uma coisa. Depois do trabalho hoje, você vai até o General e diga que eu preciso falar com ele. Se ele aceitar, você me liga e eu vou encontrar vocês. Se ele não aceitar, o segredo de vocês continua secreto. Pode ser?

— Só tem um problema. Como eu acho a senhora? Não tenho celular.

— Leve o meu, quando sair. Ligue para o número do Claudius, está na memória identificado como "Marido". Eu ficarei com o dele e atenderei quando vir que sou eu quem está ligando.

— Que esquema maluco. Gostei.

* * *

Já passavam das dez horas da noite e o casal ainda estava no escritório. Claudius conhece Alana muito bem, para saber quando ela está ansiosa. Se ela ainda não contou o que a incomoda, significa que é importante. A estrategista que vive nela sabe o momento certo de revelar o que se passa naquela linda cabecinha.

Claudius aproveitou o tempo para revisar vários relatórios, preparar contratos e tudo o mais que uma empresa de Consultoria precisa fazer, adiantando o trabalho do dia seguinte. Ao mesmo tempo monitorava as comunicações da Base dos Caçadores, através das linhas diretas que estavam permanentemente conectadas.

Uma agitada Alexia chamou a atenção dos dois, transmitindo ordens que pareciam uma mega caçada, animando a noite da sexta-feira. Claudius ajustou melhor os computadores, para obter mais detalhes.

Uma patrulha de vigilância encontrou um vampiro e o estava perseguindo através da cidade. Alexia envolveu motocicletas e um helicóptero da Polícia, mas o fugitivo continuava se esquivando. Claudius fez o comentário que atraiu a atenção de Alana:

— Esse vampiro é bom. Não é fácil escapar de George e Ricardo. Já os vi em ação, pessoalmente.

— O que quer dizer?

— Que o cara é bom. Um vampiro comum já teria cometido um erro. Principalmente, com Alexia coordenando a perseguição.

— Claudius, você conhece os Caçadores melhor do que eu. Isto não é normal nas patrulhas?

— Não. Como os rapazes me disseram uma vez: nenhuma luta contra um vampiro sequer chega a uma hora. Esse fugitivo pode bater esse recorde, considerando o tempo da perseguição.

— Amor, me empresta seu celular.

— Vai ligar para alguém a essa hora?

— Sim, para eu mesma.

Claudius ficou olhando para a esposa, sem entender. Ouviu parte da conversa:

— Oi, sou eu. Nosso amigo já chegou?

Aparentemente, a pessoa do outro lado reconheceu a voz dela. Alana ouviu e continuou:

— É normal ele demorar assim?

Depois de outra pausa:

— Me diga onde você está. Estou indo para aí, agora mesmo.

O endereço devia ser fácil, já que ela desligou em seguida, sem anotar nada.

— Querido, me leva até o metrô Ana Rosa?

— Vai passear de metrô?

— Não, vou ver um amigo que mora lá perto. E tenho outra coisa para te pedir. Me deixa entrar sozinha. Talvez demore algumas horas, você pode me esperar no carro?

— Aprendi há muito tempo que não devo discutir com você. Me dê uns minutos para rotear o computador para meu tablet. Quero acompanhar remotamente esta operação dos rapazes. Qualquer coisa, pode me chamar e derrubarei todas as portas até te encontrar.

— Sei disso, querido. Você já atravessou o mundo para me achar. Mas não será necessário desta vez. Te conto tudo depois.

* * *

Alana e Pedrinho conversaram por uma hora e meia, cada um tentando disfarçar a própria ansiedade. No minúsculo apartamento sem janelas alugado por Noboiushi, era só o que podiam fazer, a menos que quisessem estudar história ou geografia nos livros comprados para o rapaz.

Apesar da insistência. Alana relutava em contar qual é a doença do general. Estavam perto da meia noite e o assunto voltou.

— Dona Alana, me conta, é alguma coisa muito perigosa? Pode piorar e colocar a vida dele em perigo?

— Não, Pedrinho. Já te contei que é só uma doença de sangue, que provoca algum desconforto, mas que pode ser curada por uma transfusão.

— Já tive uma aula disto na faculdade. Para a transfusão não precisa ter sangue do mesmo tipo? Como vamos saber se o meu serve?

— Conheço uma técnica nova, que dispensa o teste. Mas não posso te contar os detalhes, sem a permissão do general. Afinal, estamos falando da vida dele.

Estavam neste impasse quando a porta foi aberta e Noboiushi em pessoa surgiu, vestindo um agasalho de ginástica como se tivesse se exercitado a noite inteira.

O general demorou alguns segundos para assimilar o cumprimento de Alana e a bronca do rapaz.

— O que vocês dois estão fazendo aqui?

Alana tomou a frente:

— Estávamos conversando e te esperando. Vim saber se já decidiu seguir o meu conselho. Sabe, aquele para se curar?

— O que você contou ao Pedrinho?

— A verdade. Que você tem uma doença no sangue e que pode ser curada. Com uma transfusão da pessoa certa.

Foi a deixa para Pedrinho entrar na conversa:

— Se o meu sangue pode te curar, eu te dou tudo.

— Alana, não foi de Pedrinho que conversamos. Como sabe se ele é a pessoa certa?

— Conversamos muito hoje. Ele tem todos os atributos necessários. Sei que falamos de uma esposa, mas isto é só um detalhe. Nenhum de nós três aqui tem preconceitos, até onde eu saiba.

Pedrinho se arrepiou com o rumo da conversa:

— Do que a senhora está falando? Não é só uma doação de sangue? Vou ter que casar?

— Pedrinho, tem os detalhes que não te contei. É um tipo de transfusão especial, por isso não depende do tipo sanguíneo. E cria uma ligação permanente, entre doador e recebedor. Se o general aceitar, vocês dois ficarão ligados para o resto da vida.

Um brilho passou pelos olhos do rapaz.

— Isso não é perigoso? Parece uma coisa não oficial. Tem alguma droga no meio? Sou meio careta...

Noboiushi resolveu intervir:

— Vou abrir o jogo com você, Pedrinho. Se você aceitar, eu aceito. Acredita em vampiros?

— Aqueles do cinema? Tem uns que são legais, tipo os do True Blood.

Foi a vez de Alana:

— Não, Pedrinho. Nada de cinema. Aqueles não existem. Vamos falar de vampiros de verdade. Eu já fui uma. O general ainda é.

O rapaz não sabia para quem olhar.

— Vocês tão me gozando, não é?

— Não estamos brincando. Eu sou um vampiro. É esta a doença que tenho no sangue. E você pode me curar, do mesmo jeito que a Alana se curou.

— Com uma transfusão?

— Sim, de certa forma. Alana se curou quando bebeu o sangue do Claudius. Depois ela devolveu o sangue e o curou.

— Pedrinho, sabe aquele casal que sempre aparece lá no escritório? Cora e Steve? Eles também passaram pelo mesmo processo.

— Ainda não peguei. A senhora, o senhor Claudius, aquele casal, todos são muito legais. Nenhum de vocês é um monstro. Vampiros não são do mal?

Alana falava suavemente:

— São, até encontrar alguém especial. O segredo para curar um vampiro é gostar de verdade. Até hoje eu pensava que precisava ser um casal, mas vendo como vocês dois se comportam, acho que isto não importa. Você está cuidando do general e ele está cuidando de você. Só depende de quanto cada um se importa com o outro.

— O que precisa ser feito?

— Você precisa doar seu sangue para o general, com a intenção de salvá-lo. Ele vai se curar e você se transforma em um vampiro, em vinte e quatro horas. Depois ele te doa o sangue dele e salva você. No final os dois ficam curados, e continuam com os poderes dos vampiros, mas completamente humanos.

— Que poderes?

— Super força, super velocidade, capacidade de se regenerar, nunca mais ficar doente. É quase como ser imortal. Cora e Steve até são imunes ao sol, que é mortal para vampiros. Parece que o processo elimina as fraquezas dos vampiros, mantendo as vantagens.

— Kenji, se eu te der o meu sangue, você vai cuidar de mim?

— Sempre. Vamos ficar ligados até o fim das nossas vidas, o que ainda vai demorar muito. Vou te ensinar tudo o que sei, incluindo lutas e estratégia. E se eu esquecer alguma coisa, Alana pode me cobrar.

— Dona Alana, vou perder o meu emprego?

— Eu tenho outro trabalho, para vocês dois. Vamos trabalhar juntos, e viajar bastante.

— Tudo bem. Eu topo.

Alana sorriu, como só ela consegue.

— Vou deixar vocês dois sozinhos. Fiquem com meu celular, e me avisem de qualquer coisa que precisarem. Espero os dois na segunda-feira, lá no escritório, para discutirmos o novo trabalho.

18 — Saúde publica

O fim de semana de Alana foi tenso. Ainda estavam morando no minúsculo apartamento de Claudius, que os obrigava a se manter quase grudados um no outro. Era mais um motivo para adiarem a mudança para outro local maior. Ela precisou lutar contra a ansiedade, para não ligar para o próprio celular e interrogar o que estava acontecendo.

A tarde do sábado estava chuvosa, daquelas que estimulam jovens casais a se manterem debaixo de cobertas, assistindo TV e comendo pipocas. O cenário ideal foi maculado pela conversa sobre trabalho.

Quando contou para o marido o que estava acontecendo, a reação dele foi a esperada:

— Como é? Pedrinho? O nosso office boy? E com o general? Eu nunca conseguiria imaginar uma coisa assim.

— Eu também não acreditaria se me contassem, amor. Mas não estou procurando explicações. Acho que eles formarão uma boa dupla.

— Consegue ver o Pedrinho como um guerreiro?

— Ele vai receber treinamento de primeira. Noboiushi formou todo o exército de Shogun, nos últimos cinco séculos. Vampiros de todos os tipos. Pedrinho terá as mesmas capacidades físicas e é muito inteligente. Tenho certeza que vai se dar bem.

— Então o que é que está te preocupando, querida?

— Vamos ter mais dois guerreiros depois deste fim de semana. Estou pensando como eles serão aceitos na VH.

— Será um problema. Apolônio não é o tipo de pessoa que aceita numa boa, um rapaz afeminado e alguém com o currículo do general.

— Acho que nem Espério vai aceitar, mesmo ele sendo uma pessoa de mente aberta. Nós dois precisamos achar um jeito.

— Onde você marcou para nossos novos colegas poderosos se apresentarem?

— Lá no escritório, segunda pela manhã. Inicialmente pensei em levar os dois para a base, mas estou reconsiderando a ideia.

— Não faça isto. Precisamos preparar todos os espíritos antes. Pedrinho vai precisar de um local para treinar, mas não acredito que a base seja o melhor lugar. Eu fui tratado como um alienígena lá. E para todos os efeitos, consideram o general como um dos piores inimigos.

— O que sugere?

— Vamos achar algum outro local. Talvez alugar uma academia de ginastica.

— Ou compramos uma e a equipamos do nosso jeito. Tenho certeza que logo teremos mais poderosos para treinar.

— Querida, se está pensando o mesmo que eu, podemos ter mais problemas.

— Talvez não tenha outro jeito, amor. Temos dois dias para decidir o que fazer.

* * *

Pedrinho guiou o visitante até a sala de reuniões da LightYear, irradiando uma felicidade que nunca foi vista no lugar. Noboiushi o seguia sem manifestar nenhuma emoção, como todos os grandes executivos agem. Estava vestido com o melhor terno francês que possuía, usando uma gravata condizente, perfumes dos mais caros, relógio e sapatos como se estivesse num desfile de moda masculina. Contrastando com Pedrinho, que vestia calças jeans, camiseta e tênis surrado.

Foram recebidos por Alana e Claudius pessoalmente, e por Cora e Steve nos monitores conectados em tempo real com a base de Genebra, requisitada pelo casal de agentes. Não esperavam visitas inesperadas, por ser hora de almoço em Genebra, treze horas local, enquanto em São Paulo ainda eram apenas nove e o movimento no escritório ainda era muito pequeno. Horário ideal para se discutirem segredos.

Alana iniciou a reunião:

— Steve, Cora, quero apresentar nossos mais novos colegas guerreiros. Vocês já devem ter visto o Pedrinho aqui, que até este fim de semana era o office-boy deste escritório. Ele foi o responsável pela conversão do general, que acredito ser a peça que faltava em nossa organização. Lhes apresento o General Kenji Noboiushi, ex-vampiro, ex-braço direito do Shogun e um dos fundadores da Red Moon.

Claudius se divertia com a expressão de espanto do casal, que estava do outro lado do mundo, mas mesmo assim permitiam que os monitores captassem as bocas abertas e as faces de incredulidade. Cora foi a primeira a recuperar a voz:

— Foi ele que te libertou no Japão, Alana?

— Sim, Cora. Ele ainda era um vampiro e isto foi o rompimento com a Red Moon e com Shogun. Agora o General é caçado pelos vampiros e eu lhe ofereci uma oportunidade de virar o jogo. Noboiushi, o casal na tela são dois dos melhores agentes da nossa organização, e também foram convertidos. Cora neutralizou um dos guarda-costas de Shogun em Paris, mas foi transformada pelo outro. Steve a trouxe de volta.

Steve também recuperou a cor e a voz:

— Espério já sabe disso? Ou qualquer outro comandante?

— Ainda não. É o que precisamos discutir com vocês. Sabemos que haverá resistência para receber o General. Espério pode não querer mais essa briga, e pode sair queimado. Muitos ainda não aceitam a minha presença.

Pedrinho levantou a mão, timidamente. Alana percebeu:

— Quer falar alguma coisa, Pedrinho?

— Sim, dona Alana. Não acho legal ficar chamando o Kenji de General. Parece uma coisa do tempo em que ele era vampiro. Kenji prefere ser um professor.

Alana captou a mensagem:

— Tem razão. Será mais fácil para a VH aceitar um professor do que um general. Noboiushi, aceita nos treinar?

— Você já está treinada, Alana. Já vi Claudius lutando e falta pouco para ele. Nunca treinei humanos e não sei como fazer isto, mas não será difícil se todos tiverem a mesma capacidade física dos vampiros.

— Nós somos humanos, todos nós nesta reunião, mas não humanos normais. Pelo menos por alguns minutos todos fomos vampiros e mantemos estas características. Podemos receber o mesmo

71

treinamento que você usava com eles, sem problema. Incluindo eu e Claudius, precisamos nos aperfeiçoar.

Steve interrompeu:

— Será um problema usarmos as salas de treinamento das bases.

— Tem razão, Steve. Eu e Claudius estivemos conversando sobre isto. A melhor opção, ao que nos parece, é seguirmos um caminho separado da VH. Nossas academias, nosso comando independente, nossa vida autônoma.

— Um rompimento com a VH? — Cora perguntou.

— De certa forma, sim. Continuamos o mesmo trabalho, ainda subordinados a Espério, mas de uma forma independente. Isto elimina a responsabilidade dele sobre as nossas contratações, elimina a possibilidade da interferência de outros comandantes, nos dá liberdade de agir e resolve um monte de problemas.

Steve, já habituado a falar português com fluência, graças a convivência com Cora, tecia considerações.

— Em teoria parece bom, mas não temos nenhuma prática em administrar uma organização deste tipo, sem a orientação dos comandantes.

Noboiushi pegou o gancho para entrar na conversa:

— Se estou entendendo corretamente, vocês estão prevendo problemas para aceitar ex-vampiros em sua organização, e estão pensando em criar uma organização nova. Isto não é diferente da Red Moon, que eu criei há cinquenta anos. Só muda os lados. No início, eu criei a Companhia para permitir a sobrevivência dos vampiros, e não imaginava que ela se tornaria a potência que é hoje. Ela só cresceu porque contratamos humanos para o trabalho braçal, enquanto nós, os vampiros, conseguíamos os contratos. Admito que usamos meios pouco convencionais para isto, mas não invalida o trabalho das pessoas que desconhecem quem são os administradores. Se aceitarem minha ajuda, posso orientar como administrar uma empresa composta por pessoas serias e poderosas, com vontade de crescer. Humanos.

Um silencio constrangedor invadiu a sala. Alana foi quem o quebrou.

— Professor, isto seria um acumulo de funções. Precisamos que você treine nosso pessoal para as batalhas que virão. Funções administrativas seriam um outro fardo.

— Alana, venho fazendo todas estas funções e mais algumas, nos últimos cinquenta anos. Não é fardo nenhum. Vejo como uma oportunidade de voltar a ser útil, para justificar esta nova vida que você e Pedrinho estão me oferecendo. Sem vocês, eu não passo de um vampiro morto e inútil.

Steve ainda é o menos emocional da equipe, talvez devido aos treinamentos que recebeu:

— Professor, se conhece a Red Moon desde a fundação, está mesmo disposto a nos ajudar a acabar com ela?

— Meu rapaz, pensei que vocês fossem Caçadores de Vampiros, não caçadores de empresas. A Red Moon pode ter nascido com más intenções, mas ela evoluiu e atualmente presta serviços inestimáveis para o mundo todo. Eu diria que graças aos humanos que trabalham nela, já que vampiros não se importam com isto. O que precisamos acabar é com a influência maléfica que a Red Moon carrega, mas não vejo necessidade e nem utilidade em acabar com ela.

Todos se calaram novamente. Aquelas podiam ser palavras do Comandante Espério.

Cora mudou de assunto, tentando animar o clima:

— Temos informações de que Shogun pode ter se associado a Lobisomens, para nos combater. Pode nos dizer alguma coisa sobre isto?

— Posso. Para começar, Shogun é o mais antigo e o mais forte vampiro que conheço, mas também é o mais covarde. Ele tem necessidade de ter outros por perto, para fazer o trabalho sujo no lugar dele. Ele deve ter se apavorado quando o abandonei.

Alana e Claudius trocaram um olhar de cumplicidade, por serem os pivôs deste rompimento. Noboiushi continuou:

— Minha ausência repentina disparou diversos esquemas de segurança na Red Moon, esquemas que eu mesmo montei, para o caso de ser morto ou capturado. Eu era o Diretor de Segurança, entre outras coisas. Criei mecanismos para que todos os vampiros fossem relocados, a Red Moon entrasse num esquema de quarentena e coisas assim. Não morri e vocês não me capturaram, mas tudo foi acionado. Shogun se viu sozinho, apenas com as noivas dele. Eram doze, mas uma foi morta recentemente.

Claudius se manifestou:

— Eu fui o responsável pela morte dela. Mas não tenho nenhum orgulho disto.

— As onze noivas restantes estão espalhadas pelo mundo, mas apesar de serem poderosas e influentes, no conceito machista do covardão, são apenas auxiliares. Ele não confia nelas. Isto deve tê-lo feito procurar ajuda em qualquer lugar. Deve ter sido o que o aproximou dos Lobisomens.

Alana foi quem interrompeu:

— Mas sabemos que são inimigos mortais. Enquanto éramos vampiros, nós sempre os evitamos.

— Sim, mas mesmo inimigos tem um ponto em comum. Lobisomens sempre foram territorialistas. Territórios não precisam ser geográficos, podem ser econômicos. As palavras chave que unem os dois grupos são dinheiro e poder. Com este objetivo em comum, vampiros e lobisomens podem trabalhar juntos, embora o equilíbrio seja bastante precário.

Todos agora estavam como que hipnotizados pela conversa. Steve mantinha o sangue frio:

— Tem ideia do que podem estar negociando?

— O que sei de lobisomens é que exploram drogas, bebidas e jogo. Quase deflagramos uma guerra quando o outro diretor da Red Moon tentou entrar nesse jogo. Shogun me mandou para evitar o conflito. Mas nada disso interessa a vampiros. O que eles devem ter negociado é força bruta. Shogun precisa de soldados que possam morrer no lugar dele, e não tem mais ninguém qualificado para treinar vampiros, como eu fazia. Em contrapartida, o que a Red Moon tem de mais valioso para os lobos, acredito que seja influência. Imaginem se as noivas conseguem influenciar políticos para liberar o jogo e as drogas em escala global?

— Por que o equilíbrio é precário?

— Animosidade natural. Qualquer dos lados que fraquejar será engolido pelo outro.

Alana, a estrategista, interrompeu novamente:

— Entendo que isto nos dá uma vantagem estratégica sem precedentes. Basta desestabilizamos um grupo, para vencermos a guerra. Seleção natural.

— Não sei o que possa ser feito do lado dos lobisomens, mas sei como enfraquecer Shogun. O ponto sensível neste momento são as noivas.

Steve se animou com este comentário:

— Qual seria o plano.

— Fazer com que elas se exponham, perdendo o poder de influenciar alguém. Existe uma técnica de batalha que, para enfraquecer o inimigo, basta cortar suas linhas de suprimento. Se as despensas forem neutralizadas as noivas entrarão em pânico e serão inúteis para os lobisomens.

— Simples assim?

— Não completamente. Sem as despensas os vampiros, noivas e soldados, serão obrigados a procurar outra forma de se alimentarem. Pode gerar uma caçada indiscriminada a humanos. A operação tem que ser bem planejada, para evitar perdas desnecessárias.

Alana tomou a frente, antes de Steve.

— Precisamos levar isto urgentemente aos comandantes. Steve, Cora, vocês podem fazer isto, pessoalmente? Precisamos de Espério antes de tomar qualquer decisão.

— Alana, tem outra coisa que podem começar a pensar. Se vamos atacar, precisamos minimizar a contraofensiva. A primeira coisa é neutralizar Donatello, o outro diretor, que está acumulando minhas funções.

Steve se animou novamente:

— Estou investigando esse nome já tem um bom tempo. Mas o homem parece intocável. Não encontro nada que justifique qualquer ação.

— É porque ele cuida da parte legal da Red Moon. Mas Donatello tem um ponto fraco: uma despensa particular, onde mantem algumas garotas em cárcere privado.

Os olhos de Steve brilharam:

— Isto é dinamite. Podemos pegá-lo hoje mesmo, se nos disser onde fica.

— Ora, no porão da mansão dele, em Paris. Por falar em mansão, a minha está deserta. Se vocês vão trabalhar de forma independente, eu a ofereço para ser o seu quartel general.

Foi a vez de Claudius arregalar os olhos:

— Não temos capital para investir em uma mansão, mesmo que queira alugá-la. E ainda teríamos que equipá-la.

— Eu acumulei muito dinheiro nos últimos cinquenta anos. Não tenho onde gastá-lo. Pedrinho não me parece dispendioso. Se permitirem, posso financiar suas novas operações. Me considerem com um sócio.

— Mas os bens dos vampiros não são confiscados pelos governos? — Pergunta de Cora.

Foi Steve quem respondeu.

— Dos vampiros, sim. Mas se o professor passou pelo mesmo processo que nós, ele tecnicamente não é mais vampiro. Lembre-se que Claudius passou por todos os testes.

— Não precisamos de investimentos. Já tenho uma academia completa e uma sala de teleconferência montada com os equipamentos mais modernos. Estava ligada à Red Moon, só precisamos redirecionar as conexões. Vocês têm alguém que possa fazer isto em Paris, enquanto estamos aqui?

— Pode deixar comigo, é minha área. — Steve se prontificou. — Podemos conversar mais um pouco depois que esta reunião terminar?

— Steve, todos nós temos muito o que conversar. Mas a urgência agora é informar Espério. Vocês dois podem cuidar disto aí em Genebra? — Alana sempre foi muito prática.

— Eu asseguro que sim. — Cora não quer ficar para trás.

— Então declaro nossa primeira reunião encerrada. Vamos aguardar a convocação dos comandantes para continuar. Cora, este escritório será nossa base no Brasil, até termos lugar melhor.

Assim que desfizeram os contatos com Genebra, Alana suspirou. Virou-se para o professor:

— Eles o aceitaram melhor do que eu esperava. Acho que será fácil trabalharmos juntos. Agora vamos discutir a questão do contrato, de vocês dois.

19 — Rápido como um trem-bala

Steve saiu da tele reunião tão excitado que quase esqueceu Cora na sala. Quase, porque ela viu o estado dele, e o seguiu de perto. Foram direto para a sala do Comandante Espério, anunciar as novidades comunicadas por Alana.

Cora foi quem falou quase o tempo todo, enquanto Espério apenas ouvia, como se fosse uma estátua. Depois de quase uma hora, quando ela já estava ficando com a boca seca, ele mostrou ainda estar vivo:

— Quando menos se espera, Alana nos surpreende novamente. Preciso pensar a respeito. Mas confesso que gostei da ideia: vocês atuarem de forma independente e sediados em Paris. Claudius parece ser bom com negócios, talvez eu possa aproveitar melhor essa característica dele.

Steve aproveitou o gancho:

— Ele não vai trabalhar sozinho. O professor aparentou estar muito seguro, e pelo que sabemos da Red Moon, ele fez um bom trabalho, apesar dos objetivos questionáveis. O senhor precisa conhecê-lo. E Alana estará controlando os dois.

— Ele te deixou uma boa impressão, Steve? O segundo vampiro mais procurado do mundo?

— Confesso que foi uma surpresa, ver aquele homem assustador na sala da LightYear. Se não fosse pela presença de Alana e Claudius, eu nem sei o que pensar. E tem Pedrinho, também. Nós já o vimos várias vezes, enquanto estávamos lá. É um garoto estranho, mas muito transparente. Depois de poucas horas de conversa, não vejo mais o professor como um vampiro.

A opinião de Cora sempre é mais poética:

— Eu o vejo como um executivo, um daqueles presidentes que aparecem nos filmes.

— Steve, por quê sinto que você quer dizer mais alguma coisa?

O casal trocou um olhar cúmplice. Desde que passaram a compartilhar a mesma alma, um pressentia o que se passava pela cabeça do outro.

— Ele nos deu uma dica de como pegar Donatello.

— O terceiro vampiro mais perigoso e intocável? Isto está ficando interessante.

— Segundo o professor, Donatello mantem humanas em cárcere privado, na mansão dele em Paris. É tudo o que precisamos para invadir a mansão dele, com um mandato legal.

— Pode provar isto?

— Minha memória está muito melhor do que era antes. Estou lembrando de algumas informações que não faziam sentido enquanto eu investigava. Ainda estão nos computadores, só preciso de algumas horas para costurar tudo.

— Mas não é só isto, estou certo?

— Queremos sua autorização para irmos agora mesmo para Paris. Quero ser o primeiro a invadir aquela mansão.

— Precisamos do mandato antes. E só com provas de que ele é um vampiro, ou o caso passa para a Polícia comum. Não é como nossos casos normais, este sujeito está blindado por vários mecanismos legais.

— Compilo as informações no trem. Quando chegarmos a Paris, a Comandante Alice terá os documentos prontos para obter o mandato ainda hoje. Teremos o Alvo Prioritário Três neutralizado amanhã cedo, logo depois do sol nascer.

— Certo, vou falar com Alice. Mas não façam nada sem a autorização dela, quando estiverem lá. Podem ir.

A viagem no Trem-bala de Genebra a Paris demora pouco mais de três horas, tempo em que Steve permaneceu concentrado no laptop dele. Cora só o interrompeu durante uma pequena pausa para um lanche no vagão restaurante.

O pouco tempo em que estiveram em São Paulo, treinando com Alana, foi suficiente para aprenderem a dominar a força e a velocidade sobre-humana, mas os dois sabem que um combate real não se aproxima em nada do que acontece em um treinamento. Cora leva vantagem, por ter treinado Claudius antes do resgate de Alana, e em consequência disto se sente responsável pela segurança do marido.

Como sempre acontece nas missões especiais, estavam sendo esperados na estação Paris Gare Lyon, por dois agentes enviados por Alice. Seguiram direto para a base.

O sol já havia se recolhido quando saíram da base, quatro horas depois, em direção ao Hotel conveniado. O mesmo em que haviam se hospedado alguns meses antes, ainda na condição de humanos normais.

Estavam cansados, apesar da condição física sobre humana, depois de repetir para a Comandante Alice todas as novidades do dia, desde a apresentação do professor, até o relatório com as informações necessárias para poderem invadir a mansão de um benfeitor da sociedade parisiense.

O cansaço desapareceu completamente depois de um banho de espuma, de uma refeição completa e de uma noite de amor na Cidade Luz.

Os dois estavam se sentindo radiantes, quando deixaram o Hotel, vestindo armaduras de combate, comandando a equipe de seis agentes, prontos para neutralizar o Alvo Prioritário Três.

20 — A mulata de lá

O alvorecer, para um vampiro, é igual ao final da tarde para um humano normal. É hora de parar de trabalhar, arrumar as coisas para a noite seguinte e pensar no Happy Hour. Seria a hora de ir para casa, se o Diretor Geral Donatello não estivesse trabalhando em sua própria mansão.

Apesar do cargo, o diretor evita, sempre que possível, se deslocar até a matriz da Red Moon, localizada num dos arranha-céus do distrito de La Defense, no subúrbio sofisticado de Paris. Ironicamente, o edifício que abriga o coração do Império dos Vampiros é onde menos existem vampiros. Como a maior parte das operações, legais ou ilegais, são realizadas durante a luz do dia, quase a totalidade da população é formada por humanos, que sequer desconfiam trabalhar para os monstros da noite. Os poucos que sabem são regiamente pagos para permanecer de boca fechada e para controlar os demais, além de ser uma condição para que permaneçam vivos.

A maior concentração de vampiros ocorre na Casa de Paris, o clube administrado por Annette. Os que fazem a segurança da despensa, em outro local afastado no subúrbio, são em bem menor número.

Toda esta logística o manteve ocupado pela noite inteira. As novas tarefas impostas pelo Mestre exigiam encontrar locais e esquemas para receber Lobisomens. Os novos sócios e seguranças. Um trabalho nada fácil, sendo executado por um vampiro sozinho.

Embora o mestre tivesse deixado ordens claras para que as duas noivas permanecessem protegidas na mansão, aquelas duas se mostraram muito independentes. Talvez elas o estivessem castigando, por ter forçado a barra, querendo obrigá-las a usarem biquínis de couro e brincar com o chicote, quase todas as noites. Annette podia até gostar das brincadeiras violentas, mas não na mesma frequência que ele. E muito menos com Sophie por perto.

Ele havia cometido um erro. Se esqueceu de que, apesar de ter sido transformada mais jovem, e, portanto, de parecer mais nova, Sophie é quarenta anos mais velha que Annette, e convivem por mais de sessenta anos.

Só pode ter sido dela a ideia das duas se mudarem para um quarto de hotel, desde que a quarentena foi instituída, deixando-o abandonado. O excitava pensar no que aquelas vampiras estavam fazendo, sozinhas num quarto luxuoso.

A excitação o fez apanhar uma pasta, guardada na última gaveta da mesa onde estava trabalhando. Era onde estavam as fichas das seis humanas guardadas no porão, sua despensa particular. Mesmo durante a quarentena, a despensa foi mantida completa, repondo cada humana à medida que era consumida, incluindo aquelas que foram compartilhadas com Annette.

Folheando as fichas percebeu que cometeu outro engano, provavelmente devido às pressões dos últimos meses.

Tendo seis vítimas, sempre se alimentava da mais antiga, não dando tempo para que alguma adoecesse ou tivesse qualquer problema devido a reclusão. Portanto, nenhuma durava mais do que seis meses no cativeiro.

Mas uma ficha mostrava que uma mulata estava trancafiada há oito meses.

Releu a ficha toda. A mulata se chama Marília, tem 23 anos; 1,70 de altura, 65 quilos. É uma baiana que se candidatou a dançarina em Brasília, e conhece capoeira. Sem parentes, tendo informado apenas uma prima no Brasil como contato. A fotografia grampeada na ficha mostra uma mulata espetacular.

Depois de uma noite exaustiva, mesmo para um vampiro que não se cansa, tinha o direito de se divertir um pouco. Jogou a ficha sobre a mesa e apanhou outro objeto, guardado na gaveta do meio. Um chicote com cabo de marfim, com nove tiras de couro cru de noventa centímetros. Ainda estava no saco plástico da lavanderia. É incrível como os vampiros faxineiros conseguem limpar o sangue de qualquer objeto. Rasgou a embalagem, e munido daquele instrumento de prazer, se dirigiu à porta que levava ao porão.

* * *

Marília tem dificuldades para manter a sanidade. Se os riscos que faz embaixo da cama estiverem corretos, já está presa há oito meses. Sem saber o motivo da prisão.

Nada disto faz sentido. Não acredita mais no comunicado que encontrou no quarto, quando chegou. Todos os dias repetia mentalmente tudo o que aconteceu, para poder contar a polícia quando escapasse daquele hospício.

As lembranças que a mantem lucida já estão parecendo uma tortura, embora ela saiba que não pode dispensá-las. É o mundo para onde voltará. Só falta descobrir como.

Se soubesse que tomaria este rumo, jamais teria preenchido aquele formulário, um ano antes. Devia ter desconfiado. Um convite na Internet, convocando dançarinas entre 18 e 30 anos, que tivessem disponibilidade para viajar e com ambição, com possibilidade de fazer carreira no exterior. Dizendo que pagariam um excelente salário. Não havia como recusar, na situação em que se encontrava. Preencheu o formulário, fez uma selfie com o celular e enviou tudo de volta, pela internet.

A resposta chegou dois meses depois. Um convite impresso em papel de luxo, a convocando para uma entrevista com a diretora de um clube luxuoso, em Brasília. O clube enviou até a passagem aérea e um voucher para pagar um fim de semana, num hotel da Capital Federal.

Mesmo deixando a irmã apreensiva com aquela novidade, aceitou o desafio e foi para a entrevista. Que não aconteceu exatamente como esperava.

A tal diretora, uma japonesa muito bonita, transparecia arrogância. Desde o primeiro momento, foi como se uma não combinasse com a outra. Mesmo assim, voltou para Salvador com a promessa de que seria contatada caso surgisse alguma novidade. Nem acreditou quando chegou a segunda correspondência. Desta vez, acompanhada de uma passagem só de ida para Paris, ficando claro que não havia data para voltar. A oportunidade de uma vida.

A partida estava agendada para alguns dias, e ocorreu depois de uma semana de choros, surpresa, incredulidade e esperança. Ela precisou prometer para a irmã que manteria contato frequente, contando tudo o que estaria acontecendo, até que pudesse levá-la para a Europa, onde a vida das duas recomeçaria.

A realidade foi muito diferente.

Já no aeroporto de Orly, alguma coisa começou a sair errado. Uma pequena parte das outras dançarinas que estavam no mesmo vôo, foi encaminhada para limusines e carros particulares, enquanto que a grande maioria foi direcionada para ônibus comuns. Ela, sozinha, foi levada para um taxi.

O destino dela foi o que pareceu ser uma mansão ou coisa assim. Uma casa enorme, de três andares, cheia de portas e janelas, cercada de grama e protegida por grades altas. Foi recebida por mordomos e levada ao quarto, situado num piso subterrâneo, encerrando o que até o momento parecia um sonho.

O quarto é bem montado, mas com certeza não é um quarto de hotel. Tem uma cama espaçosa, um equipamento de ginastica, um banheiro com hidro, uma grande TV, e até uma estante com vários livros e DVDs. O pesadelo começou quando o guarda-roupa foi aberto. Só tinha trajes de banho, quer dizer, biquínis de couro. Ela viu quando a bagagem foi colocada no taxi, no aeroporto. Mas não estava no quarto. Quando tentou sair para procurar alguém e perguntar, não conseguiu: encontrou a porta trancada.

A coisa só piorou quando encontrou o bilhete, na cômoda ao lado da cama. A mensagem do hospício, que ela leu tantas vezes, que até memorizou:

"Você foi selecionada para um teste exclusivo e muito importante, de natureza psicológica.

Durante o período do teste, você deve se privar de qualquer contato, com qualquer pessoa que seja, incluindo os funcionários deste estabelecimento.

Você terá três refeições por dia, pode solicitar a substituição dos livros, e pode usar os equipamentos do seu quarto, da forma que te mantenha o mais confortável possível.

Para qualquer necessidade, escreva bilhetes e os coloque na portinhola da porta, por onde receberá as refeições. Tem lápis e blocos nas gavetas. Só não tente conversar com ninguém.

Use as roupas de couro, para reduzir a necessidade de trocas.

Dentro de exatos seis meses tudo será explicado."

Isto aconteceu há oito meses. Em total solidão, exceto pela TV. Até aprendeu a falar francês fluente, apenas ouvindo os narradores. Ou tudo aquilo não passa de uma grande mentira ou algum computador se esqueceu dela. Estava novamente pensando estar num hospício, quando ouviu barulhos na porta, como se alguma tranca estivesse sendo aberta.

Já estava habituada a se vestir apenas de biquíni, mas num ato reflexo conseguiu pegar um lençol na cama e se cobrir, segundos antes da porta se abrir.

Um homem apareceu na porta. Tinha entre trinta e quarenta anos, barba e bigodes aparados, usando roupas evidentemente de grife, mas que não escondiam um jeito meio desleixado. O homem mantinha as duas mãos nas costas e exibia um sorriso cínico:

— Seu período de teste terminou. Hoje você será libertada.

— Mas que loucura foi esta, senhor? Fui mantida como prisioneira, contra a minha vontade.

— Isto acaba hoje. Vejo que se manteve saudável, sua aparência está ótima.

— Saudável? Estou quase ficando louca!

— Já que isto é uma despedida, posso te contar: sua mente não me interessa. Só o seu corpo.

Neste momento, o homem trouxe as mãos para a frente e Marília pode ver o que ele segurava: um chicote. Ela gelou.

— O que quer dizer?

— Quero dizer que vamos nos divertir um pouco, para comemorar sua libertação. Livre-se desse lençol, quero te ver por inteiro.

Cada segundo que passava a fazia se convencer mais: estava num hospício. O instinto de autopreservação se fez ouvir. Ela gritou, o mais alto que conseguiu:

— Socorro, alguém me ajude!

O homem apenas sorriu, ainda mais cinicamente:

— Pode gritar quanto quiser. Se ainda não percebeu, este quarto e todo este andar são a prova de som. É por isto que você nunca ouviu os gritos das outras.

Se já estava gelada, agora ela entrou em desespero. Pôs a mente para trabalhar na mais alta velocidade, mas precisava da ajuda do corpo. Tentando se lembrar das aulas de capoeira, fingiu se livrar do lençol, mas apenas para atirá-lo no rosto do homem. Enquanto ele mostrava surpresa, ela se atirou para a frente, se apoiou em um dos pés e atirou o outro com força no peito do homem, o chutando para o corredor. Correu para fora do quarto, se dirigindo para a direita, em direção das escadas que subiam. Havia subido uns dez degraus, quando sentiu a dor. O chicote lhe fez um corte profundo na coxa esquerda, fazendo com que o sangue quente escorresse pela perna. Mas não parou, continuou subindo, tentando resistir à dor.

Uma sombra passou por ela. Não viu o que era, apenas sentiu uma corrente de ar.

Quando chegou ao andar superior, fez um esforço enorme para se manter em pé, tentando controlar a dor na perna, quase insuportável.

Olhou em volta para se localizar. Estava em um salão enorme, cercado de grossas cortinas fechadas, bem mobiliado, com uma lareira acesa no lado direito, perto do que parecia um bar. Olhando em frente viu diversos sofás e uma enorme mesa de reuniões. Ao fundo, uma enorme escrivaninha suportando um computador. Não conseguiu ver o que tinha no lado esquerdo, com o susto que levou. Sua visão foi bloqueada pelo homem, que deveria estar no corredor inferior, mas que de alguma forma ressurgiu na frente dela.

Aproveitando-se do espaço maior, se jogou para a frente, apoiando as duas mãos no chão e girou o corpo, aplicando um rabo-de-arraia no oponente. Uma rasteira inesperada nas pernas do atacante, que derrubou pela segunda vez, aquele homem surpreso. A queda do homem liberou a visão para uma porta distante vários metros do lado esquerdo do salão. Levantou-se rapidamente, desprezando a dor na perna e tentou correr naquela direção.

Havia dado poucos passos quando uma nova dor a derrubou. Desta vez o chicote a atingiu nas costas, partindo a alça do sutiã, rasgando a pele e abrindo uma nova ferida profunda. Uma nova enxurrada de sangue quente escorreu pelas costas dela.

Ela gritou de dor, caindo e rolando sobre o tapete. Tentava engatinhar em direção da porta quando sentiu o volume do corpo do homem se jogando por cima dela, tentando imobiliza-la. Alguma coisa áspera foi usada para esfregar a ferida das costas, aumentando a dor. Percebeu enojada que o homem estava lambendo o sangue que escorria.

Isto lhe deu mais forças para tentar avançar, agarrando o tapete com força e puxando o corpo para a frente. O homem também avançou, passando a mão direita por baixo dela e a segurando pelo seio esquerdo, enquanto a outra mão a segurava pelos cabelos. Numa tentativa desesperada, ela apoiou as duas mãos no tapete e levantou o tórax, tentando conseguir posição para uma cotovelada, num outro golpe de defesa da capoeira. Mas aparentemente o homem já esperava por isto. A última dor que ela sentiu foi a mordida no pescoço, que a deixou tonta instantaneamente e bloqueou qualquer nova resistência.

Antes de desmaiar, o ultimo pensamento foi um pedido de perdão para a irmã, por ter falhado. A morte chegou como o barulho de uma campainha estridente.

* * *

Donatello estava radiante. Como esperava, o sangue da mulata é delicioso. E ela lutou, até o derrubou duas vezes. As outras nem conseguiam sair do quarto. Sugou o sangue até sentir quando o coração dela parou de bater. A única coisa que incomodava era aquele alarme que ela disparou.

Espere aí. Ela não disparou alarme nenhum. Estava tão extasiado que não estava vendo o óbvio. A campainha que estava tocando estridentemente era do alarme de invasão.

Abandonou o corpo no chão e correu para o computador sobre a mesa. Apertou poucos botões e viu a confirmação: um casal usando estranhas armaduras negras invadiu a propriedade e já estava nas portas da mansão. O casal se movimentava com a velocidade dos vampiros. Não pode evitar uma expressão em voz alta:

— Maldita Alana. Trouxe a aberração até minha casa.

Ele se lembrou de que Sophie só estava viva porque fugiu a tempo, enquanto Katsumí morreu tentando enfrentar aquele monstro artificial. Os dois juntos representavam um perigo infinitamente maior.

Apertou a sequência de botões que disparavam o plano de emergência e correu em direção da lareira. Acionou alguns mecanismos escondidos e uma parede se moveu, revelando a entrada de uma passagem secreta. Umas das que foram construídas durante a Segunda Guerra Mundial. Todas as antigas mansões em Paris possuem passagens assim, embora nem sempre os atuais proprietários saibam delas.

Ele rapidamente se atirou para dentro da parede e acionou os mecanismos para fechá-la. Correu pelo túnel subterrâneo cobrindo os quase mil metros em menos de um minuto, usando a velocidade dos vampiros. Saiu no porão de um edifício vizinho da mansão e se dirigiu para a garagem, onde mantinha um automóvel preparado para a fuga. Ainda tinha cinco minutos, antes que a explosão destruísse toda a mansão e quem estivesse no interior dela.

* * *

Steve foi o primeiro a entrar no Grande Salão. Se esgueirava pelos cantos, tentando surpreender quem quer que fosse, apesar da campainha estridente. Não conseguia entender o local deserto. Pelo rádio dos capacetes, os outros membros da equipe confirmavam que ninguém saiu da mansão, nas últimas horas. Alguma coisa estava errada.

Cora entrou em seguida. Ao ver o computador sobre a mesa, ela se lembrou das EBAs que lutou ao lado de Claudius. Correu para a mesa e cortou todos os fios que saiam ou entravam na máquina, tentando evitar o suicídio cibernético. Mesmo com o computador morrendo naturalmente, a campainha continuava o barulho irritante. Steve comprou a briga:

— Vou achar essa central de segurança e desativá-la. Não saia daqui.

É a primeira missão de Cora ao lado do marido, e ela se sentia feliz por isso. Não poderia haver ninguém mais preparado para inutilizar um alarme do que o melhor especialista em contraespionagem da Organização. E agora, com a força e a velocidade de um vampiro, Steve se sentia invencível.

Uma coisa chamou a atenção dela, ao lado do computador. Uma ficha estava jogada em cima da escrivaninha, parecendo um pedido de emprego. A fotografia de uma linda mulata estava grampeada na ficha. Ela contornou a mesa e resolveu investigar as gavetas. Numa delas encontrou outras cinco fichas, de jovens muito bonitas.

Em outra gaveta, havia vários papeis que ela verificou rapidamente. Um deles se destacou dos demais: um recibo manuscrito falando de explosivos. Um arrepio passou pela espinha dela. Pelo rádio, chamou o marido:

— Steve, achou a Sala da Segurança?

— Achei. Desliguei todos os computadores, como você fez. Mas a maldita sirene continua tocando. Estou seguindo a fiação dela.

— Pode ter mais coisas escondidas. Encontrei um recibo de explosivos. Esta mansão pode estar minada.

— Opa, então devo me apressar.

— Pensei em cair fora daqui. Achei seis fichas de dançarinas. Vou encontrá-las e tirá-las o mais rápido que conseguir. Nosso pessoal pode ajudar, com as viaturas.

— Não vou deixar nada explodir, querida. Vamos acelerar.

Cora confia no marido, mas um peso começou a lhe apertar o coração. Confiante de que tudo estava deserto, olhou melhor para o Salão, se dirigindo para o centro. Foi quando viu o corpo.

Uma das mulatas estava caída, no tapete, toda ensanguentada e perto de uma porta lateral. Correu para ela, apenas para confirmar que estava morta, mas que aconteceu muito recente. O sangue ainda escorria das diversas feridas, na perna, nas costas e no pescoço. Um rastro de sangue vinha de outra porta, onde uma escada seguia para baixo.

Com a espada em punho, Cora se dirigiu para o andar inferior. Encontrou um corredor com diversas portas, onde só uma estava aberta. O estranho foi que não ouvia a campainha irritante naquele corredor. Olhou para dentro da porta aberta e encontrou um quarto, com um lençol jogado no chão. Compreendeu imediatamente.

Estava no porão, onde as prisioneiras eram mantidas. Usou a espada para quebrar todas as trancas eletrônicas. Cinco lindas mulatas surgiram, a interrogando com todo tipo de perguntas, mesmo apavoradas com a armadura.

Para se livrar do interrogatório, um pouco de pânico foi necessário. Ela gritou no microfone do capacete, produzindo uma voz metálica:

— Isto aqui vai explodir. Corram para aquela escada, saiam pela porta da direita e se afastem da casa o máximo que puderem.

Manteve o rádio aberto enquanto falava, assim toda a equipe também ouviu o recado. A equipe treinada, imediatamente mudou de atitude: a operação de ataque virou uma operação de resgate. A voz de Steve soou no radio dela:

— Achou as prisioneiras, querida?

— Achei, estamos saindo. Uma está morta, vou levá-la também.

— Para quê? Não é melhor salvar as vivas?

— Ela tem uma prima, está na ficha dela. Talvez possamos encontrá-la. Os protocolos novos, querido.

— Está bem. Desativei duas bombas, mas não posso afirmar quantas outras foram colocadas. A sirene é uma armadilha.

— Amor, esqueça. Vamos cair fora.

A equipe ajudou as moças a saírem rapidamente, graças às viaturas utilizadas. Cora levou o corpo de Marilia no colo, coberto com o lençol que se empapou rapidamente de sangue. Steve se juntou ao grupo perto das grades depois do jardim, no exato momento em que três explosões violentas destruíram metade da mansão. Toda a operação durou exatos cinco minutos.

21 — A mulata de cá

Claudius não está nada satisfeito, dirigindo um carro alugado pelas ruas estreitas de Santa Isabel, ao lado do Morro do Macaco, no Rio de Janeiro. Mesmo sendo um bairro famoso, que abriga a conhecidíssima Escola de Samba, o local também é considerado perigoso, com frequentes embates entre a Polícia e gangues de criminosos. Embora um casal passeando de carro pudesse ser confundido com turistas, isto o deixava ainda mais apreensivo, sem saber se é bom ou ruim.

Tudo começou com a ligação de Cora, pela manhã. Algo que agitou toda a Organização.

Para começar, a operação feita sem o devido planejamento, por causa da impetuosidade de Steve, deixou que o Alvo Numero Dois escapasse por entre os dedos deles. A mansão, que poderia conter muitas pistas sobre a Red Moon, estava destruída, embora uma equipe continuasse as buscas entre os destroços que sobraram. Pelo menos, ainda restaram destroços porque Steve desativou duas das cinco bombas. Mas não eliminava o fato de que, tanto ele quanto

Cora, podiam ter morrido na explosão, junto com as prisioneiras e eliminando qualquer prova contra o vampiro.

Steve parecia estar sentindo a culpa pela operação malsucedida. Que só não foi pior graças a atitude de Cora, que mais uma vez salvou o dia, como é de praxe. Ela libertou as cinco prisioneiras, que neste momento já estavam a caminho das casas delas, e agitou as bases de Paris e São Paulo, para localizar a prima da moça encontrada morta.

Steve se atirou de cabeça na busca, talvez para compensar a própria impetuosidade, iniciando uma nova procura impetuosa com todos os computadores possíveis. Se bem que teve ajuda de Alexia, em São Paulo, outra nerd especialista em computadores e protocolos, sempre disponível no setor de comunicações. Foi dela a ideia de pesquisar os registros da Embaixada Brasileira em Paris, mas foi Steve, o espião profissional, quem encontrou os pedidos desesperados de uma jovem procurando pela irmã, desaparecida há oito meses. Mesmo com a incongruência de uma ficha falar em uma prima e outra falar em uma irmã, os nomes coincidiam.

E outra informação pareceu incorreta, numa primeira análise. Marilia havia informado um endereço de contato em Salvador. Marcela informou outro no Rio de Janeiro. Alexia sugeriu conferirem os registros dos oito últimos meses, e encontraram a mudança, três meses antes.

Para não perder tempo com outra mudança, Alana enviou uma equipe para procurar Marcela em Salvador, enquanto ela mesma e Claudius seguiram para o endereço de Santa Isabel. Ele está preocupado:

— Estamos chegando, amor. Mais cinco minutos e estaremos na Rua Senador Nabuco, segundo o GPS.

— Você não está confortável, querido. O que está te incomodando?

— Nunca gostei de dirigir no Rio.

— Alexia recomendou não virmos de taxi. Ela conhece o Rio. Disse que perderíamos mais tempo usando um transporte público, do que alugando este carro.

— Acredito nela. Mas não gosto de nenhuma das duas opções. Tem momentos que perseguir vampiros me parece mais seguro do que enfrentar traficantes. E o Rio está infestado deles.

— São Paulo está igual. Vamos fazer assim: eu vou procurar a menina. Você fica no carro. Mantemos contato pelo rádio dos óculos. Não vou me afastar de você, pode ficar tranquilo. Acho que podemos cuidar destes delinquentes de segunda linha.

Mesmo a contragosto, Claudius aceitou. Parecia um verdadeiro turista, sentado num carro alugado e usando óculos escuros, estacionado numa avenida estreita de Santa Isabel, próximo do Morro dos Macacos.

Alana se parece mais ainda com uma turista, sendo uma linda oriental de óculos escuros. Ela caminhou poucos metros pela calçada, até chegar no número descoberto por Steve com a ajuda de Alexia. Parou defronte uma porta, falando baixo, para ser ouvida apenas pelo microfone do óculo especial localizador de vampiros.

— Achei a casa. Vou tocar a campainha.

O endereço procurado se revelou de uma casa antiga e pequena, com apenas uma porta que dava para a rua, ao lado de uma janela fechada por persianas de madeira, protegida por grades. Toda a frente não tinha mais de cinco metros de largura. Uma jovem e linda mulata abriu a porta. Usava jeans, sob uma blusa branca folgada, tinha cerca de um metro e setenta, cabelos alisados até os ombros e tinha olheiras, como alguém que estava chorando. Antes de Alana falar qualquer coisa, a mulata mais afirmou do que perguntou:

— É sobre Marilia, não é? Aconteceu alguma coisa.

— Então você é Marcela, certo? Sim, aconteceu uma coisa com Marília. Podemos conversar?

— Entre. Me conte tudo, sem esconder nada.

Pelo rádio, Claudius pediu para Alana não se demorar.

O interior da casa é tão simples como a parte externa sugere. Alana se sentou num sofá indicado por Marcela, que se manteve em pé, e se apresentou:

— Meu nome é Alana. Represento uma agencia internacional de investigações. Encontramos Marília esta manhã, em Paris. Ela estava em poder de traficantes de pessoas. Lamento dizer, mas ela foi torturada e está muito ferida. Mas me pareceu que você já sabe disto.

— Eu e minha irmã temos uma ligação muito forte. Senti uma tristeza horrível hoje cedo. Como se alguma coisa se apagasse e tudo ficasse escuro. Não parei de chorar até você tocar a campainha.

— Na ficha que encontramos ela te chama de prima. Sabe por que ela registrou assim?

— É uma estória antiga. Depois te conto, onde ela está agora? Quero vê-la.

— Meu marido está no carro nos aguardando. Estamos em contato por rádio. Enquanto conversamos, ele já avisou nossa base que te encontramos. Vamos promover um encontro entre vocês o mais rápido que pudermos. Mas devo te avisar: ela está muito mal, em coma induzido. Vai precisar de uma transfusão de sangue urgente. Você está preparada?

— Sempre estive. Só restou nós duas, faço qualquer coisa pela minha irmã, assim como sei que ela sempre fez tudo por mim. Você pode me levar para Paris?

— É muito longe. Para ganhar tempo, vamos transportá-la para mais perto. Vamos nos encontrar em Fernando de Noronha, na metade do caminho. Arrume sua mala, quanto antes partirmos, melhor.

— Já está arrumada, há oito meses. Marília prometeu que me chamaria para encontrá-la.

Alana interrompeu a conversa. Ouviu um diálogo diferente no fone dos óculos. Claudius falava com mais alguém.

— O que foi que disse, rapaz?

Claudius devia ter aberto o vidro da porta do carro, porque a outra voz se tornou mais clara:

— É surdo, tio? Eu disse que perdeu. Passa logo a grana, o celular e o óculos, se não quer levar um pipoco.

Claudius não podia fazer nada sentado. Lentamente, sem gestos bruscos, ele se virou para o moleque que o abordava, depois de identificar um segundo do outro lado do carro, ambos armados com revolveres.

— Está bem, vou entregar tudo. Me deixe descer do carro, para pegar a carteira.

— Sem gracinha, tio. Anda logo!

Claudius não tinha nenhuma intenção de fazer gracinhas. Assim que se viu fora do carro, usou a velocidade vampiresca para chutar a mão do primeiro atacante, o desarmando, correu para o segundo e o nocauteou como Alana havia feito em Tóquio, depois voltou para o lado daquele que massageava a mão, apenas para o nocautear também.

Estava para voltar para o carro quando ouviu um baque, poucos metros atrás do carro. Alana acabou de derrubar um terceiro assaltante, que fazia a cobertura dos dois primeiros, montado em uma moto. Ouviram o barulho de outra motocicleta se afastando em disparada.

— Acho que temos alguns minutos, antes que qualquer um deles se recupere, querido.

— Obrigado, amor, mas onde está a garota?

— Opa, me esqueci dela, quando te ouvi em perigo.

Ambos olharam para a porta ao mesmo tempo, onde uma Marcela boquiaberta encarava os dois. Alana se dirigiu a ela, caminhando lentamente. Encarou a pergunta de Marcela:

— O que foi isto? O que vocês são?

— Sinceridade? Nós somos o que eu espero que você e sua irmã se tornem, em poucas horas. Podemos partir, antes que aqueles bandidinhos se reagrupem?

Marcela olhou para os dois, por um longo minuto. Encarando Alana, perguntou:

— Depois nós vamos pegar os caras que machucaram minha irmã?

Claudius e Alana responderam ao mesmo tempo:

— Com certeza!

Ela se virou entrando na casa, voltando em seguida com uma mala, trancou a porta e entrou no carro, sem dizer nada.

Estavam na metade do caminho para o Aeroporto, quando Marcela quebrou o silencio incômodo:

— Alana, ela não está num coma induzido. O que vocês estão me escondendo?

— Marcela, eu não menti para você. Mas a realidade é difícil de entender, para quem está chegando agora. Prefiro te contar os detalhes depois que você a vir. Ela vai acordar em algumas horas e vai precisar de você ao lado dela. Mas não posso negar: existem riscos para você.

— O maior risco para mim é ficar sem ela. Não sei como sobreviver sem minha irmã.

— Pode nos explicar isso? Você a chama de irmã e ela te chama de prima.

— Tentarei contar em poucas palavras. Legalmente, somos primas. Começou nos anos 70, quando minha tia e minha mãe, duas irmãs, se apaixonaram pelo mesmo homem. Como elas sempre foram muito unidas, minha tia se afastou e deixou que minha mãe e meu pai se casassem. Mas ela nunca esqueceu aquele primeiro amor. Quando eu nasci, fui batizada com o nome da minha tia, como uma homenagem. Marília, a irmã dois anos mais nova tinha uma filha chamada Marcela, ou seja, eu. Quando completei um ano, minha tia veio passar férias em casa. Ela já estava divorciada, depois de um casamento malsucedido. Quase um ano depois minha prima nasceu. Minha tia nunca contou quem foi o pai, mas retribuiu a homenagem e batizou a filha com o nome da minha mãe. Marcela, a irmã mais velha, tinha uma filha chamada Marília, dois anos mais nova do que eu. A história se repetindo.

Alana não sabia o que dizer.

— Uau, que estória! O que aconteceu depois?

— Fomos criadas juntas. Oficialmente somos primas, mas sempre soubemos, desde crianças, que somos irmãs. Meu pai sempre cuidou das duas da mesma forma, e sempre tivemos essa ligação muito forte. Igual àquela que nossas mães sempre tiveram, mas amplificada, acho que pelo amor do mesmo pai. Para finalizar, alguns anos atrás meu pai viajou a trabalho e levou minha mãe. Eu fiquei com minha tia e minha prima-irmã, pois era apenas um final de semana. Ambos morreram num acidente na estrada, provocado por um caminhoneiro bêbado. Minha tia sentiu o golpe e definhou. Ela faleceu no início do ano passado. Só sobramos nós duas. Marília viajou para a França tentando conseguir um jeito de ganhar nossa sobrevivência.

Ela terminou a narrativa com novas lagrimas nos olhos.

Foi Claudius quem quebrou o silencio desta vez.

— Não se preocupe com o futuro. Vamos ajudar, daqui para a frente. Estamos chegando ao Santos Dumont.

— Tem algum vôo saindo daqui para Fernando de Noronha?

— Comercial, não sei. Temos um taxi aéreo nos esperando. E Marília já decolou de Paris. Está vindo num avião ambulância. Será bom revermos o Comandante Pierre, Alana. A transfusão poderá ser feita no avião mesmo, está adequadamente equipado.

— Eu e Marília estudamos enfermagem, lá em Salvador. O que tem de especial nesta transfusão que vamos fazer?

Foi Alana quem respondeu:

— Pedrinho perguntou a mesma coisa. É por via oral. Não exige compatibilidade de sangue. Mas mesmo que fosse preciso, não duvido de que vocês sejam totalmente compatíveis.

Parte 5 — Lutas sangrentas

22 — Operação tira-gosto

Um pouco de ação já estava fazendo falta. Trabalhar como leão-de-chácara naquela Casa não traz emoção nenhuma. Ficar abrindo portas de carro para prostitutas e ricaços não é uma atividade digna de um Lobisomem que se prese. Só continuava se sujeitando porque as gorjetas de alguns eram generosas. Se bem que a palavra generosidade pode não se aplicar. Muitos daqueles que dão gorjetas devem ter um esquema para descontá-las do Imposto de Renda.

Nesta noite, nada disto importava. Estava excitado pelo telefonema que recebeu por volta das três da madrugada, do próprio Rei Kogino. O Rei também estava excitado e falando bastante:

— Yamada, junte nossos homens. Temos ação antes do raiar do sol.

— Majestade, posso juntar um grupo de dez guerreiros rapidamente. Vamos caçar?

— Não, vamos retaliar. É nossa primeira ação dentro do acordo que fizemos com os sanguessugas. Parece que um deles foi atacado e foi posto para fora de casa em Paris. Imagine, os idiotas não conseguem nem defender a própria casa.

— Um vampiro idiota é despejado lá e vamos nos envolver aqui?

— O vampirão ficou irritado. Ele quer mostrar força, mas está se borrando. Melhor assim, pois a força que será mostrada é a nossa. Bill Bigdog conseguiu um endereço aqui na nossa Tóquio, com um informante. Imagine, caça-vampiros contaminando nossa cidade.

— Isso é sério, Majestade? Não podemos permitir uma coisa assim. Nosso pessoal não vai gostar dessa invasão.

— Tem coisa pior, Yamada. A chefe dos caça-vampiros, segundo o informante, é uma menina e é russa.

— Como é? Uma mulher dando ordens, e ainda por cima estrangeira? O que eles pretendem, humilhar os homens japoneses?

— Eu sabia que você não ia gostar disto. Você é o homem mais indicado para acertar esta situação, Yamada. Assuma o comando desta operação que chamei de "Operação tira-gosto". Soube que a mulher tem jeito de menina, raquítica e sardenta, com cabelos avermelhados. Uma cosplay. Os vampiros parecem ter medo dela. Ache a garota, devore-a e os sanguessugas vão te agradecer. Guarde os cabelos como troféu e como prova.

— Farei isto com muito gosto, Majestade.

— Estou te mandando o endereço e a foto dela, pelo Whats. Não erre o alvo, se tiver outras cosplays por perto. Mais uma coisa: comece a operação exatamente as cinco horas, uma hora antes do sol nascer. Você terá dois vampiros como apoio na operação, que precisam cair fora antes do dia raiar. Foi uma exigência do Imperador deles.

— Entendi, senhor. Não deixarei que os dois idiotas atrapalhem. Além da menina, quantos mais precisamos pegar?

— O informante disse que deve haver uns seis agentes de plantão, e que são treinados para matar vampiros. Não sei o que isso quer dizer, mas não devem dar nenhum trabalho. Não esqueça, o alvo primário é a menina.

— Será uma brincadeira, senhor. Vou chamar nossos homens. Ligo para fazer um relatório quando tiver terminado.

* * *

A fachada do prédio de dois andares, na avenida Hachioji Hwy, em Yokohama, um distrito da Grande Tóquio, esconde muito bem uma das Bases mais poderosas da Organização VH. Olhando de frente, podemos ver uma enorme porta de garagem no piso térreo, que durante o dia fica aberta, permitindo o estacionamento de até cinco automóveis, antes da entrada principal, blindada com vidros que resistem até ao tiro direto de um tanque de guerra. O piso superior mostra uma enorme janela, protegida pelos letreiros em vidro neon, que formam as palavras "VH Advanced Research", escrito em japonês e repetidas em inglês, em tamanho bem menor. Devido à altura e a alta voltagem distribuída em volta dos painéis, a janela não precisa de blindagem. No lado direito do prédio, um corredor estreito permite acessar uma única porta lateral, distante quinze metros da rua. A parede continua avançando pela lateral, formando um galpão com quase quinhentos metros. Só quem conhece as instalações sabe que aquelas paredes são formadas por quase cinquenta centímetros de puro concreto, igual às lages que formam o teto, transformando o galpão em um bunker capaz de resistir até a uma bomba atômica. O interior está abarrotado com os mais modernos computadores, interligados com os maiores bancos japoneses, e contem informações que valem bilhões de dólares, o que justifica toda a segurança. A área dos equipamentos é isolada dos escritórios frontais por pesadas portas móveis, que podem ser fechadas pelo simples apertar de um botão.

Na frente do piso superior, um corredor estreito separa a grande janela das salas da Comandante Irina e da Sala de Controle, sempre isolada por persianas, para evitar que qualquer informação seja capturada por câmeras telescópicas que porventura estejam bisbilhotando do lado de fora, sobre algum prédio do outro lado da rua.

É na Sala de Controle que o experiente agente Andy Kuato observava com atenção os monitores que permanentemente vigiam os perímetros internos e externos do complexo. Ele mesmo havia reforçado os equipamentos, quando poucos meses antes, a Base recebeu um fax dos Lycan Hunters, o que sugeriu que o endereço pudesse estar comprometido. Desde então, havia alterado até o próprio horário de trabalho, começando as três da madrugada e encerrando as três da tarde, quando se dirigia para a Sala de Treinamento, uma academia completa, montada depois da Sala de Comunicações, em frente do Arsenal e antes dos Laboratórios. O piso térreo estava reservado para as instalações civis, onde aconteciam as interações com todos os bancos e órgãos governamentais. Tudo devidamente monitorado por uma centena de micro câmeras de alta definição, transmitindo em tempo real para a Sala de Controle.

Faltavam quinze minutos para as cinco horas quando uma movimentação estranha chamou a atenção de Kuato. É normal que alguns moradores de rua, um ou dois de cada vez, eventualmente invadam o beco ao lado do prédio, procurando por abrigo nas noites frias. Nestes casos, os pobres coitados são vigiados pelas câmeras até o raiar do sol, quando alguns agentes vestidos de policiais os convidam a se retirarem. São tratados com educação e autoridade, mas orientados para não voltarem. Geralmente não voltam, amedrontados pelos uniformes. Kuato observou quatro invasores, que se movimentavam como se não sentissem o frio da madrugada, apesar da baixa temperatura indicada pelos sensores.

Existem protocolos rígidos para qualquer anormalidade, e Kuato conhece todos eles. Imediatamente acionou o sinal de atenção, fazendo com que os quatro outros agentes daquele turno corressem para o Arsenal, para vestir as armaduras de combate. Enquanto isso, telefonou para o número de um celular que jamais esquecia:

— Comandante, protocolo de anormalidade no perímetro externo.

— Andy, pare com essa formalidade. Só porque fui promovida, não deixei de ser a Irina.

— Esta conversa é formal, Irina. Estou gravando.

— Certo. O que está acontecendo?

Uma das coisas que fizeram Irina receber o comando da base, foi a objetividade dela. Além da coragem, de ser uma excelente estrategista, de ser uma guerreira nata e de ser humana e justa, em todos os sentidos. Kuato a conhece desde o treinamento em Tel Aviv, a mais de quinze anos. Se consideram e se respeitam como irmãos, unidos como unha e carne, mesmo com o enorme contraste que apresentam: ele, um negro sul africano de um metro e oitenta; ela, uma russa ruiva e sardenta, com quase um metro e sessenta. Ambos muito bem treinados e quase imbatíveis em artes marciais.

— Tem quatro sujeitos esquisitos no beco. Grandões e não estão com frio.

— Podem ser vampiros?

— Ainda não sei. Não estão vermelhos. Vou ficar de olho neles.

— Faça isto. Me avise de qualquer alteração no quadro. Estou na Base dos LH, pegando os últimos relatórios de Toronto. Shokiro me apresentou um agente que foi enviado para nos ajudar. Chama-se Michael Eagles. Vou levá-lo comigo e mais três LH sonolentos que querem caminhar um pouco. Chegamos aí em quinze minutos.

— Tome cuidado ao chegar, Irina. Pare o carro longe e observe bem em volta. Não estou gostando destes sujeitos circulando por aqui.

— Meu celular registrou o código de atenção. Passe para alerta vermelho se achar necessário. Para registro na gravação, eu, Comandante Irina Skopova, autorizo o acionamento do alerta vermelho, mesmo que seja apenas suspeita de perigo imediato.

— Obrigado, Comandante. Você é demais. Desligo.

Os quatro agentes voltaram para a sala, vestidos com as armaduras, carregando o capacete nas mãos e com as espadas Jedi penduradas nas cinturas, ainda na forma de inocentes tubos. Kuato estava se levantando para também ir vestir a armadura dele, quando o quadro mudou. Faltavam dois minutos para as cinco, quando um automóvel passou em frente da base e estacionou na calçada, poucos metros depois da porta da garagem. Kuato se sentou novamente, com os olhos no carro, duvidando que fosse Irina ou o Hunter recém-chegado. Irina nunca faria algo tão estúpido. Logo em seguida, um enorme caminhão de lixo se aproximou rapidamente e parou repentinamente atrás do carro.

Um dos agentes chamou, apontando para outra tela:

— Kuato, olhe!

Os quatro andarilhos no beco estavam tirando as roupas, apesar do frio.

Kuato voou para o botão do alerta vermelho. Imediatamente o sinal de emergência começou a piscar nos celulares de todos os Caçadores de Vampiros lotados na Base Tóquio e nas salas de controle de todas as Bases por todo o planeta. Ouviram o barulho das portas móveis se fechando e trancando todas as salas dos fundos, hermeticamente.

Os agentes viram quando os quatro homens no beco, já completamente nus, começaram a se deformar e crescer, se transformando em quatro lobos colossais. Kuato gritou para os agentes:

— Desçam agora. Protejam a porta.

Os quatro agentes acionaram as espadas retráteis e correram para a escada. Kuato saltou para a mesa do lado, apanhando a própria espada Jedi enquanto observava as telas que mostravam o caminhão de lixo e o carro parados na rua.

Viu quando a porta da cabine dupla do caminhão se abriu e seis outros homens nus caíram na calçada, já na metade da transformação. As portas do carro também foram abertas e duas figuras vermelhas apareceram nas telas especiais. Caminharam calmamente na direção do beco.

Os agentes chegaram no final da escada, no momento exato em que a porta foi derrubada, pelo impacto do corpo de dois lobisomens. Os dois se desequilibraram ao tropeçar na porta quebrada, o que deu tempo para duas espadas Jedi serem cravadas no meio das costelas de cada um, atingindo os corações. O que os lobisomens não sabem é que a Base Tóquio foi a primeira a receber espadas revestidas de prata, e que os Caçadores de Vampiros são muito bem treinados para usá-las. Os dois lobisomens seguintes se atiraram quase ao mesmo tempo no vão da porta, e se enroscaram pelo tempo suficiente para que os outros dois agentes usassem as espadas da mesma forma que os primeiros. Mas dois lobisomens caíram com os corações perfurados.

No andar superior, através das câmeras, Kuato viu dois dos seis novos vampiros se dirigindo para o beco, acompanhando os vampiros. Os outros quatro correram até o meio da rua, fizeram meia volta e voltaram acelerados em direção do caminhão. Ao se aproximarem, saltaram em cima da caçamba de lixo e saíram do angulo de visão das câmeras.

Kuato ouviu o barulho da janela sendo estraçalhada. Os malditos pularam por cima do letreiro neon, se atirando contra a janela. Sozinho e sem armadura, ele correu para o pequeno corredor onde os monstros se chacoalhavam espalhando cacos de vidro. Aproveitou o efeito surpresa e golpeou o mais próximo com tanta força, que a cabeça canídea rolou para o chão, antes que o corpo desabasse. Os outros três deram um passo para trás, em posição de defesa, aguardando a melhor chance para passar ao ataque.

No piso térreo, o que os quatro agentes não sabiam é que havia mais dois lobisomens no beco, acompanhados por dois vampiros. Assim que viram os lobos mortos voltando para a aparência humana, os dois sanguessugas passaram pela porta usando a velocidade vampiresca, pegando os agentes de surpresa. Quando os capacetes revelaram as duas sombras vermelhas, passando pelo buraco onde antes ficava a porta, não houve tempo para armar o contragolpe. Os quatro foram atingidos por potentes chutes na cabeça, executados pelos soldados vampiros, igualmente treinados em artes marciais. Dois agentes nem tiveram tempo de respirar quando as poderosas garras dos lobisomens torceram os capacetes, quebrando armaduras e pescoços. Um dos agentes teve tempo de se virar com a espada girando e acertou o pescoço de um dos vampiros, mas foi detido quando uma bocarra enorme enterrou as presas no braço que segurava a espada. O golpe não foi suficiente para decepar o vampiro, mas cortou mais da metade do pescoço. O vampiro-quase-sem-cabeça desmoronou sem nenhum gemido. Foi seguido pelos dois últimos agentes, que como os dois primeiros, tiveram capacetes e pescoços quebrados pelas garras dos lobisomens.

Em cima, Kuato aproveitou o momento de hesitação, para atacar. O pequeno espaço não permitiu que o lobisomem se afastasse e o golpe da espada revestida de prata, atingiu o monstro de cima para baixo, cortando entre as costelas e tirando uma fatia do coração. Os outros dois ainda pensavam no que fazer quando Kuato novamente levantou o braço, preparando outro golpe pretendendo usar seu metro e oitenta para imprimir mais força ao golpe. Mas não conseguiu baixar o braço, ao ser virado pelo forte vampiro que surgiu do nada, e que agora o encarava enquanto o segurava pelo pulso. Foi só ficar de costas para os lobos, que um deles criou coragem: saltou e enterrou as presas no ombro do guerreiro. Kuato berrou de dor, bem na cara do vampiro.

A espada caiu da mão do rapaz, que no último ato reflexo, a pegou no ar com a outra mão e fez o que havia treinado nos últimos quinze anos. Enterrou a lamina no peito do vampiro, de baixo para cima, direto no coração. Não conseguiu ver a queda do inimigo morto, porque foi atingido no tórax pelas garras afiadas do lobisomem, rasgando pele, quebrando ossos e espalhando órgãos internos.

Yamada, que até então só observava, ainda em posição de defesa no canto do corredor, estava maravilhado por ter assistido a uma batalha tão majestosa. Ele sempre ouviu que guerreiros africanos eram especiais, mas nunca viu um em ação. Jamais imaginou que um homem sozinho, armado apenas com uma espada, pudesse derrotar dois lobisomens e um vampiro, em poucos minutos. Ganiu ordens para os dois irmãos não tocarem no coração.

Percebeu outra coisa. Os ruídos de luta terminaram. Com a audição canina prodigiosa só ouviu o barulho de ossos sendo devorados, indicando que tudo estava terminado. E então um outro ruído foi ouvido.

Passos rápidos atravessando a rua.

Ainda pensando no coração do guerreiro para ser devorado, levantou o corpo, apoiando as duas garras dianteiras no beiral da janela quebrada. Viu a ruivinha de cabelos avermelhados se aproximando, a passos rápidos, segurando outra daquelas espadas. Usando o caminhão de lixo como ponte, só precisa de dois saltos para cair em cima dela. Aquele piteuzinho nem teria tempo de levantar a espada.

Então avistou mais uma coisa. Poucos metros atrás da cosplay tinha um homem ajoelhado. Levantou mais o corpo para ver melhor. Só entendeu o que estava acontecendo quando viu o clarão explodindo na frente do homem. Na posição em que estava, a bala de prata disparada pelo rifle do Primeiro Tenente Eagles lhe atingiu o coração em cheio.

Os dois vampiros se afastaram do corpo de Kuato, como se tivessem levado um choque elétrico, ao ouvir o tiro e ver o corpo de Yamada cair sem vida. Lobisomens tem pavor de armas de fogo, principalmente quando veem um irmão cair morto instantaneamente. Só prata tem esse poder.

Dispararam em fuga, para dentro das salas. O único caminho era a escada, descendo para o piso térreo. Os dois lobisomens embaixo conseguiram achar os fechos das armaduras, e as abriam como se os agentes fossem caranguejos revelando carne por baixo das cascas. Pararam o banquete quando os dois irmãos desceram as escadas, ganindo como cães assustados.

Os quatro disparam para o beco, correndo como se fugissem do inferno. Quando os quatro chegaram na calçada, foram recebidos por uma chuva de balas de prata, ricocheteando nas paredes e no chão. Dois foram atingidos por vários tiros e caíram mortos, mas os outros dois conseguiram escapar, correndo e saltando o mais que podiam, pela beirada das paredes.

Irina foi a primeira a entrar na base, passando por cima de vários cadáveres, com o coração pulando mais do que os lobisomens que fugiram.

23 — A ameaça da fome

Eram quase seis horas da tarde quando o taxi aéreo conseguiu autorização e aterrissou no aeroporto de Congonhas, depois de vinte minutos preso no congestionamento aéreo, circulando sobre a zona sul de São Paulo. Normal numa cidade que, como sempre, recebe seus visitantes com enormes congestionamentos, seja por terra ou pelo ar. Só não tem nenhum engarrafamento aquático porque não possui rios navegáveis.

Por estarem em uma aeronave particular, Alana, Claudius e as duas mulatas saíram da pista por portões especiais, se dirigindo por passagens subterrâneas direto para o estacionamento. Isto os poupou de outros engarrafamentos nas filas para recuperar bagagens ou nas filas maiores ainda para se conseguir um taxi. Os quatro portavam apenas pequenas malas de mão, que foram facilmente acondicionadas no espaçoso porta malas do Honda Civic de propriedade do casal.

Por já estarem na Zona Sul da cidade, Claudius e Alana decidiram passar primeiro no escritório da LightYear, antes de levarem as novas contratadas para um hotel. Alana já havia enviado um SMS avisando que está na área.

— Pedrinho, vá para o escritório e leve o professor. Vamos apresentar duas novas colegas de trabalho.

Os dois dias em Fernando de Noronha aconteceram conforme Alana previu. Marcela inicialmente ficou chocada ao encontrar Marília desacordada, e mais desconcertada ainda quando não sentiu o coração da irmã. Uma nova crise de choro a arrebatou, pensando que havia chegado tarde demais. Foi quando Alana contou que só ela poderia trazer a irmã de volta, mais poderosa e mais viva do que nunca. As revelações prosseguiram até a madrugada, sempre com Marcela sentada ao lado e segurando a mão fria da irmã.

Alana ainda estava no compartimento adaptado para ser uma UTI, do Legacy confiscado dos vampiros e adquirido no leilão feito pelo governo Frances, quando Marília acordou, confusa e sedenta. Ela hesitou só um minuto, ao ver a irmã sorridente lhe oferecendo um pescoço suculento e se deixou arrebatar pelos instintos. As presas cresceram quase que imediatamente e se cravaram no pescoço indefeso de Marcela. Em dois minutos o corpo da mulata parou de tremer e se tornou flácido. Alana correu para segura-la antes que caísse.

Marília soltou a irmã e se retraiu, ao perceber a nova presença. Neste momento o sangue sobrecarregado de amor começou a agir, primeiro fazendo com que a alma de Marília se reacendesse, depois fazendo com que as presas desaparecessem e por último lhe devolvendo a sanidade.

Ao entender que a irmã estava morta, Marília gritou desesperadamente. Claudius invadiu a cabine do avião usando a velocidade vampiresca e correu para imobilizar a ex-vampira, antes que ela machucasse a si mesma ou mais alguém. Quando viu que Alana levantou Marcela carinhosamente, como se fosse um bebê, e a colocou confortavelmente deitada na maca, Marília começou a se acalmar e conseguiu dizer, ainda com a boca suja de sangue:

— O que foi que eu fiz?

Alana sorriu para tranquilizá-la:

— Calma, Marcela vai ficar bem. Ela só precisa de vinte e quatro horas, mas a recuperação dela vai depender de você. Podemos conversar, enquanto ela descansa?

Marília recebeu os primeiros treinamentos ainda na ilha, para aprender a controlar a força e a velocidade recém adquiridas. Surpreendeu o casal com os conhecimentos sobre capoeira, e informou que Marcela também dominava a mesma arte. Aliás, tudo o que uma sabe a outra também conhece.

Quando Marcela despertou sedenta, foi a vez da irmã oferecer o pescoço, sorrindo com a possibilidade. Bastaram poucos goles para que a mágica se concluísse. Assim que as presas de Marcela voltaram a ser dentes normais, as duas caíram num abraço e num choro compulsivo, desta vez, expressando a mais sincera felicidade.

Os quatro conversaram bastante, durante o voo de volta para São Paulo, quando as duas primas-irmãs se atualizaram com tudo o que aconteceu nos oito meses em que ficaram separadas, e tomaram conhecimento dos Caçadores de Vampiros. Claudius e Alana não esconderam nada, sobre a Organização secular, sobre os inimigos e sobre o novo grupo que estavam formando, todos com os mesmos poderes que as duas mulatas tinham agora. Ambas aceitaram, sem questionar, o convite para integrar o grupo.

Mal chegaram ao escritório e o casal já notou um movimento anormal. Foi só saírem do elevador, para encontrarem um Pedrinho agitado:

— Chefe e chefa, ainda bem que chegaram. Vão já para a Sala de Conferências.

Não é o jeito de um funcionário receber os patrões. Mas em se tratando de Pedrinho, Alana apenas respondeu:

— Boa noite para você também, Pedrinho.

Na Sala de Reuniões, adaptada por Claudius para as conferencias internacionais, encontraram Noboiushi e Susan Eagles, sentados, enquanto que na tela projetada estavam Espério, Alice, Cora e Steve.

Claudius imediatamente reconheceu uma emergência:

— O que aconteceu?

O Comandante Geral Espério, a autoridade maior da equipe, respondeu objetivamente, como sempre:

— A Base Tóquio foi atacada esta manhã. Perdemos cinco agentes. Vampiros e lobisomens agiram juntos. Ao que parece foi uma retaliação ao ataque a Donatello.

— Porque não fomos avisados?

Cora foi quem respondeu:

— Não havia nada que vocês pudessem fazer. Concordei com os Comandantes que o resgate de Marcela não devia ser interrompido.

Alana entrou na conversa:

— Certo, mas agora estamos de volta, com mais duas guerreiras. Estas são Marcela e Marília. Meninas, nossa equipe especial está toda aqui. Depois os apresentarei um por um. Comandantes, podem nos dar detalhes do que aconteceu e sobre o que vamos discutir?

Cora interrompeu:

— Alana, eu posso detalhar tudo. Os Comandantes aceitam nossa independência, assim, podemos decidir sem responsabilizar o Comandante Espério e a Comandante Alice.

Espério acenou para Cora, pedindo a palavra.

— Estou sendo responsabilizado pelo que aconteceu hoje. Alguns comandantes me ligaram. Blacksword iniciou uma campanha dizendo que eu permiti a entrada de vampiros na Organização, se referindo a vocês. E a consequência foi a entrada de lobisomens nesta guerra. Para evitar mais problemas políticos inúteis, quero que vocês trabalhem independentes. Claudius, nosso Departamento Jurídico está criando os documentos necessários. Peço que você e Alana os revisem e assinem. A VH continua sendo seu cliente exclusivo, e forneceremos informações e pessoal estratégico, mas as decisões são suas, de agora em diante. Tudo bem para vocês?

Pego de surpresa, Claudius apenas olhou em volta, vendo expressões que variavam de espanto e incredulidade, até surpresa e expectativa. Uma piscada de Alana e um meio sorriso de Noboiushi o convenceram a aceitar:

— Está bem, Comandante. Prometo que faremos nosso melhor.

— Certo, então vou deixá-los com Cora. Podem prosseguir.

Ele e Alice saíram da tela e da sala, para não interferirem nas decisões.

Alana comentou:

— Não gosto de intrigas políticas. Já tive uma experiência muito negativa uma vez, na Áustria. Cora, o que aconteceu?

— Bem, vamos aos fatos. O ataque aconteceu no final da madrugada, antes da Base abrir para o expediente normal. Havia cinco agentes no plantão. Claudius, você conheceu um deles: o Kuato. Um dos agentes da minha turma, quase um irmão. Irina está inconformada. Ela só escapou porque passou antes na Base dos Lycan Hunters, e chegou acompanhada de quatro deles. Quando encontrou o corpo de Kuato semidevorado, ela se descontrolou e teve uma crise. Quatro agentes que chegaram para render os plantonistas não conseguiram imobilizá-la. O Tenente Eagles, dos LH, precisou usar um dardo tranquilizante nela.

Susan esclareceu:

— É meu irmão. Acabou de chegar ao Japão para ajudar.

— E ajudou mesmo. As equipes de perícia e de limpeza trabalharam o dia todo. Tem oito lobisomens e dois vampiros neutralizados. A Base continua operacional, mas Espério está estudando a mudança para outro local. Vai levar tempo.

Susan interrompeu novamente.

— Pensando nos lupinos, não precisa mudar. São animais covardes. Meu irmão me ligou e contou que dois conseguiram escapar. Vão contar aos outros sobre os oito mortos e sabem que agora estamos lá, com armas de fogo e balas de prata. O local está seguro. Não sei quanto aos lobisomens.

O professor esclareceu:

— Os dois que estavam presentes eram olheiros de Shogun, para avaliar a capacidade de ataque dos lobisomens. Obviamente, se estão mortos a operação falhou. Shogun vai adotar outra estratégia, em outro lugar. Concordo com a senhorita, o local é seguro.

Alana aquiesceu.

— Cora, informe Espério quando terminarmos. A prioridade é manter o resto da equipe trabalhando. Como está Irina?

— Acordou do anestésico, mas ainda está inconformada. Ela quer sangue, mais do que os vampiros. Mas conheço aquela menina, ela nunca vai abandonar as responsabilidades. Ainda é a Comandante. E tem o apoio dos LH.

— Meu irmão é impulsivo, mas conhece o trabalho dele. Ela pode contar com nossa organização. — A observação foi de Susan.

— Alana, posso me intrometer?

— Claro, professor. Em que está pensando?

— Shogun deve estar bufando e esperneando neste momento, depois de uma missão fracassada. Normalmente, ele descarregaria a frustação cobrando ações minhas ou de Donatello. Eu não estou mais lá e o outro Diretor ainda deve estar escondido debaixo de alguma cama. Em outras palavras, é um momento de vulnerabilidade.

— Como podemos nos aproveitar disto? — A pergunta veio de Steve.

— Se estiverem dispostos e conseguirem se mobilizar, é a hora de atacar as despensas. Sugiro um ataque simultâneo, em dez cidades espalhadas pelo mundo.

Steve ponderou:

— Todas as nossas bases estão em alerta, depois deste golpe. Podemos formar equipes de ataque em poucas horas. Susan, seu pessoal pode nos ajudar?

— Claro, eu e Michael podemos fazer uma convocação geral.

Cora interrompeu?

— Professor, porque atacar as despensas e não as casas?

— A Red Moon funciona baseada em protocolos. Muitos que eu mesmo criei, infelizmente. O ataque a Donatello deve ter provocado uma evacuação em todas as casas. Não encontrarão nenhum vampiro nelas, pelos próximos dias. Em compensação, as despensas são mantidas cheias nessas ocasiões. Uma tática antiga diz que para vencer uma guerra precisa cortar os suprimentos dos inimigos.

Cora ainda não está convencida:

— Desativando as despensas, eles terão que caçar. Isto pode aumentar o volume de mortes nas ruas, certo?

— Sim. Mas lembre-se que aqueles que estão cativos são inocentes indefesos. Os caçados nas ruas têm uma chance de escapar, pequena, mas é maior do que as dos cativos. E para caçar nas ruas os vampiros terão que se expor, se transformando em alvos. Avisem suas patrulhas que o trabalho deles vai aumentar muito.

— Ainda me parece que é muita responsabilidade em nossas costas. Espério já sinalizou que a decisão é nossa. Como faremos? Votação? Alana?

— O que quer dizer, Cora? Que eu posso decidir se atacamos ou decidir se vamos votar?

— Alana, a ideia de sermos independentes veio de você e de Claudius. E como só estamos vivos por sua causa, acredito no seu julgamento. Alguém se importa se Alana decidir pelo grupo?

Todos se entreolharem e ninguém se manifestou. Alana se sentiu acuada:

— Não posso decidir por todos vocês.

Claudius entrou na conversa, pela primeira vez.

— Pode sim. Você é uma estrategista e uma guerreira, e sabe avaliar os prós e os contras. Como Cora disse, só estamos vivos por causa das suas decisões. A única pessoa mais experiente aqui que pode te contestar é o professor, mas ele não seria aceito pela organização, ainda. Mostre o caminho, querida, e te seguiremos.

Noboiushi concordou.

— Me acostumei a ser o segundo no comando. Acho que suas ordens serão mais fáceis de cumprir do que as do Shogun.

— Se Kenji topa, eu topo também. — Pedrinho concordou.

— Somos seus contatos com a VH, Alana. E graças a você temos o apoio de todos, mais do que nunca. Diga o que precisa, e conseguiremos aqui com Espério e Alice. — Desta vez foi Steve falando, com o apoio de Cora.

— Nós duas podemos opinar? Acabamos de chegar, mas só podemos agradecer por estarmos juntas aqui. — As mulatas, ainda tímidas.

Cora retomou a palavra:

— Viu? Parece que temos uma votação unânime. Alana, por favor, aceite nos liderar. Eu e Steve já comandamos missões, mas sempre tivemos a cobertura dos nossos comandantes. Você é a mais indicada para assumir essa função agora.

— Gente, vocês me deixam confusa. Vou pensar no assunto.

Claudius partiu em socorro da esposa.

— Neste momento, excepcionalmente, eu tomarei esta decisão. Cora, já desativamos a despensa do Brasil. Só o que temos a fazer é neutralizar os vampiros que fazem a guarda e entregar os cativos para a proteção das polícias locais. O que muda é que pode haver lobisomens fazendo a guarda. Temos os nomes das cidades, que incluem Paris e Tóquio. Você e Steve podem comandar a equipe de Paris. Irina comanda em Tóquio. O professor vai nos dar as localizações exatas, que é o que não tínhamos antes. Susan pode nos dar o apoio contra os lobos. Steve, quanto tempo estima para formar as equipes para um ataque simultâneo?

— Eu vi a lista de cidades. Algumas precisam de reforço, o que exige deslocamento de agentes. Considerando os diversos fusos horários, alguns ataques serão noturnos. Podemos programar a Hora H para a meia noite de amanhã, horário de Paris, o que nos dá vinte e seis horas para a preparação.

— Professor, qual sua opinião?

— Dentro de vinte e seis horas a vulnerabilidade será menor, mas o efeito surpresa compensa isto. Pode ser feito.

— Susan, pode nos conseguir o apoio?

— Sim, temos bases espalhadas pelo mundo todo. Michael me ajudará a convocar todos.

— Então estamos fechados. Steve, diga a Espério que eu autorizei esta operação. Todos, mãos à obra.

Alana interrompeu.

— Não. Eu aceito o pedido que me fizeram. Entendi que enquanto tiver Claudius ao meu lado, nunca carregarei este fardo sozinha. Steve, se estiver de acordo, diga a Espério que nós dois autorizamos a operação. — E virando-se para Claudius. — Está bem assim, amor?

— Claro, comandante. Você é quem manda. Eu só faço acontecer.

24 — Contra a luz

A Central de Comando dos Caçadores, em Genebra, está fervendo desde que escureceu. Ou melhor, já fervia antes, desde que a convocação geral foi emitida nas primeiras horas do dia. Nunca antes na história da Organização centenária foi feito um ataque em escala global. A tensão e a expectativa crescem quase se tornando palpáveis.

Joseph Espério, o Comandante Geral, ainda se questiona se tomou a decisão correta. Há exatamente vinte e sete horas antes, ele ainda exercia o comando absoluto da organização, e era quem decidia tudo o que deve ser feito. De repente, uma transferência de autoridade pode mudar o mundo.

O casal pode ser bem-intencionado, mas não tem experiência nenhuma. É óbvio que houve influência externa. E é isto que assusta. Pior ainda, se esta operação não der certo vai confirmar as suspeitas de Blacksword.

Por outro lado, se dez ninhos de vampiros forem desativados ao mesmo, será um marco histórico. Cada ninho em uma cidade diferente, espalhadas pelo globo. A decisão de Steve, de atacar todas sincronizando com o horário de Paris é outra temeridade. Atacar vampiros á noite nunca foi uma boa ideia, apesar do efeito surpresa. Somente dois locais contam com a proteção do sol.

Cinco das cidades alvo obedecem ao mesmo horário, onde a operação foi marcada para a meia-noite: Paris, Amsterdam, Genebra, Roma e Munique. Em Londres são 23 horas. Em Washington DC são 18:00, no Cairo são 3h00, em Hong Kong são 9h00 e em Tóquio são 10h00.

Se usassem relógios de pêndulo, as doze badaladas indicaram o início da mudança na face do mundo. Sem pêndulos, o início da operação foi marcado pelo alarme de relógios de pulso digitais.

O primeiro relatório chegou vinte e três minutos depois da meia-noite, abrindo caminho para os outros. Cora e Steve desativaram a despensa de Paris e entregaram 148 humanos assustados para a *Gendarmerie Nationale*, a Polícia Militar Francesa, depois de neutralizar quatro vampiros e dois lobisomens que faziam a segurança da antiga fábrica desativada situada na margem do Sena, nos arredores da cidade. Os lobisomens foram abatidos depois de se transformarem, pelos seis especialistas da LH, armados com fuzis de longa distância e balas de prata.

O segundo relatório foi o de Munique. Desta vez foram quatro lobisomens e seis vampiros surpreendidos pelo ataque conjunto dos Vampire Hunters e Lycan Hunters. Libertaram 97 humanos, entregues aos cuidados da *Bundespolizei*, a polícia militar alemã.

Nos minutos seguintes todas as outras equipes reportaram sucesso nas missões, todas elogiando o trabalho dos atiradores de elite que fizeram a proteção de retaguarda, à distância. O trabalho dos Caçadores foi atrair os monstros para terreno aberto. Alguns vampiros foram mortos por balas de prata atravessando corações, disparadas com precisão cirúrgica.

Em Tóquio o Tenente Eagles se destacou da equipe, derrubando quatro lobisomens, enquanto Irina sozinha neutralizou seis vampiros, e teria decapitado quantos outros aparecessem. A forma como ela luta, saltando e rodopiando no ar, com leveza e destreza, faz com que qualquer vampiro literalmente perca a cabeça, e impressiona qualquer um que possa assistir ao espetáculo. Como se aquela pequenina sardenta de cabelos ruivos realmente seja uma cosplay que saiu dos jogos de videogame.

O único local onde houve baixas foi em Washington, talvez porque a equipe não tenha sido devidamente motivada. Blacksword deixou escapar que a missão foi planejada pelos vampiros contratados por Espério, e que tudo indicava ser uma cilada. Outro agravante foi que a equipe americana ainda não tinha participado de nenhuma missão desde a partida de Steve. Sentiam-se órfãos de comando. Mas não podiam ignorar uma convocação direta de Genebra.

Quatro dos dez agentes perderam a vida. O desastre só não foi pior porque os atiradores fornecidos pelo comando LH de Toronto resolveram a parada, neutralizando lobisomens e vampiros.

No geral, a noite foi coroada de sucessos, entrando para a história das duas organizações. Todos os endereços fornecidos pelo Professor Noboiushi se mostraram corretos, evitando perda de tempo com a confirmação dos alvos. A operação mais rápida foi em Paris, graças a participação e Cora e Steve. A mais longa foi Londres, por estar chovendo e atrapalhar o posicionamento dos atiradores. Mesmo assim, tudo estava resolvido em uma hora e dez minutos.

Ás duas da manhã Espério já tinha os principais números de todos os locais. Estava explodindo de satisfação pelo feito histórico. Sem conseguir esconder o estado de espirito, seguiu para a sala de vídeo chamadas e fez uma ligação:

— Alice, você tem que ver estes números, são fantásticos. Aliás, você devia estar aqui comigo. Mudamos o mundo hoje.

— Calma, querido. Entendo o que quer dizer, mas só ganhamos uma batalha. Ainda existe uma guerra pela frente.

— Uma não, ganhamos dez batalhas. Deixamos o inimigo de joelhos.

— Eu falei com Alana um pouco mais cedo. Ela espera uma reação e me pareceu estar bem apreensiva.

— Se eu já tinha uma boa impressão dela, imagine agora. Nossa falecida Madame Pin é realmente impressionante. Passei uma responsabilidade a ela e em menos de trinta horas já viramos o mundo pelo avesso.

— Ela sempre foi uma estrategista. Nossos arquivos confirmam que ela ficou quase três séculos escondida de nós, e nem sabíamos que era uma vampira. Agora que está com Claudius e o professor, todas as fichas passaram para o nosso lado.

— Tenho que concordar. A aquisição do professor foi a melhor coisa que nos podia ter acontecido. E só foi possível graças a Alana.

— Penso que todas as batalhas que perdemos antes foi por causa dele. Agora que está do nosso lado tudo indica que só teremos vitórias. É uma questão de tempo para pegarmos Shogun e acabar de vez com esta guerra.

— Sobre o quê Alana está apreensiva?

— Acabamos com o estoque de comida dos vampiros. Eles terão que sair para a rua para se alimentar. Estarão famintos, frustrados e provavelmente violentos.

— Isto já estava previsto. Ordenei que todos os agentes nas dez cidades permaneçam de plantão pelos próximos dias. Com patrulhas reforçadas e mais frequentes. O desespero dos vampiros vai induzi-los a erros que podem se transformar em vantagem para nós.

— Sim, mas Alana sabe que não temos agentes suficientes para proteger toda a população. O número de mortos inocentes vai aumentar. Pelo que captei ela se sentiria muito melhor se estivesse numa das patrulhas.

— Realmente, o Brasil não é o melhor lugar para manter nossos guerreiros especiais. Claudius desativou tudo por lá. Convoque-os para Paris e vamos discutir nossos próximos passos pessoalmente.

— Eu estava pensando nisto mesmo. Ela me contou que estão planejando criar um Quartel General aqui em Paris, na mansão do professor. Não vejo a hora de conhecer meus novos vizinhos.

— Gosto da ideia. Você precisa estar mais protegida. Amanhã terei muitos relatórios para despachar, mas depois vou para aí. Não posso ficar muito tempo longe de você.

— Estarei te esperando. Mas não se preocupe com minha segurança. Cora e Steve já voltaram e ficarão alguns dias por aqui.

— Sabe que desde ontem eles não se reportam mais para nós. São da Alana. Nem precisa registrar a presença deles, para manter o anonimato.

— Sei, mas vai levar um tempo até me acostumar com esse novo protocolo. Vou pedir para Alana criar um código para facilitar nossa comunicação e registros. Alguma coisa do tipo chamando GHOST ou GHOST na área.

— Isto vai ficar divertido.

— Preciso desligar, querido. Chegou outra leva de agentes, vou colocá-los nas patrulhas.

Depois das despedidas melosas, os dois principais comandantes retornaram para suas rotinas. Alice é conhecida com uma lendária comandante que não relaxa nunca, sempre justa e eficiente, mesmo depois que aceitou o pedido de casamento feito por Espério, mais uma consequência dos protocolos que foram alterados com a chegada de Alana. A ex vampira tem o poder de mudar o mundo.

Eram quase cinco horas da madrugada quando ela decidiu encerrar os trabalhos desta noite. Estava cansada, mas ainda com o corpo cheio de adrenalina. Cora e Steve a estavam ajudando desde que voltaram da missão. Como o casal não se cansa mais, desde que sofreram a transformação, o convite partiu dela:

— Cora, vamos encerrar por hoje. Está na hora da minha corrida matinal. Me acompanha numa ida e volta até a Torre?

Todos na base sabem que a Comandante gosta de correr antes do dia raiar, para manter a excelente forma física, mesmo já tendo passado bastante dos quarenta anos de idade. Duas vezes por semana ela corre aproximadamente dez quilômetros, sempre fazendo um caminho que passe pela Torre Eiffel, um marco conhecido mundialmente.

— É um trajeto curto, Comandante, apenas doze quilômetros saindo daqui, ida e volta. Quando temos tempo, eu e Steve corremos trinta quilômetros, antes do café da manhã, se possível três vezes por semana.

— Não é uma competição, Cora. Sei que não tenho condições de competir com vocês dois. Não se trata das suas novas habilidades, é também por causa da minha idade. Mais alguns anos e terei que reduzir o ritmo.

— Não acredito nisto. Você e Espério não são do tipo que param para descansar.

— Estamos perdendo tempo aqui. Só peço que não usem sua velocidade especial, não quero ser abandonada para trás. Querem tirar as armaduras antes de sairmos?

— Prefiro me trocar no hotel. Steve deve concordar. Só vamos vestir um agasalho por cima da armadura e já saímos.

— Certo. Vou registrar minha saída e meu destino, conforme os protocolos. Sabem como Espério é exigente.

— Sabemos como é, os registros confidenciais dos comandantes. Ainda bem que fomos dispensados de qualquer registro.

Cinco minutos depois os três deixaram a base, vestindo agasalhos esportivos, praticando o jogging que desenvolve o corpo e limpa a alma, sem esquecer de levar as espadas Jedi e os óculos especiais detectores de vampiros que são equipamentos de porte obrigatório de qualquer Caçador, independente de nível.

Estavam circulando a Torre quando os três sujeitos atacaram.

Cora foi quem percebeu primeiro, graças aos sentidos aguçados. Mesmo sem estar usando os óculos ela viu quando os três sujeitos distantes, armados com espadas kitanas, aceleraram em velocidade vampírica iniciando o ataque. Ela usou velocidade equivalente para se colocar à frente da Comandante, já sacando sua própria espada e expandindo a lâmina.

Steve foi o segundo a ver o perigo e disparou na direção dos atacantes, também de espada em punho.

O vampiro que estava à frente foi surpreendido pela reação do casal, sem esperar que humanos possuam o mesmo poder. Correndo velozmente em sentido contrário, Steve e o vampiro se chocaram, cada um tentando atravessar uma lâmina no coração do outro. Os dois foram ao chão, mas Steve levou a melhor, graças à armadura que usava por baixo do agasalho, feita para desviar golpes de armas brancas.

O segundo vampiro saltou por cima dos dois, mas parou em frente de Cora ao perceber que ela não sairia do caminho e portava outra espada. Os poucos segundos de hesitação tiveram duas consequências: permitiu que Cora saltasse e rodopiasse a lâmina em direção do pescoço do vampiro, encerrando a luta antes que começasse. A segunda consequência foi dar tempo de Alice entender o que estava acontecendo e se armar, antes mesmo de ver os dois atacantes derrubados.

O terceiro vampiro desviou do casal, tentando contorná-los para chegar onde Alice estava. Mas não devia estar muito bem informado sobre os motivos que fizeram dela uma lenda, possuidora de um invejável currículo como matadora de vampiros.

Alice é uma humana normal, que não consegue acompanhar a velocidade de um vampiro correndo. Um dos méritos dela é pensar rápido, e agir mais rápido do que pensa. Ela acompanhou os olhares de Cora e de Steve, calculou onde se encontrariam e apontou a espada para o ponto onde o vampiro estaria, se abaixando no momento exato. A espada do vampiro passou poucos milímetros acima do cabelo dela, quando o peito dele se chocou contra a afiada lâmina da Jedi. O corte foi profundo, mas não mortal. Suficiente para que o vampiro se desequilibrasse, caindo ao chão poucos metros adiante da mulher. Alice ainda abaixada fez um giro, firmou os pés no chão e saltou em cima do oponente, cravando a espada nas costas do vampiro, perfurando pulmão e coração.

Cora e Steve se posicionaram ao lado dela, já usando os óculos e esquadrinhando as redondezas, à procura de mais vampiros. A única coisa que viram foi um enorme animal fugindo assustado, há mais de trezentos metros. Parecia um lobo gigantesco.

Bastou um olhar entre os dois para concordarem que Alice não podia ficar sozinha. O lobisomem ficaria para outra hora.

Os três voltaram para a base correndo, usando os óculos e segurando os tubos Jedi. Não trocaram nenhuma palavra, mas pensavam a mesma coisa:

O ataque foi dirigido contra Alice. Os vampiros não sabiam que os dois estavam com ela, mas sabiam onde encontrá-la.

A conclusão é estarrecedora: o inimigo tem acesso a informações confidenciais e recentes.

25 — Contra as trevas

Alguma coisa está errada com o informante. Como sempre. O sexto sentido de Bigdog o alertou desde que o homem solicitou aquele encontro em Manaus. Um homem movido exclusivamente pela ganância inevitavelmente comete erros. O problema é que estes erros estão provocando a morte de irmãos. Se fossem só mortes de vampiros, como testemunhou pessoalmente nesta manhã, não haveria problemas.

Os nomes e endereços que Blacksword forneceu até o momento se revelaram corretos, indicando que o sujeito ainda pode ter alguma utilidade. Mas as ações foram desastrosas.

É uma situação estranha essa em que se encontra no momento, servindo de contato entre duas Organizações que se odeiam e que só pensam em se destruir mutuamente. Foi só cruzar algumas informações para entender que os vampiros infiltrados a que Blacksword se refere são os mesmos indivíduos que Shogun chama de aberrações.

Ainda não tem informações suficientes, mas tudo indica que são uma nova raça, no meio de vampiros e de Caçadores de vampiros, e que são extremamente mortais.

Os inimigos dos vampiros estão perigosos demais. A incursão no Japão provou isto. O informante entregou o nome e o endereço da ruivinha, dizendo que seria uma operação simples, apenas para eliminar uma traidora seduzida por vampiros e que tinha influencia na tal organização dele. Shogun negou categoricamente ter influência sobre qualquer Caçador, mas ficou entusiasmado com a possibilidade de eliminar a comandante inimiga no Japão.

A operação foi um fracasso. A ruivinha escapou, vampiros e irmãos morreram e foi revelada a associação dos caça sanguessugas com os atiradores das balas de prata, que se auto intitulam Lycan Hunters. Não se trata mais de um acordo comercial para proteger vampiros. A própria sobrevivência dos lobisomens está ameaçada.

Kogino informou que Shogun quase teve um ataque histérico quando soube. O vampiro nem se importou com o número de mortos, que foi maior para o lado do Rei. O vampiro descontrolado acusava os lobisomens pelo fracasso. Foi preciso se concentrar muito para não se transformar na hora e acabar com a vida do imperadorzinho.

Shogun decidiu seguir para Paris e convocou outra reunião para decidir os próximos passos, incluindo alguns lobisomens. É o motivo que o fez vir de Los Angeles, e a razão de estar na cidade quando as péssimas notícias começaram a chegar. Chegou dois dias antes do Imperador dos Vampiros, para receber algumas gentilezas do segundo vampiro no comando, incluindo a hospedagem em um hotel luxuoso. Seria uma falta de respeito recusar a oferta, embora pessoalmente preferisse ficar junto com outros lobisomens, na chácara do Rei da Matilha francesa.

Foi acordado ás duas horas da madrugada, no hotel, por um Donatello superexcitado dizendo que o mundo estava acabando. Demorou para entender do que o vampiro com jeito de pirata estava falando.

Os inimigos desativaram todos os depósitos de humanos, numa operação coordenada em escala global, nas dez cidades onde existiam as Casas. Muitos vampiros e lobisomens foram mortos, pegos de surpresa.

Bigdog caiu sentado na poltrona existente no quarto, até assimilar toda a extensão da tragédia.

A primeira coisa em que pensou foi que o fornecimento de carne fresca seria interrompido. Mas isto é problema dos vampiros. Os contratos assinalados estabelecem que uma quantidade mínima deve ser entregue, em qualquer condição.

Faz pensar em outra coisa. O acordo diz que se os líderes dos vampiros forem ameaçados em suas Casas, serão recebidos e protegidos em locais controlados por lobisomens. Ou seja, as assistentes que Shogun chama de noivas vão se mudar para os cassinos, sejam nos hotéis ou nos flutuantes. Será um problema se elas usarem os cassinos como locais de caça, para suprir carne fresca. Os Reis de matilhas devem ser avisados, para impedir que a privacidade dos lobisomens seja comprometida. Qualquer coisa que prejudique os negócios deve ser impedida.

Por falar em negócios, até o momento tudo está correndo muito bem, mas se as mortes de lobisomens foram maiores do que as baixas dos vampiros, a moral dos irmãos pode ficar abalada. É urgente obter as estatísticas.

Um ataque deste porte precisou de planejamento. E se teve sucesso, foi trabalhado com informações precisas. Deve estar sendo planejado há muito tempo. Os inimigos só precisaram de um estímulo para deflagrá-lo. Shogun acelerou o cronômetro ao atacar a ruivinha. É um sinal de que as próximas ações devem ser pensadas com mais cuidado. Como em qualquer negócio, deve-se pesar qual retorno será obtido com qual investimento.

E tem o informante. Por que o sujeito não avisou do que estava acontecendo?

Surgem duas hipóteses. A primeira diz que Blacksword não sabia dos planos. Talvez ele não participe das decisões do primeiro escalão, como afirma. Se não é do Alto Comando, passa a ter uma utilidade menor. As informações que passa devem ser analisadas com um novo enfoque.

Se sabia dos planos e não avisou ninguém, é porque está mais preocupado com o próprio rabo, temendo que uma contraofensiva pudesse expô-lo.

Qualquer das hipóteses diz que não é uma pessoa confiável.

Apesar do último telefonema. Feito claramente como uma espécie de retratação. Aconteceu exatamente as cinco horas da manhã.

Blacksword ligou direto para o número do telefone celular, que lhe foi fornecido ainda em Manaus como prova de confiança, pedindo desculpas, mas com uma informação importante e urgente. Disse que outra traidora protetora de vampiros, a segunda no comando, estaria na Torre Eiffel, correndo sozinha e que é extremamente perigosa.

A informação foi imediatamente repassada para Donatello, que informou ter três seguranças vampiros disponíveis, e que os estava despachando para resolver o assunto. Afirmou que Shogun ficaria muito satisfeito com esta retaliação contra os Caçadores.

Por estar muito perto da Torre, Bigdog decidiu que podia inspecionar a operação pessoalmente. Tirou as roupas, saiu do hotel pela entrada da garagem e se transformou, correndo rapidamente na direção da Torre iluminada, visível de longe.

Encontrou um bom local para esconder um observador à distância e viu quando a mulher chegou correndo com uma pessoa qualquer.

Mas não estava sozinha. Veio acompanhada por um casal que corria junto. Era um imprevisto, mas como Donatello disse que havia três vampiros, pensou que isto não afetaria em nada a missão. Outra coisa lhe chamou a atenção. Com a visão privilegiada de um lobisomem acostumado a caçadas noturnas, viu a incrível semelhança da mulher com a atriz Sophia Loren. Uma sósia perfeita.

A visão também lhe mostrou a chegada dos vampiros e quando iniciaram a corrida para acabar logo com a missão recebida. Foi aí que realmente ficou surpreso.

A corredora acompanhante se moveu com a mesma velocidade dos vampiros e fechou o caminho do primeiro, armada com uma espada que brotou do nada. O rapaz disparou contra o segundo vampiro na mesma velocidade e se chocaram frontalmente. Só o rapaz se levantou, no momento exato que a menina fez uma acrobacia no ar e decepou a cabeça do vampiro, como se estivesse cortando uma cenoura. O terceiro vampiro foi derrubado e morto pela sósia da Sophia Loren. Em menos de meio minuto três vampiros foram mortos praticamente sem luta.

Já tinha visto tudo o que precisava. Saiu dali em disparada antes que aquelas aberrações o vissem. Agora entendeu a origem do pânico que Shogun tenta esconder.

De volta ao hotel e a forma humana foi direto para o chuveiro, tentando relaxar. Não quis ligar para Donatello, para informar o novo fracasso, pois poderia ser mal interpretado, como se estivesse vigiando os vampiros. Mas ligou para Antonelli, o Rei da Matilha italiana e contou o que presenciara. Os lobisomens precisam saber que o pavor de Shogun tem fundamento.

Passou o dia todo pensando em quem seriam e em como surgiram aquelas aberrações. Resolveu algumas questões do Sindicato aproveitando a estada em Paris.

Donatello ligou informando que Shogun já estava na cidade e que o encontro foi marcado para a meia-noite. Informaria o local mais tarde, já que a Casa entrou em nova quarentena.

O relógio de pulso indicava vinte horas e já havia escurecido quando decidiu sair para uma caminhada. A vida noturna da Cidade-Luz estava começando e é sempre muito convidativa. Ainda faltava quatro horas antes do encontro, mas levou o celular, aguardando o contato de Donatello informando o local.

Lembrou das conversas com Shogun, e de que o vampiro afirmou possuir uma mansão em Paris. É uma boa oportunidade de conferir se é verdade.

Caminhou rápido até chegar perto das grades que circundam uma grande propriedade. Pode ver a construção de longe, separada da grade por um enorme gramado. Estava calculando mentalmente o valor da mansão, quando foi interrompido:

— Senhor, está perdido?

Um homem com aspecto de guarda noturno apareceu de repente, como se estivesse escondido, passando despercebido até mesmo para um lobisomem. Usava óculos escuros, um casaco comprido e mantinha as mãos dentro dos bolsos.

— Como disse?

— Esta é uma área restrita, senhor. Ninguém vem até aqui, se não estiver perdido.

— Desculpe, eu não sabia. Sou um cidadão americano apenas observando a arquitetura. Esta é uma mansão muito bonita.

— Se me der um cartão, senhor, farei que chegue até o proprietário. Ele pode convidá-lo para conhecer a propriedade.

Bigdog percebeu a armadilha muito tarde. A mansão está sendo vigiada. Se entregar um cartão os Caçadores poderão identificá-lo. Se não entregar, prova que o interesse demonstrado é falso. Observando melhor o homem, notou outra coisa: o óculos é de um tipo esquisito.

Mesmo na forma humana lobisomens tem sentidos muito apurados, principalmente visão e audição. Se concentrando ao máximo, conseguiu ouvir uma mensagem de rádio, como se uma haste dos óculos estivesse falando com o vigia.

— "Agente Henry, temos reconhecimento facial. Este homem é suspeito de ser um lobisomem americano. Está na mira. Faça-o se transformar e o pegamos."

Bigdog gelou. Atiradores na área, na certa com balas de prata.

— Senhor, pode me acompanhar? É só uma verificação de rotina.

Ficou claro que o tal Agente Henry não sabe lidar com a situação. Ninguém convida um lobisomem para uma verificação de rotina. Hora da ação.

— Só um momento, vou pegar meu passaporte.

Fingiu procurar algo no bolso do paletó, apenas para se posicionar melhor e desferir um poderoso gancho de direita no queixo do agente, o nocauteando instantaneamente. Pegou o corpo antes que caísse, num abraço apertado, e correu para perto das paredes do outro lado da rua, usando Henry como um escudo humano. Sentiu que o agente está usando um tipo de armadura por baixo do casaco. Ótimo, se for resistente a balas de prata. Sempre tomando o cuidado de não fixar a cabeça ou o corpo numa posição só, pois conhece a habilidade e a precisão dos atiradores.

Em terreno aberto não tem nenhuma chance, então procurou um lugar para se proteger entre as construções. Sempre com Henry como escudo achou um beco estreito usado como depósito de lixo. Péssimo lugar para fugir como humano, mas teria uma pequena chance como lobo.

Se abaixou, apanhou os objetos de uso pessoal e os enrolou com um pedaço de um saco de lixo. Emitiu o comando mental para se transformar, deixando que as roupas se rasgassem. Apanhou o pequeno embrulho com a boca e correu para o fundo do beco, saltando por sobre o lixo. Um último salto no final e alcançou o telhado de uma casa, liberando o acesso para outra rua escura.

Assim que atingiu o solo da rua, percebeu uma sombra chegando velozmente, vinda da direção da esquina da direita. No início não entendeu o que um vampiro estaria fazendo ali, até que percebeu o brilho da espada esquisita usada pela aberração na mesma manhã.

Bigdog já havia enfrentado vampiros antes do acordo. Mas na ocasião estava com uma matilha. Agora é diferente, uma situação de um para um. Começou a correr em ziguezague, fingindo que fugia, sabendo que o perseguidor o alcançaria em poucos segundos. No momento da interceptação, estancou e girou, se desviando da espada e atirando as garras com toda a força na barriga do vampiro. O golpe deveria ter dividido o sujeito em dois, mas apenas atingiu uma coisa dura e escorregadia. Compreendeu que é outra armadura. As garras não fizeram nada, mas o impacto atirou o vampiro contra uma parede, provocando um estrondo. O indivíduo desabou para o chão.

Aproveitou o momento de surpresa do atacante, torcendo para que fosse um momento de desmaio, e retomou a corrida se afastando. Não é o momento e nem a situação para uma luta normal.

No quarteirão mais para a frente viu um semáforo, com a luz vermelha. Uma boa oportunidade de ganhar mais vantagem, caso o perseguidor se recupere.

No momento em que pretendia atravessar o cruzamento, surgiu uma Van negra, correndo como desesperada. Reduziu a velocidade se preparando para saltar por cima da Van quando viu o rosto do motorista louco: Donatello.

Completou o salto, caindo do lado do passageiro e já retornando à forma humana. Entrou rapidamente no veículo ordenando que Donatello arrancasse.

— Como me achou?

— Fui buscá-lo em seu hotel. Quando não o encontrei resolvi circular pelas redondezas. Imaginei que talvez tivesse vindo ver as mansões. Temos três delas por aqui, mas não são seguras nesta época de quarentena. A minha foi atacada. Já ia te ligar, para aconselhar a não vir para este lado. Não esperava ser atropelado.

— Então foi coincidência? Você não tem nada a ver com o vampiro que me perseguiu?

— Que vampiro? Não tem nenhum vampiro neste lado da cidade, exceto eu neste momento.

— Foi o que pensei. Só pode ser a aberração que vi esta manhã.

— Também não tem nenhuma aberração em Paris. Tenho confirmação de que o casal está no Brasil.

— Pois a minha informação é que são dois casais. E estão sendo treinados pelo seu General desertor.

Donatello freou a Van bruscamente, ainda mais pálido do que o normal e arregalou os olhos para o lobisomem nu.

— Está me dizendo que eles se multiplicaram e estão com Noboiushi?

— Você não sabia? Um casal está aqui. Acabei de ser perseguido pelo rapaz.

— O Mestre vai odiar esta informação.

— Então vamos contar a ele, antes que descubra sozinho. Mas, antes, quero passar no hotel. Preciso de roupas.

26 — Agradável e útil

O encontro de vampiros, feito numa Sala de Reuniões comum no hotel, nem parece uma reunião glamorosa como as que até há pouco tempo eram feitas nas modernas salas das Casas. Nenhum dos poucos presentes confia em usar as Casas, depois das últimas notícias.

Shogun chegou na mesma tarde, vindo do Japão, precisando confiar nos preparativos feitos por Donatello, para não se expor ao sol, no caminho do aeroporto para o hotel. Apesar da interdição das Casas, os serviços de distribuição de equipamentos médicos e os de coleta de resíduos hospitalares ainda está em pleno funcionamento, permitindo que ambulâncias e veículos especiais tenham acesso a áreas restritas dos aeroportos. Com algum jeitinho, é possível retirar uma pessoa escondida, até mesmo uma que se protege do sol.

A Red Moon explora estes meios há muitos anos. Apenas o Imperador não esperava ele mesmo ter que usar o estratagema. O que explica o mal humor crônico que exibia na reunião.

Por sorte, só cinco pessoas estão na sala. Além do próprio Shogun, estão presente as duas noivas, Sophie e Annette, acompanhados por Donatello e por Bigdog. A presença do lobisomem americano foi uma exigência do Mestre.

Bigdog já conhecia três dos vampiros, desde o evento de Manaus, mas estava visivelmente impressionado com a beleza de Annette, a noiva parisiense de Shogun. Nesta altura dos negócios ele já sabe que Shogun tem noivas espalhadas pelo mundo, jovens e extremamente belas. A maioria delas são japonesas, mas na sala as duas não orientais representam muito bem o mundo ocidental. Ele quase não ouviu quando foi interpelado.

— Senhor Bigdog, como ficou sabendo que existem quatro aberrações? Só tivemos conhecimento de um casal até agora.

— Soube através do meu informante, senhor. O espião infiltrado que está nos dando os nomes e endereços dos inimigos.

— Como conseguiu um espião em tão pouco tempo?

— Foi ele quem me procurou. Pensa que sou apenas o dirigente de um clube de caça comum, e tenta me influenciar para eliminar os inimigos dele. Que por coincidência são os mesmos inimigos que estão nos dando todo este trabalho. Deduzi isto esta manhã. A organização dele está escondendo um casal no Brasil, outro casal está aqui e pela descrição que recebi, o seu desertor está junto com os brasileiros. Eles o chamam de "professor'.

— Não me surpreende. Este ataque simultâneo a todas as minhas despensas só pode ter sido planejado por Noboiushi, aquele maldito traidor. Só ele tem o conhecimento e a audácia para uma operação deste porte.

— Vamos planejar um contra-ataque?

— Primeiro precisamos nos reorganizar. Annette, ligue para todas as noivas. Diga para organizarem grupos de caça com todos os vampiros que temos. Usem todas as viaturas disponíveis, dos serviços de apoio. Mas não cacem perto do território dos nossos aliados, apenas mantenham o fornecimento de carne fresca. Nossos soldados vão gostar da ação.

— Posso avisar o meu pessoal, senhor? De que o fornecimento não sofrerá interrupção e nossos territórios serão preservados?

— Sim, Senhor Bigdog, esta é a primeira parte do nosso reagrupamento. Depois que falar com as meninas, Annette, organize a mesma coisa aqui em Paris. Donatello, reorganize as Casas para que operem apenas com humanos. Todas. Se os inimigos conhecem os endereços, nenhuma é segura para nós. Mas devem continuar operacionais. As meninas podem escolher se vão morar em hotéis ou se preferem se hospedar com nossos aliados lobisomens. Alguma objeção, Senhor Bigdog?

— Nenhuma. Nosso contrato de proteção continua em vigor. Vamos honrá-lo.

Bigdog estava imaginando se todas as outras noivas seriam como as duas que estavam na sala. Sophie se manifestou:

— Qual a minha tarefa, Mestre?

— Você vai voltar ao Brasil. Quero que investigue o que Noboiushi e Alana estão planejando. Mas não se exponha, tente fazer tudo de longe. Não preciso dizer como são perigosos. E não esqueça que aquela aberração está lá, a mesma que destruiu a sua casa e matou Katsumí. Use as equipes de limpeza para o que for preciso. Você ainda é minha Diretora no Brasil.

Bigdog aproveitou a deixa para mostrar algum poder:

— Vou ligar para o Capitão Napoleão e informar que você está indo para lá, senhorita. Ele vai providenciar uma equipe para sua escolta e segurança, inclusive durante o dia.

Shogun retomou a palavra:

— E quanto a mim, não pensem que ficarei parado. Os Caçadores acabaram com nossas despensas e devem estar comemorando neste momento. Isto não ficará impune. Se eles exibiram força, vou devolver sutileza, de uma forma que nunca vão esquecer. Terminamos aqui, vamos ao trabalho.

Sophie e Annette trocaram um olhar cumplice. Se vampiros tivessem sentimentos, a grega estaria radiante. É tudo o que ela queria: voltar ao Brasil e ter uma oportunidade para conversar com Alana. Annette, por sua vez, sentia inveja e tristeza, por perder a companheira de quarto e de cama.

Só o lobisomem saiu da sala imaginando que tipo de coisa seria sutil nas atitudes de Shogun.

27 — Fim de uma era

Mesmo durante situações de crise, existe um momento em que é preciso relaxar e recarregar as baterias, para poder prosseguir. O Comandante Espério sempre aproveitou o próprio aniversário para uma fuga das responsabilidades, reservando duas horas para um prazer pessoal. A noite em que preferia jantar em um restaurante japonês, sem precisar cozinhar, com direito a uma boa dose de *nihon shu*, a bebida japonesa conhecida no mundo todo como *saquê*.

A data é conhecida da maioria dos agentes, mas o local escolhido sempre é mantido em sigilo, obedecendo aos protocolos. Embora o endereço esteja registrado nos computadores da VH, classificado como Top Secret, podendo ser acessado apenas pelos comandantes de bases. Uma garantia de que o Comandante Geral possa ser encontrado em caso de alguma emergência.

A novidade deste ano é o jantar ser apenas para dois Comandantes, no lugar das mesmas poucas pessoas convidadas entre o círculo de amizades pessoais de Espério. Alice é a única convidada. Um privilégio por estar recém-casada com o Comandante Geral.

Os dois vieram para o restaurante direto do apartamento do casal, excepcionalmente dispensando a escolta tradicional que ambos têm o direito de requisitar. Alice considerou não ser necessário dois experientes Caçadores, quase lendários, se ocuparem do tempo de soldados mais úteis em outras tarefas, mesmo sendo só por algumas horas. A espada Jedi no bolso do paletó de Espério, e a dela, dentro da pequena bolsa tiracolo são suficientes para resolver qualquer problema, principalmente quando manuseadas por espadachins considerados invencíveis.

Espério havia feito a reserva na véspera, mas estranhou o lugar estar vazio e silencioso quando chegaram. Em todas as outras vezes sempre havia o murmurinho dos demais convidados, nas salas reservadas próximas. Mesmo estando sempre com as cortinas fechadas.

Foram conduzidos para uma salinha aconchegante na parte de traz do grande salão, reservada para casais. A jovem japonesinha que os atendeu estava vestida com um traje típico. Usava um quimono preto estampado com grandes flores, um enorme laço nas costas, um decote discreto e cabelos moldados num coque, presos por *kanzashis* de marfim. Não estava com o rosto todo pintado, talvez para deixar a face mais ocidentalizada.

Os dois tiraram os sapatos antes de entrar na saleta, como é o costume oriental.

Se ajoelharam confortavelmente no macio tapete, deixando a pequena mesa no meio. O Comandante se dirigiu para a atendente:

— Você é nova aqui, não é? Não me lembro de tê-la visto antes.

— Sim, senhor. Me chamo Karina. Fui escalada especialmente para atender aos senhores, quando soubemos da sua reserva. Sabemos que são clientes especiais. Se não for do seu agrado, posso chamar outra atendente.

— Não é necessário. Você conhece o trabalho?

— Sou uma Geisha formada no Japão há vários anos, senhor, com especialização em comidas orientais adaptadas para o mundo ocidental, pela CIA de New York.

Espério não entendeu aquela referência à Agencia de Investigação americana.

— Como assim, pela CIA?

Alice socorreu a jovem.

— É a *Culinary Institute of America*, querido. A mais importante Faculdade de Culinária do mundo. Estive lá uma vez, levada por Blacksword, durante uma visita de trabalho. Esta jovem deve ser uma excelente profissional.

— Claro, agora me lembrei. Também estive lá. Fica perto da nossa sucursal de New York, mas faz tanto tempo que não associei o nome. Karina, não temos muito tempo. Já informei o cardápio quando fiz a reserva. Poderia nos trazer a entrada e o *nihon shu*?

— Perfeitamente, senhor. Obrigada por aceitar meus serviços.

A japonesinha se curvou em agradecimento e se afastou andando de costas, nos passinhos curtos que a saia do quimono e os altos tamancos de madeira permitiam.

— Você a assustou, querido. Irina me contou que a pior coisa para uma Geisha é ser rejeitada.

— Sabe, algumas vezes esqueço que Irina é russa e não japonesa. Ela se adaptou muito bem ao Japão.

— Ela é especial. Se adaptaria a qualquer lugar. Inclusive aqui.

— É uma ideia a ser considerada. Está pensando em se afastar?

— Ainda não. Acho que meu chefe me dará mais algum tempo. A menos que ele também queira se afastar, para curtir um pouco da vida.

— Não me tente. Sempre acreditei que só pararia quando fosse derrotado. Confesso que estou começando a reconsiderar.

— Consegue imaginar que sua derrota poderia ser minha maior vitória?

— E ao mesmo tempo minha melhor recompensa.

Foram interrompidos por passos de tamancos se aproximando. Karina abriu a cortina abrindo caminho para uma grande bandeja metálica. Colocou dois copinhos de cerâmica na frente de cada um e os encheu com o liquido derramado de outra garrafinha semelhante, decorada com o mesmo padrão. Uma leve fumaça se elevou de cada copo, revelando que o líquido estava aquecido.

A garrafinha foi deixada no centro da mesinha, enquanto dois conjuntos de toalhinhas enroladas e aquecidas eram alinhadas de cada lado. Para esvaziar a bandeja, pratinhos com as entradas foram distribuídos nos dois lados da mesa: *sunomono*, *ceviche* e *shimeji*, em porções individuais. Terminou com os *rashi* e os condimentos.

Ao sair, Karina fez nova reverencia, novamente caminhando de costas.

— Voltarei com os pratos quentes em quinze minutos, se for do seu agrado.

— Está ótimo, Karina.

— Ela é atenciosa, querido.

— Todo o pessoal é assim. Por isso gosto daqui. O proprietário virá nos cumprimentar, antes de sairmos.

— Tome seu saquê. Esse *ceviche* parece delicioso.

A conversa prosseguiu despretensiosamente, regada a goles do saquê aquecido enquanto saboreavam as entradas.

O ambiente aconchegante, a bebida e a comida logo os deixou relaxados, aproveitando a companhia um do outro sem as preocupações cotidianas. Momentos de felicidade devem ser aproveitados em cada segundo.

No prazo marcado, ouviram novamente o barulho dos tamancos e viram a cortina se abrindo para dar passagem a outra bandeja. Desta vez os pratos quentes estavam protegidos por uma toalha enorme, numa arrumação não tradicional. A bandeja foi colocada num canto da mesa, enquanto os pratos vazios, os copos e a garrafinha eram retiradas um a um. Karina, atenciosa, conferia se tudo foi consumido antes de retirá-los.

Quando liberou espaço, chegou a hora de servir o que estava coberto pela toalha. Espério, atento, foi quem viu primeiro.

Treinado por muitos anos, levou a mão direita ao interior do paletó em direção da espada Jedi, mas não foi tão rápido quanto gostaria. Karina foi mais veloz ao puxar a afiada faca japonesa de cortar peixes, e passá-la com força pelo pescoço do Comandante Geral, quase decepando a cabeça incrédula. O sangue explodiu para cima da mesa, enquanto o corpo de Espério tremia com espasmos involuntários e caía de bruços.

Alice agiu por impulso, já que o cérebro demorava para assimilar o que estava acontecendo. Enfiou a mão na bolsa o mais rápido que pode, e a retirou segurando a própria espada, já com o botão de ligar acionado. Mas não teve tempo de expandir a lâmina. Karina percebeu o movimento e com uma velocidade sobrenatural inclinou o corpo e desferiu um potente chute com o tamanco no braço da morena, atirando a espada de encontro com a parede e provocando um grito de dor.

Com a mesma velocidade recuperou o equilíbrio, trocou a faca de mãos e puxou Alice pelos cabelos, jogando o rosto da Comandante contra a mesa. Agilmente se posicionou nas costas da mulher e a imobilizou, segurando-a por um dos braços e prendendo o outro com o próprio corpo. Alice não reconheceu o estilo de luta, sentindo-se incapaz de desferir qualquer contragolpe.

Vitoriosa, Karina começou a falar baixinho, no ouvido da Caçadora derrotada.

— Nem tente resistir. Fui avisada das habilidades de vocês dois. Vim preparada.

Alice se sentia estranha. Jamais fora derrotada antes, e nunca pensou que o momento chegaria de uma forma tão vergonhosa. Sentia os pensamentos embotados, como se tudo fosse irreal. A única certeza é a necessidade de ganhar tempo.

— Quem é você? Tem consciência do que está fazendo?

— Acha que tenho consciência? Sou uma vampira, se ainda não percebeu. Pode me chamar de Kireyna ou de Miyasaka, isso não importa. Sou a noiva mais antiga do Imperador dos Vampiros, e a mais poderosa. A única que poderia derrotar os dois comandantes mais temidos de um golpe só.

É isso. Fazê-la falar por pelo menos três minutos. Até que a espada arremessada no chão entre no modo SOS.

— Você não fez isso sozinha. Teve ajuda.

— Agora estou vendo porque você é tão perigosa. Consegue pensar, mesmo com a dose cavalar da poção anestésica que eu lhes dei. É uma antiga fórmula ninja, eu mesma cozinhei. Tem que ser feita com muito cuidado para não alterar o sabor das bebidas ou comidas onde é misturada. Mas a única ajuda que tive foi a informação de que vocês estariam aqui. O informante do mestre foi eficiente, vai receber uma bolada por isso.

— Vocês estão pagando um traidor?

— Surpresa? Não se faça de inocente. Vocês, Caçadores, sempre usaram desse expediente contra nós. Agora mesmo, estão com um dos nossos generais a seu serviço.

— Pois saiba, mocinha, que Noboiushi veio pela própria vontade e nem é mais um vampiro.

— As velhas mentiras. Fui avisada destas lorotas. Tinha ordens de não conversar com vocês, apenas de matá-los como fiz com o velho. O que me lembra para não perder tempo. Sei que vocês são cheios de truques.

Alerta. A vampira precisa falar mais, para dar tempo de a ajuda chegar.

— Do que tem medo? Meu marido está morto, estou ajoelhada, com o braço ferido, imobilizada contra uma mesa, desarmada e dopada. Não é a vampira mais poderosa?

Kireyna soltou uma gargalhada.

— Você não desiste mesmo. Não sei o que pretende, mas acabou. Admiro você. Acho até que vou desobedecer uma ordem do mestre. Não vou te matar simplesmente. Notei o quanto é bonita, uma coroa realmente muito interessante. Sempre gostei de ser paparicada por pessoas bonitas, homens e mulheres.

Outro sinal de perigo.

— Do que está falando?

— Do castigo ideal para quem destruiu tantos vampiros como você.

Kireyna soltou a faca que segurava com a mão esquerda atirando-a ao chão e começou a acariciar Alice. Passou a mão pelo rosto, pescoço, foi descendo, enfiou a mão pela gola da blusa, por dentro do sutiã e estacionou a mão no seio esquerdo, bolinando o mamilo.

— Nunca tive uma escrava como você. O castigo para quem mata um vampiro, antigamente, era ser transformado para compensar a perda. Vou transformar você e permitir que viva como vampira, enquanto me obedecer. Será minha cadelinha de estimação.

Alice estava perto de entrar em pânico. Ser transformada naquilo que combateu a vida toda é o pior castigo imaginável. Deu uma ordem mental para si mesma: manter o sangue frio, como o treinamento exige.

— Sugiro não fazer isso. Se me der os poderes de uma vampira, como sabe que não os usarei contra você?

A mão continuava a bolinação. Kireyna estava se divertindo.

— Não funciona assim. Você será uma vampira bebê junto da sua criadora. Eu sempre serei quatro séculos mais forte e vou te ensinar a me obedecer.

Alice havia perdido a noção do tempo. Se passou os três minutos, a espada deve estar entrando no modo SOS. Alguma ajuda, seja qual for, deve estar a caminho. Kireyna começou a apertar o mamilo com as unhas, cortando a pele sensível e provocando uma dor muito forte. A mão que segurava o braço se deslocou para o ponto ferido e começou a apertá-lo, provocando ainda mais dor. A Comandante gritou. Kireyna ria.

— A dor é para acelerar a pulsação e diluir o resto de anestésico alojado em suas veias. Seu sangue ficará mais delicioso. Chegou a hora. Não vou esperar aquela espadinha de brinquedo chamar seus amigos.

Ela sabe. A revelação foi como um banho de agua fria. Pelo menos as dores estavam queimando a droga, e uma última ideia surgiu. Não será transformada em vampira, nunca.

Kireyna soltou o seio e puxou a mão, violentamente, rasgando a gola da blusa. Segurou o queixo de Alice e puxou a cabeça para cima, preparando a mordida na garganta. A mudança de posição foi o que a guerreira precisava. Ela olhou para o rosto querido de Espério, caído no que agora era uma enorme poça de sangue. Ele caiu com o braço por baixo do corpo, deixando um pequeno espaço para passar uma mão, lubrificada pelo sangue na mesa. Com a cabeça puxada para trás conseguiu puxar o braço livre para a frente, estendendo a mão para a frente, escorregando pelo sangue em direção da mão do marido. Pediu ajuda em voz alta.

— Querido, me ajude!

A vampira soltou outra gargalhada, desta vez com a voz alterada pela presas que havia expandido.

— Tola. Mortos não ajudam ninguém.

E puxou a cabeça de Alice mais para trás, enterrando as presas no pescoço desprotegido.

Alice sentiu a nova dor imediatamente, seguida da tontura quando o sangue foi desviado do cérebro. Usou os poucos segundos para encontrar a mão de Espério, a cerca de trinta centímetros do próprio rosto.

Como esperava, ele segurava um cilindro metálico. Segurou forte no cilindro e procurou o botão. Estava na posição correta. Com a cabeça puxada para trás, calculou a direção exata e acionou o botão de ligar.

Espadas Jedi dos caçadores são ainda mais rápidas do que vampiros. Os circuitos eletrônicos no cabo detectam quase instantaneamente quem a está segurando. Em milissegundos a espada constatou que não era seu senhor quem a empunhava. Espadas não reconhecem esposas. Fez o que estava programada para fazer: expandiu a lâmina reversa, com cinquenta centímetros de comprimento, numa tentativa de provocar o maior estrago possível no ladrão de espadas.

A lâmina voou paralela ao braço, atravessou o tecido rasgado da blusa, penetrou no sutiã e no seio, até transpassar o coração da própria Alice. Por pouco não prosseguiu até o corpo de Kireyna.

O colapso foi instantâneo. A Comandante tremeu com o solavanco e amoleceu em seguida, quando o fluxo de sangue foi interrompido bruscamente. A cabeça e corpo se afrouxou sem resistência.

A vampira, surpreendida, retirou a boca do pescoço e soltou o corpo sem vida, com os olhos ainda mais injetados do que antes, pela raiva.

— Maldita! Você não podia ter feito isso! Você é minha!

Com o estrago feito, a lamina da espada se retraiu novamente para o estado de repouso, imediatamente passando a piscar uma luzinha vermelha. Kyreina olhou para trás e percebeu outro pisca-pisca vermelho onde a espada de Alice havia caído.

Olhou para os dois corpos debruçados sobre a mesa e concluiu que havia cumprido as ordens do mestre.

Começou a rasgar o quimono sujo de sangue e foi se despindo em direção da cozinha. Limpou as últimas gotas de sangue com vários guardanapos que ia jogando pelo chão.

Rapidamente vestiu as próprias roupas: um conjunto de calças pretas de couro, uma blusa de cetim rosa, a jaqueta de couro, as botas e o capacete.

Em menos de um minuto deixou o local, pilotando uma motocicleta Ninja 750 alugada. A assassina da Yakuza cumpriu mais uma missão, com sucesso. E mesmo assim se sentia derrotada.

Parte 6 — Vinganças

28 — Sangue novo

Nem a chegada do sol parecia ser capaz de aquecer algum ânimo. O início da manhã na Base Paris estava anormal, em um dia que nunca poderia ser considerado rotineiro, sem a entrada de nenhum agente para trabalhar. Ninguém chegava, pois todos já estavam dentro.

A rotina foi quebrada na noite anterior, quando as sirenes começaram a tocar, indicando que uma Jedi perdeu contato com seu dono. Cora e Steve estavam na base, se exercitando na sala de treinos e imediatamente se materializaram na sala de comunicações, vestidos com armaduras e equipamentos de treino. Cora foi praticamente atropelada quando Steve empurrou o operador do turno e assumiu os controles, no exato momento em que os computadores indicaram a quem a Jedi pertencia. O momento de pasmaceira durou menos de um minuto, depois do nome da Comandante Alice Loren surgir na tela, quando uma segunda luz de alarme começou a piscar.

Manuseado velozmente por Steve, o segundo alarme foi imediatamente decodificado como sendo do Comandante Geral Joseph Espério. Mais alguns controles acionados e a localização das duas Jedis foi revelado ser o mesmo. Cora já segurava um telefone celular antes de Steve transferir o código das coordenadas, e ambos desapareceram da sala assim que a tecla enter foi pressionada.

O operador respirou fundo várias vezes antes de reassumir o controle e prosseguir com os protocolos. Todas as demais bases no mundo todo estavam recebendo os mesmos sinais neste momento. Todos os setores entraram em ação, assumindo seus postos, seguindo os protocolos de emergência. Em minutos haviam veículos preparados com as coordenadas da ocorrência, sem divulgar os nomes de quem estava em perigo ou neutralizado, embora esta informação já tivesse sido divulgada para o resto do mundo. Os socorristas seriam informados em transito. Rapidez é crucial. A mesma coisa que o super casal pensava.

Dispensando qualquer veículo, Steve e Cora atravessaram a cidade correndo velozmente em direção às coordenadas indicadas no celular dela. Chegaram rapidamente no restaurante.

Invadiram o local com espadas armadas, a procura de qualquer atacante. Seguiram roupas sujas de sangue jogadas no chão, até chegar na cozinha, para se deparar com uma cena dantesca. Um verdadeiro massacre.

Contaram oito corpos, alguns com gargantas cortadas, outros com pescoços quebrados. Entre as poças de sangue havia uma jovem seminua, provavelmente uma das atendentes.

Um silencio sepulcral envolvendo todo o restaurante confirmava o clima tétrico.

Cautelosamente, o casal retornou seguindo as roupas no chão no sentido inverso. Foram em direção das cabines reservadas no fundo do salão, para encontrar outra cena tétrica.

Assim que abriu a cortina, Cora gelou. O casal estava debruçado sobre uma mesinha baixa, com os rostos próximos um do outro e mergulhados numa enorme poça de sangue, ainda pingando da mesa. Não havia necessidade de examiná-los para saber que a vida os abandonou.

A experiente e fria exterminadora de monstros baixou os braços, invadida por uma mistura de péssimos sentimentos, deixando o rosto ser inundado por um rio de lagrimas. Não fez nada para impedir o choro e os soluços. Steve a abraçou ternamente, puxando a esposa para fora da saleta, levando-a para outra cabine. Temia que ela desfalecesse.

— Não há nada que possamos fazer, querida. Eu pego as espadas. Vamos sair daqui.

Entre soluços, ela conseguiu responder:

— Não vai ficar assim. Vou pegar quem fez isso. Nem que seja a última coisa da minha vida.

— Nós faremos isso juntos. Você não está sozinha.

Saíram para a rua abraçados para conseguir respirar. Dentro do restaurante, o silencio sepulcral parecia ter comido todo o ar.

Steve deteve os primeiros agentes a chegar, para que não contaminassem a cena do crime, como é dito nos filmes policiais. Não havia nada a combater. Ele confirmou as duas baixas para a base, seguindo o protocolo, provocando outra crise de choro em

Cora. A comoção era geral entre os agentes. Toda a movimentação das viaturas civis e carros particulares chegando acelerados chamou a atenção de repórteres noturnos caçadores de notícias. Steve orientou os agentes para se apresentarem como integrantes da Polícia Secreta Antiterrorismo, e proteger o local e as vítimas. Mesmo assim, notícias vazaram, e os jornais da manhã noticiaram o ataque terrorista ocorrido em Paris, que vitimou um casal de eminentes industriais filantropos, muito conhecidos na alta aristocracia. Alguns jornais falavam no massacre de dez ou mais pessoas, executados a tiros, ou com bombas de gás, ou com cimitarras ou com veneno. Cada um tentando chamar mais a atenção dos leitores.

Na hora do almoço, os agentes mais experientes estavam reunidos na Sala de Teleconferências, tentando colocar as cabeças e a base em ordem, na medida do possível.

Informalmente, todos aceitavam a liderança de Steve e de Cora, por serem os mais experientes, e estarem trabalhando diretamente sobre o comando direto do chefão. O que na prática poderia significar estarem desempregados no momento.

Na tela, Alana, Claudius, Noboiushi, Pedrinho, as duas mulatas e Susan Eagles ajudavam a analisar a situação.

— Se vocês dois estão aí, quem está cuidando de Genebra?

Cora, com os olhos inchados de tanto chorar, gradativamente tentava pensar com a frieza habitual.

— Está tudo confuso ainda, Alana. Pelos protocolos de emergência, quem deveria assumir Genebra seria o Comandante de Paris. Quem deve assumir Paris é o Comandante de Londres. Assim, por tabela, John Sloan é o Comandante Geral Interino, até que as eleições sejam feitas, acumulando Paris. Nunca tivemos uma situação assim em toda a História dos Caçadores.

— É o marido da Joan, certo? Aquele que conhecemos no seu casamento.

— Sim, Alana, ele mesmo. É uma excelente pessoa e um ótimo comandante. Mas cuidar de três bases ao mesmo tempo pode ser uma carga muito grande. Ele seguiu para acertar as coisas em Genebra. Deixou Joan cuidando de Londres. E nos pediu para ficarmos aqui, até a poeira baixar.

— Ainda estamos na ativa?

— Ele pediu para a equipe jurídica pesquisar. Nossa equipe estava subordinada a Espério, pessoalmente. Precisa ver nos protocolos se o vínculo terminou ou se continuamos subordinados ao Comando Geral.

— Só conheço uma pessoa que conhece todos os protocolos, como se fosse o próprio Comandante Espério. A Irina. — A observação foi do Steve.

— Tem mais uma pessoa. Alexia, a agente de Comunicações do Brasil. Não se iguala a Irina, mas em conhecimento dos protocolos, chega muito perto. A propósito, Irina está vindo para cá. Falei com ela esta manhã. Assim que soube da tragédia, ela requisitou um caça supersônico do Exército japonês e partiu para vir em nosso socorro. Irina não precisa de ordens para fazer o que precisa ser feito.

— Excelente notícia, querida. Ela é uma comandante. Tem acesso a informações que são protegidas para nós.

— Por falar nisso, Steve, o que já sabemos sobre o atentado? — A pergunta foi feita por Claudius.

— Eu e Cora fomos os primeiros a chegar lá. Havia roupas rasgadas pelo chão, sujas de sangue. Deduzimos que era sangue dos nossos comandantes. Foram roubadas de uma das atendentes, portanto é uma assassina mulher, que de alguma forma conseguiu se aproximar sem ser notada. O Comandante Espério foi degolado sem reagir, pela posição do corpo. A Comandante Alice tentou, mas não conseguiu. A análise preliminar dos nossos legistas encontrou um hematoma no braço dela, marcas de presas no pescoço, sinais de que foi torturada, mas a causa mortis foi a lamina da Jedi do Comandante, que ela mesma acionou contra o coração. Acreditamos que ela se matou para não ser transformada. Os outros mortos eram cozinheiros, atendentes e o dono do restaurante. Foram massacrados.

— General, esse tipo de operação lembra alguém?

— Sim, Claudius. Lamento dizer, mas fui eu quem treinou as doze noivas do Shogun, em artes marciais e no manuseio de armas brancas. Embora eu tenha focado em técnicas de defesa, qualquer uma delas se encaixa nesse cenário. Veja Cora e Alana, ambas podem se aproximar de qualquer um e sabem lutar. As noivas são como elas. Shogun deve estar desesperado, para coloca-las na linha de frente. Para nós isso é péssimo. Mesmo sem Katsumí, as onze restantes podem ser altamente letais, até por serem desconhecidas de vocês. Cinco delas estavam na Europa, quando me afastei.

— Espério emitiria um alerta geral com essa informação. Vamos avisar o Comandante Sloan, para que todos os agentes usem os óculos vinte e quatro horas por dia, até quando estiverem de folga, fora das bases.

— Bem pensado, Cora. General, com seu conhecimento, qual seria o próximo passo do Shogun, neste momento?

— Ele deve estar saboreando esta vitória, Steve. Empolgado. Pensa que neutralizou três bases. A do Japão, a do Comandante Geral e a de Paris. Vai continuar nessa linha. Seguirá contra o próximo na cadeia de comando. Nós sabemos que é Londres, resta saber se ele tem esse conhecimento.

Cora se levantou de um pulo.

— O que que está querendo dizer?

— Que a assassina sabia exatamente onde e quando encontrar os comandantes. Shogun sabe mais do que deveria.

O comentário confirmou o que todos suspeitavam mas tinham medo de admitir.

A conversa foi interrompida por três batidas na porta. Não foi preciso abri-la. A pessoa do lado de fora fez isso, antes de esperar uma resposta. A ruivinha sardenta, com um metro e sessenta de altura, entrou com passos firmes dispensando apresentações. Irina Skopova faz o que precisa ser feito, sem esperar ordens.

— Ouvi a última frase do professor. Ele está certo. Temos um traidor entre nós.

— Seja bem-vinda, Irina. Pessoal, para quem não a conhece esta é a Comandante Irina, responsável pela Base de Tóquio.

A apresentação de Cora foi desnecessária, já que todos os presentes já ouviram falar da recém-chegada.

— Conheço todos vocês pessoalmente ou por relatórios. Estamos em uma situação de crise, pela qual nunca passamos antes. Quero compartilhar algumas coisas com vocês e pedir a sua ajuda.

Steve retrucou:

— Irina, mesmo que não a conhecêssemos, você tem a maior patente entre todos aqui reunidos. Não peça, ordene. Alguém discorda?

Todos acenaram as cabeças afirmativamente, incluindo aquelas exibidas nas telas.

— Vamos direto ao assunto. Tenho acesso aos arquivos confidenciais, como vocês já devem saber. Vim analisando-os no avião, com ajuda do meu pessoal em Tóquio. Além dos Comandantes, apenas mais duas pessoas consultaram o paradeiro deles, antes do atentado.

— Então temos dois suspeitos.

— Sim, Cora. Um deles foi o seu ex comandante, Apolônio. Tem alguma ideia de por que ele teria interesse em monitorar os Comandantes, na véspera do atentando?

— Não, Irina. Claudius, por favor, pode assumir esta investigação? Peça ajuda de Alexia, tenho total confiança nela.

Claudius concordou com um aceno de cabeça. Irina retomou o assunto.

— Steve, você pode cuidar do outro. É o agente Robertson, da Base New York. Você o conhece?

— Conheço. E sei que Robertson não tem acesso a esses dados. Ele usou alguma senha indevida?

— Aparentemente sim, embora tenha entrado no sistema com a própria identificação.

— Neste caso, estava cumprindo alguma ordem. Já vi isso. Blacksword costuma ordenar que os agentes entrem, depois digita a própria senha para acessar algum dado confidencial. É uma forma de mascarar o acesso.

— E é uma violação de protocolos. Soube que ele está fazendo contato com todos os outros comandantes, insinuando que vocês são os responsáveis pelas mortes.

— Irina, Blacksword sempre quis o posto de Comandante Geral. Já está em campanha, apenas poucas horas depois?

— Sim, e isso o torna o suspeito principal. Também sabemos que é muito amigo de Apolônio. Os dois podem estar tramando alguma coisa.

— O que sugere?

— Steve, veja em New York, enquanto Claudius confere São Paulo. Não podemos acusar ninguém sem provas.

— Sugiro mais uma coisa, Irina.

— O que é, Alana?

— Deixe correr a notícia de que você vai assumir o Comando Geral. Se esse e outros comandantes estão tramando algo, eles vão se apavorar e cometer erros. Poderão ser pegos.

— Não posso fazer isso, é contra alguns protocolos.

— E se outra pessoa fizer esta divulgação?

— Não tem protocolos nesse sentido.

— Fechado. Vamos conversar com Alexia. Ela é responsável pelas comunicações aqui. Vai divulgar que nos ouviu, eu e Claudius, manifestando nosso apoio a você. Os demais concordam?

Steve parecia pensativo.

— A candidatura é forte. Se Blacksword tiver algum impedimento, acredito que a maioria dos outros comandantes votarão em Irina. A ideia me agrada.

Todos os presentes físicos e remotos concordaram.

29 — Conversa difícil

Missões de vigilância sempre foram extremamente monótonas. Por isso são deixadas para soldados subalternos. Uma diretora jamais se sujeita a algo tão maçante. Pena que não é a diretora neste momento.

O pior de tudo é aguentar a companhia dos lobisomens, dentro da Van. Dois seguranças malcheirosos.

O mestre havia passado dois endereços, obtidos por Noboiushi durante a vigilância, quando Alana foi descoberta. Uma floricultura e um prédio de escritórios, respectivamente na zona leste e na zona sul de São Paulo. Havia passado algumas horas na véspera, vigiando a floricultura, até perder a paciência. Logo que escureceu, e antes que o local fechasse, ela se dirigiu ao local, desafiando os dois seguranças que tentavam impedi-la.

Se apresentou como uma cliente apressada, procurando por informações sobre uma flor exótica. Foi atendida por uma simpática senhora de origem oriental.

Bastou poucos minutos de conversa para entender que Alana não estava mais trabalhando na floricultura, depois de, segundo a senhora, ter se tornado uma executiva. Uma coisa não ficou muito clara. A mulher se referia à vampira com muito orgulho, como uma mãe quando fala da filha. Uma coisa que Sophie nunca esperaria ouvir.

Agora estava em outra tocaia, em outro final de tarde, na frente do prédio mencionado pela mulher, coincidentemente o mesmo endereço indicado pelo mestre. Já estava planejando um jeito de invadir o local, quando algo mudou.

Quatro pessoas saíram pela porta principal conversando animadamente e preocupados com alguma coisa, pelas expressões. Um rapaz com jeito afeminado seguia na frente do grupo, sempre se voltando para falar com um grandalhão inconfundível. Impossível não reconhecer o General Noboiushi, sempre elegante, vestido com um fino terno italiano e caminhando como um militar. O que destoa no vampiro que por séculos foi o braço direito de Shogun é a expressão sorridente, de um homem tranquilo e sossegado, muito diferente daquele samurai sisudo que a treinou por muitos anos. O outro homem é bem mais baixo, quase da estatura do rapaz, embora seja mais velho e rechonchudo, claramente com excesso de peso. O mesmo homem que foi mostrado num vídeo, destruindo as casas de Brasília e descrito pelo mestre como sendo uma aberração. A quarta pessoa era o motivo desta tocaia: Alana. A humana que chegou desacordada na Casa de Brasília um dia antes da aberração destruir tudo. Desta vez a mulher estava sorridente, com a mesma expressão do General.

A simples visão dos quatro deixou Sophie ansiosa e ao mesmo tempo sem saber o que pensar. Tinha certeza que três daquelas pessoas são serem poderosos, com a mesma capacidade de combate dos vampiros, acrescidos da resistência ao sol. Provavelmente o rapazinho é outra aberração. Ela sabe que não é nada bom constatar a multiplicação dos inimigos.

Sem poder fazer nada antes que a noite se instaurasse, e considerando a diferença numérica, a melhor coisa a fazer era seguir os quatro, para descobrir onde se escondiam.

O serviço de vallet do prédio trouxe um automóvel grande, negro, um sedan do tipo preferido do General. Alguns costumes nunca mudam, ela pensou. Foi ele quem se acomodou no banco do motorista, com o rapazinho do lado e o casal nos bancos traseiros.

Ordenou ao lobisomem motorista para seguir o sedan. A Van com vidros escuros, exclusivamente para protegê-la, já que lobisomens não tem nenhuma restrição a raios solares, arrancou rapidamente em direção norte. Rapidamente alcançaram a Avenida Rubem Berta, passaram pelo Parque Ibirapuera, para seguir pela Avenida Vinte e Três de Maio em direção ao centro da cidade.

Isto ligou um sinal de alerta em Sophie. Desde sempre o centro de São Paulo é considerado como um Triângulo das Bermudas para vampiros. Apesar de ser uma área de caça fácil, cheia de drogados, prostitutas, vagabundos e moradores de rua raramente procurados quando desaparecem, ao mesmo tempo é um sumidouro para vampiros. Muitos desapareceram naquela região.

Ela sentiu o perigo no ar.

A sensação aumentou quando entraram na Rua Santa Ifigênia, depois de cruzar o Vale do Anhangabaú. É uma rua estreita, com prédios altos dos dois lados que filtram os raios diretos do sol, deixando passar o calor. A claridade ainda estava forte, nos minutos finais antes do sol se recolher para onde não pode ser visto. Suficiente para verem uma segunda Van saindo da rua transversal bloqueando o caminho. Instintivamente o motorista parou e tentou voltar engatando marcha ré, apenas para perceber uma terceira Van impedindo a fuga.

Sophie não precisou pensar para agir. Sabendo que está numa região perigosa para vampiros, ela desceu calmamente do veículo, tentando chegar até a calçada, procurando por qualquer beco mais escuro ou alguma viela por onde possa correr. Ouviu os gritos das pessoas quando os dois seguranças se transformaram e atacaram os Caçadores. O barulho foi seguido por tiros.

A última lembrança desses momentos foi a dor da picada no pescoço.

Sophie acordou dentro de um veículo, deitada e acorrentada sobre um tipo de maca. Não era a Van dos lobisomens. Os equipamentos espalhados em volta eram todos diferentes. Um sensação estranha na garganta, nunca sentida antes, a estava incomodando. Tossiu, involuntariamente. Só quando ouviu a voz, percebeu que havia mais alguém no mesmo cubículo.

— Acordou rápido. Essa carga deveria te fazer dormir por umas dez horas.

— Onde estou? Que carga? Quem é você?

A mulher se moveu nas sombras. Uma linda morena clara, com cabelos negros e compridos, a olhando com curiosidade.

— Calma, uma coisa por vez. Está num veículo especial para contenção de vampiros. Estou estranhando tanto quanto você, é novidade para mim. Nunca estive num desses. A carga foi a de um dardo anestésico, suficiente para derrubar um lobisomem com a força de uns vinte homens comuns. Não sabia que podia derrubar uma vampira, é outra novidade. Para a terceira pergunta, sou uma Caçadora de Lobisomens, meu nome é Susan.

— Por que não estou morta?

— Já disse. Caço lobisomens, não vampiros. Você foi um acidente. Eu estava na equipe de vigilância por acaso. Aquele seu carro é típico, fácil de identificar. Lamento, mas seus amigos não tiveram tanta sorte. Trabalhamos com balas de prata. Depois de transformados, é a única coisa que os detém.

— Está enganada. Podem ser detidos com espadas também. Mas não recomendo, se não estiver acompanhada por um grupo grande. O que estamos fazendo aqui, agora?

— Eu estou te vigiando. Até onde sei, você está a caminho de um Centro de Interrogatório. Colabore com eles e será mais fácil. Ouvi que usam um sol muito quente em quem não colabora.

— Vai estragar meu bronzeado. Não podemos pensar em alguma coisa melhor? Tipo assim, uma hidro num motel?

— Boa tentativa. Posso ver como você é bonita. Se não fosse vampira, eu até consideraria.

— Não precisa ter medo. Mesmo sendo vampira sei reconhecer adversários de valor. Você me capturou. Me livre deste sol maldito e prometo te deixar viver. Sou treinada em proporcionar prazer.

— Estou surpresa. Pensei que iria chorar, espernear, gritar. Afinal, o que estava fazendo aqui?

— Tenho um encontro.

— O que? Tem mais vampiros à nossa volta?

— Talvez você a conheça. Chama-se Alana. Me leve até ela e permito que viva.

— Ah sim, entendi. Você tem um encontro com Alana! Conta outra, essa não colou.

— O que quer dizer?

— Olha, vampira. Conheço Alana, sim. Sei que não é vampira, e sei que está bem casada. A droga no dardo deve ter derretido seu cérebro.

— Não é um encontro amoroso, você que entendeu errado. Ela vai me dizer como me tornar imune ao sol, só isso. Encontro de negócios vampíricos.

— Para isso não precisa dela, Sophie. Eu mesma posso te ensinar. Todos os Caçadores, de vampiros e de lobisomens conhecem a história.

Foi a vez de Sophie arregalar os lindos olhos.

— Como é? Não acredito em você. Arrisquei minha vida para descobrir um segredo que não é segredo? E como sabe meu nome?

— Desculpe te frustrar, querida, mas, sim, você se arriscou por nada. Noboiushi te reconheceu, pela foto que mandei. Ele quer conversar com você, lá na frigideira.

A conversa foi interrompida por batidas na porta da Van.

Susan foi atender acreditando que era o agente para levar Sophie. Tão logo abriu a porta foi arremessada para trás por um tiro de pistola recebido direto no peito. Caiu desacordada instantaneamente.

Um homem enorme pegou a morena pelas pernas e a puxou para fora. Sophie conseguiu ver que o homem estava vestindo um agasalho e tinha um capacete cobrindo a cabeça. Exibia o porte de um lobisomem forte.

Sem dizer uma palavra, ele deixou Susan caída na rua, entrou na Van, fechou a porta e se dirigiu para o banco do motorista.

Partiram imediatamente, fugindo para a noite, levando uma Sophie acorrentada, frustrada e curiosa.

As correntes eram muito fortes para serem arrebentadas. Quem criou aquele veículo para conter vampiros sabia o que estava fazendo. Ela entendeu que o lobisomem não a libertou para não perder tempo. Já deveria haver algum alerta para a fuga. O que significa um enorme batalhão de Caçadores a procura dela. Incluindo o general. E talvez, Alana.

O pensamento a dividia. Fugir ou voltar. Se voltasse, teria as respostas para o segredo que não é segredo. Contanto que chegasse viva até as mãos dos captores certos. As chances de não voltar viva eram maiores.

No caminho inverso, a presença do lobisomem dirigindo a Van indicava que uma operação de resgaste foi montada. Alguém a queria de volta. Em toda a história dos vampiros que ela conhecia, pouquíssimas vezes o mestre montou operações de resgate, quando alguma noiva foi capturada. As exceções foram quando a operação podia reverter em vantagens para ele mesmo. Tentava imaginar alguma vantagem para o mestre com o resgate dela.

Por mais que fosse doloroso, não conseguia pensar em nada. Todas as ideias retornavam para vantagens favorecendo os lobisomens.

E havia aquela mulher, Susan. Não demonstrou medo, conseguiu captura-la e era muito bonita. Uma presa interessante. Pelos costumes dos vampiros, um ou uma guerreira que vencesse um vampiro devia ser transformado, para substituir o derrotado. A ideia de ter uma valorosa vampira do lado, lhe contando segredos, é muito excitante. A conversa interrompida deve ser retomada, sem estar usando correntes.

Cerca de meia hora depois da partida, os barulhos do transito paulistano diminuíram, ao mesmo tempo que a velocidade da Van aumentou. Deduziu que estavam em uma estrada, se afastando cada vez mais. A ideia de voltar começou a perder força. Embora a de fugir ainda não estivesse completamente sedimentada. Retornar aos lobisomens significa começar tudo de novo, a partir do zero.

A Van reduziu a velocidade, depois de mais poucos minutos. Parou. Mas não houve movimento no lado de dentro. Ouviu a voz do motorista conversando com alguém. Estavam em um pedágio. A voz era autoritária, de alguém habituado a dar ordens. Não combina com os lobisomens que havia visto. Ou um Rei veio resgatá-la ou o sujeito não era um lobisomem. Um sinal de alerta se acendeu na cabeça dela.

Assim que a Van se movimentou novamente, ganhando velocidade, ela decidiu conferir.

— Ei, motorista, ainda falta muito? Estas correntes estão me matando.

— Até que enfim acordou, bela adormecida. Fique quietinha aí, é melhor assim. Já estamos chegando.

— Posso saber para onde está me levando?

— Não complique, certo? Quanto menos você souber, melhor para nós dois.

— Não me parece justo. Sou eu quem está acorrentada, sendo levada de um lado para outro.

— Isto me incomoda tanto quanto a você. Foi acusada de ser um vampira, sem nenhuma prova. Eu sei a verdade.

— Do que está falando? — A pergunta foi genuína.

— Um amigo de confiança me contou. Você faz parte do Grupo de Caça de Los Angeles, certo?

O nome lhe pareceu familiar. Alguma coisa que o mestre havia dito. A melhor tática é dar corda ao sujeito.

— Isso é informação confidencial. Não direi nada, nem se for interrogada.

— Não é necessário. Nossos interrogatórios são só para vampiros. Não acredito que o sol tire alguma coisa de você.

Bingo. O cara não tem nada de lobisomem ou vampiro. É um dos malditos Caçadores. Mas falta descobrir o que está querendo. A referência a Los Angeles a fez se lembrar de Bigdog, o Rei lobisomem americano. O que estava fornecendo informações ao mestre, por possuir um informante. Alguns conselhos do General Noboiushi podem salvar vidas. Lembrou-se de um: a melhor defesa é o ataque.

— Se recebeu ordens de Los Angeles, pode me soltar.

— Não recebo ordens de ninguém. Sou eu que as dou. Meu amigo me pediu para ajudá-la, para um propósito maior.

— Pode me contar, estamos do mesmo lado.

— Não se preocupe, vamos neutralizar o grupo que te acusou. Chega de papo.

A coisa está cada vez mais confusa. Se foi Bigdog que armou o resgate, ele tem alguém poderoso do lado de dentro do inimigo. Nem é um resgate, se parece mais com uma expulsão. Tecnicamente, uma traição.

A Van reduziu a velocidade e começou a sacolejar depois de uma curva suave. Claramente estavam saindo da estrada. Os ruídos externos se reduziram, lembrando alguma zona rural. Quando a Van parou, ouviu o homem conversar com alguém, como se estivesse comprando a abertura de alguma passagem. A Van prosseguiu por menos de um minuto, até parar e ter o motor desligado.

Ele fez alguma coisa antes de deixar o banco do motorista. Quando apareceu na frente dela, estava novamente usando o capacete de motoqueiro. Ela arriscou:

— Para que esse disfarce?

— Tem câmeras de segurança por aqui. Não posso ser reconhecido.

O homem abriu as correntes. Foi um alivio se sentir livre novamente.

— O que acontece agora?

— Tem um avião te esperando. Vamos, te levo até ele e depois esqueça tudo isso.

A porta da Van foi aberta. Estavam no meio de uma pista, em um aeroporto pequeno. Uma placa distante mostrava "Aeroporto de Jundiaí". Numa das pontas um pequeno avião estava parado, ao lado de um homem que esperava. Ela e o homem com capacete seguiram ao encontro do outro. No meio do caminho o disfarçado parou, deixando que ela seguisse sozinha. Ao chegar perto foi saudada, em voz baixa:

— O Rei Napoleão te manda cumprimentos, senhorita. Ele a está esperando na fazenda do Amazonas. Devemos decolar imediatamente, se quisermos fazer um voo noturno.

— Este avião não tem proteção contra o sol, é isso?

— Sim, senhorita. Só tem algumas mantas. Antes, tem um recado do Rei. Ele quer uma prova de que a senhorita continua conosco.

— E que prova seria essa?

— Não deixar testemunhas.

— Entendi.

Ela fez meia volta e voltou na direção da Van, andando a passo rápido. Aquele com o capacete já havia chegado e se virou ao ouvir passos.

— Senhor, só uma pergunta. O que vai acontecer com a mulher que me capturou?

— Pensando em vingança? Esqueça. Aquela é uma enxerida, ligada ao grupo errado. Cuidaremos dela.

— Desculpe, mas não penso assim. Nos poucos minutos que conversamos ela demonstrou respeito, como só uma guerreira valorosa sabe fazer. Ao contrário do senhor, um traidor que só fala asneiras.

— Como se atreve, sua pirralha? Quem pensa que é?

— Já que perguntou, sou Sophie, uma das noivas de Shogun, o Imperador dos Vampiros. O senhor devia se ajoelhar antes de me dirigir a palavra.

— Uma maldita vampira!

O homem levou a mão para dentro da blusa do agasalho, tentando pegar alguma coisa. A retirou segurando um estranho tubo.

Sophie estava preparada e sempre foi uma boa aluna, nas aulas com o General Noboiushi. Usando a velocidade típica dos vampiros e a força extraordinária, chutou o braço do homem atirando o tubo para longe. Rodopiou sobre uma perna e com a outra atingiu as pernas do oponente fazendo-o cair estrondosamente, batendo o capacete no chão. Ela se atirou contra o homem caído, o agarrando pelo capacete e torcendo com força, provocando o tradicional barulho de ossos quebrados.

Voltou para o lado do lobisomem, que só observara.

— Não vai beber o sangue dele?

— Não bebo qualquer sangue. Por favor, o senhor tem um celular? Preciso enviar um relatório.

— Não demore, nosso tempo está apertado e a viagem é longa.

— Para onde vamos?

— Para a fazenda do Capitão, no Amazonas. Com escala para reabastecimento em Bonito, no Mato Grosso do Sul.

— Obrigada pela informação.

Sophie se afastou para fazer a ligação. Ligou para um número particular em Brasília, memorizado para situações especiais.

— Maria, é Sophie. Não tenho tempo para conversas. Estou sendo levada num Cessna para a fazenda de um lobisomem na Amazônia. Monte uma equipe de convencimento e vá me pegar no Aeroporto de Bonito, rápido. Vamos passar por lá para reabastecimento. Sabe onde fica?

A pessoa no outro lado da linha falou algumas palavras.

— Ótimo, conto com você.

Voltou até o lobisomem e devolveu o celular.

— Podemos ir, não vamos deixar o Rei Napoleão esperando.

Uma equipe de convencimento é usada quando os interesses dos vampiros devem ser alcançados, sem objeção.

30 — A magia da floresta

A confusão parecia ser geral, se chegou até a enfermaria. Duas agentes, que deveriam atuar como enfermeiras, estavam concentradas em seus telefones celulares, como que procurando informações urgentes.

Susan demorou alguns minutos para reconhecer onde estava, desacostumada com macas e camas de hospital. Se levantou um pouco cambaleante, sem chamar a atenção das duas e saiu em direção da sala de reuniões, a mais familiar da base.

Três pessoas estavam na sala. Alana, Claudius e o professor.

— Alana, o que está acontecendo?

— Que bom que acordou, Susan. As primeiras imagens estão chegando, vamos ver.

— Imagens do que? Quanto tempo fiquei apagada?

— Entendo sua confusão. Você foi atingida por um dardo anestésico usado em contenção de humanos. Apaga a pessoa por duas horas, mas não tem efeitos colaterais, pelo que me contaram. Te encontramos caída na rua, quando a viatura com a vampira foi levada. Lembra-se de alguma coisa?

— Lembro que estava conversando com Sophie. É o nome dela, certo? Estava me dizendo que veio te procurar, para descobrir o seu segredo. Não conheço vampiros, ela pode ser arrogante e esperta, mas confesso que não vi maldade nela.

— Como a conversa terminou?

— Não terminou. Fui derrubada pelo tiro de um homem com capacete.

— Me deixe te atualizar. A viatura foi localizada há poucos minutos. Está num pequeno aeroporto situado a sessenta quilômetros daqui. Sophie desapareceu. E o pior foi o jeito como soubemos. A Jedi do Comandante Apolônio entrou no modo vermelho, já tem cinquenta minutos.

— Isso significa que...

— Sim, que ele está morto. Nosso terceiro comandante assassinado em dois dias.

— Não pode ter sido ela. Sophie estava bem acorrentada.

— Todo o caso está muito confuso. Se ela foi uma distração, para pegarem Apolônio, por quê levá-lo ao aeroporto e matá-lo lá? Como o pegaram? Nossa equipe identificou câmeras de segurança e vão nos transmitir as imagens. Alexia e Pedrinho estão na sala de comunicações e vão liberá-las aqui.

Bastou poucos minutos para que a Agente Alexia se juntasse ao pequeno grupo. Ela e Susan usam os cabelos negros da mesma forma e até possuem o mesmo porte físico. São duas profissionais respeitadas, cada uma em seu ramo de atuação. A especialista em protocolos e comunicação tomou posse dos controles e fez a tela se encher com as imagens feitas quase duas horas antes em Jundiaí. Não tinham boa definição mas permitiam uma imagem nítida, considerando que foram feitas à noite.

Mostravam a viatura parando na pista, um homem com capacete e uma mulher descendo, caminhando na direção de um avião, o homem retornando na metade do caminho, a mulher falando alguma coisa com o piloto e voltando na direção do primeiro, falando alguma coisa.

Nesse ponto a imagem ficou confusa, como se a gravação tivesse falhado. A cena acontecendo muito rápido, com o homem abrindo um braço como se tivesse sido atingido, depois perdendo o equilíbrio e se jogando ao chão, onde a mulher aparece novamente torcendo o capacete dele, com a cabeça ainda no interior. Ela volta ao piloto, recebe um celular, faz uma ligação e os dois desaparecem dentro do avião, que decola imediatamente.

— Alana, reconheço o capacete. É o homem que atirou em mim. E confirmo que a mulher é Sophie, reconheço o mesmo jeito de andar de quando a acertei com o dardo.

— Tem certeza, Susan?

— Absoluta.

— Alexia, querida, por favor, informe Irina e Cora. Achamos nosso traidor. Susan, aquele com o capacete era nosso Comandante Apolônio.

— Não faz sentido, Alana. Se ele libertou Sophie por que foi morto? Algum palpite, professor?

— O Comandante odiava vampiros. Sempre deixou isso muito claro. Se a libertou, desconhecia quem era. Conheço Sophie. Aprendeu bem o que ensinei, mas ela não age assim. Quando mata, não desperdiça sangue. Meu palpite é que ambos estavam cumprindo ordens.

Claudius se manifestou.

— Concordo. Vejam que ela estava indo embora e voltou quando o piloto disse alguma coisa. Não foi escolha dela. Mas nosso problema é outro. Apolônio só obedecia Espério, mesmo de má vontade. Com Espério morto, quem o mandou libertar Sophie? E qual o propósito?

— Sugere alguma coisa?

— É possível quebrar o sigilo de celulares? O de Sophie pode indicar o destino dela e o do Comandante, quem o controlava.

— Alexia pode cuidar disso, se algum comandante autorizar. Temos de recorrer a Irina, de novo.

— O que mais podemos fazer, neste momento?

— Os agentes conseguiram cópia do plano de voo. Aquele avião está indo para o Amazonas.

Susan se interessou:

— Podemos segui-lo? Claudius?

— Aqui consta que é um Cessna 425 Corsair. Não tem autonomia para ir tão longe. Vai ter que pousar em algum lugar no caminho.

— Não deve ter muitos lugares para uma parada noturna.

— Boa observação, Susan. Precisam de uma pista iluminada. Minha aposta é que não usarão os grandes aeroportos internacionais, nem os muito pequenos. A metade do caminho seria algo como Campo Grande. Tem uma base aérea lá.

— Então podemos interceptá-los. Quero ir.

— Por que, Susan?

— Porque Sophie era minha prisioneira. Me sinto responsável pela morte de um comandante. Mesmo que se prove que era um traidor.

— Concordo que uma noiva é um alvo importante. Mas não temos como segui-la numa floresta.

— Mais um motivo para que seja eu. Sou treinada em florestas, é meu ambiente. E posso cuidar dos lobisomens que a estão protegendo.

— Não temos um comandante para decidir e nem tempo hábil. Pessoal, o que acham? — A pergunta foi de Alana.

— Não precisam votar, a decisão é minha. Sou de outra organização, onde tenho o direito de decidir. Só preciso de um transporte rápido.

— Mas vai sozinha?

— A Polícia Montada tem acordos de cooperação com militares. Dentro de uma base estarei entre amigos. E se isto os tranquiliza, vou pedir ao meu irmão para ir me encontrar. Ele conhece a Amazônia como a palma da mão. Irina o conheceu pessoalmente, no Japão.

— Só Alexia pode decidir sua partida. Vamos falar com ela. Se conseguir um transporte e mais dois agentes, pode ser uma operação de rotina sem necessidade de outras autorizações.

— Já me sinto bem melhor. Vou pegar minhas coisas.

O que Alana chamou de operação de rotina surpreendeu Susan. Em cinco minutos havia três motocicletas da Rocam, a divisão motorizada da Policia Militar, prontas para escoltar outras três motos, pilotadas por agentes. Ela iria como carona em uma. Dois dos agentes a acompanhariam, já usando aquelas tradicionais armaduras negras. Poucos minutos depois, costurando pelo caótico transito paulistano, as seis motos chegaram ao Campo de Marte, uma base aérea dentro de São Paulo. Rapidamente embarcaram num helicóptero Esquilo H50, da Força Aérea, que em minutos chegou na Base Aérea de Cumbica, localizada ao lado do Aeroporto Internacional, onde Alana a tinha recepcionado, numa situação completamente diferente.

A baldeação desta vez foi para um EMB-120 Brasília, da FAB. Decolou assim que os três passageiros se acomodaram na cabine, mesmo com todos os outros vinte e sete assentos vazios. Piloto e copiloto confirmaram a ordem de aplicar velocidade máxima, para recuperar a vantagem que o Cessna tinha, de quase duas horas. A estimativa de voo até Campo Grande era de uma hora e quarenta. Susan não tinha como saber que o lobisomem voava contra o tempo, para evitar o sol, sem desconfiar que estavam sendo seguidos.

Dez minutos foi o tempo que permaneceram em Campo Grande, suficiente para que a equipe fosse atualizada com as últimas informações. O grampo telefônico no celular usado em Jundiaí revelou duas coisas. O Cessna estava indo para Bonito, distante duzentos quilômetros. E que Sophie pediu reforços, indicando que não tinha intenção de prosseguir para Manaus.

Com essas informações, Alexia já havia providenciado o próximo passo, e novamente surpreendeu Susan. Depois do conforto do avião Brasília, o grupo iria interceptar a vampira em um helicóptero. E o mais impressionante, no meio de continente, seria uma aeronave da Marinha do Brasil.

O SH-60 Seahawk é um helicóptero usado normalmente para resgates no mar. Aquele, emprestado pela Base Fluvial de Ladário, às margens do rio Paraguai, estava sem os equipamentos pesados, sendo usado apenas para operações de rapel na floresta. O peso menor permite desenvolver velocidades maiores do que os 270 km por hora, nominal de um Seahawk, sugerindo que cobririam a distância até Bonito em menos de cinquenta minutos.

Susan e os dois caçadores de vampiros decolaram imediatamente.

Durante o voo o jovem piloto, ansioso para conversar, mantinha contato com a base, através do rádio. Para comportar outras três pessoas, uma teria que seguir no lugar do copiloto. Susan sentou ao lado do falador.

— Senhora, se me permite a intromissão, é verdade que é uma Tenente da Polícia Montada Canadense.

— Sim, sou. Por que a surpresa?

— Uau. Nunca imaginei que tendo me alistado na Marinha iria voar ao lado de uma oficial da Polícia Montada, no meio de uma floresta.

— Tem razão. Vendo por esse lado é realmente muito estranho. Tem experiência neste tipo de missão?

— De interceptação é minha primeira vez. Tenho experiência em resgates.

— Esta nave não está armada?

— Não senhora. A base acabou de me informar que nosso apoio decolou de Manaus. Um caça Tucano armado até os dentes. É supersônico, chegará poucos minutos depois da gente.

— Não é muita coisa contra um Cessna?

— Se o Cessna tentar fugir, eles primeiro dão um tiro de aviso. Se forem desobedecidos tem ordem de derrubar o avião. Geralmente os traficantes fazem meia volta e pousam.

— Nesta operação prefiro capturar meus fugitivos vivos.

— Á noite fica tudo mais difícil. Dependemos do radar para tudo. Estou surpreso pelo comando ter autorizado essa missão. Esse bandido no Cessna deve ser muito importante.

— O radar pode nos mostrar o avião?

— Deixe abrir mais a tela. Veja, essa luzinha aqui somos nós. Esta luz maior é o Aeroporto de Bonito, estão com a iluminação de pouso ligada. Estranho, ligaram antes. Só costumam ligar quando o avião que vai pousar está próximo. Economia de eletricidade, acho.

— E essa outra luz que começou a piscar?

— É nosso alvo, o Cessna. Vamos deixar que pouse. Depois vou pairar acima dele e a senhora pode descer sua equipe pelas cordas. Concorda?

— Perfeitamente.

— Vou avisar a torre do aeroporto.

Susan observava o pontinho se aproximando na tela do radar. Pensava em como deteria Sophie, que provavelmente não se deixaria abater por outro dardo anestésico. Esperava não ter que apelar para a pistola com balas de prata. Alana contou que qualquer bala mata um vampiro, se perfurar o coração. Em qualquer outro lugar não é mortal. Ao contrário dos lobisomens, que morrem pelo efeito da prata, não importa onde a bala se aloje.

O piloto parecia nervoso.

— Tenente, não estou conseguindo contato com a torre. Alguma coisa está errada.

Dentro do Cessna, um outro piloto constatou a mesma coisa.

— Senhorita, não estou conseguindo contato com a torre. Alguma coisa está errada.

— O que exatamente?

— Não estão respondendo. Mas as luzes para o pouso noturno estão acesas. Eles aceitaram nosso pedido e estão nos esperando. O Capitão tem dois homens infiltrados lá, no reabastecimento. Me deixe conferir com um deles.

Uma voz apareceu no alto falante:

— Cessna, pouso autorizado.

O lobisomem iniciou as manobras de aproximação, sem soltar o celular. Estender flaps, alinhar o bico, baixar trens de pouso, reduzir a velocidade. De repente, inverteu tudo. Acelerou, apontou o bico para cima, recolheu os trens, deixando Sophie completamente assustada.

— O que está fazendo?

— Estou arremetendo. Bonito foi tomado por algum grupo paramilitar. É uma emboscada.

Sophie não podia acreditar que Maria usou força. Uma intervenção discreta teria sido muito mais eficiente.

— Volte! Podemos cuidar deles. Precisamos do combustível.

— Tenho um plano B. Uma fazenda. Pousaremos a luz de tochas.

A conversa foi interrompida pelo helicóptero no meio do caminho, quase se chocando devido á arremetida inesperada. Sophie não podia ouvir, mas na outra aeronave outra mulher estava irritada.

— O que foi isso?

— Eles arremeteram. Desistiram de pousar.

— Por quê?

— A torre não responde.

— Se aproxime da pista. Vocês dois, desçam e vejam o que aconteceu. Eu vou atrás do Cessna. Piloto, peça reforços.

Os dois agentes não discutiram. Abriram a porta lateral jogando cordas para fora. Apenas mais uma operação normal em missões dos Caçadores. Uma dupla contra o desconhecido. O piloto questionou:

— Senhora, não irão longe. O Tucano já está chegando para derrubá-los. Não podem fugir de um jato.

— O que nós podemos fazer para forçá-los a pousar?

— Alguns tiros nas asas seriam suficientes. Mas não estamos armados.

— Estamos sim. Tenho meu rifle de caça e sou campeã de tiro. Acelere e alcance aquele avião.

— Senhora, não tenho autorização para essa perseguição.

— Agora tem. Comunique o seu comando que estou assumindo o controle em nome da RCMP. Diga para confirmarem com o Tenente Michael Eagles. Ele está chegando como meu apoio.

Sem aguardar resposta, ela se dirigiu até a comprida mochila que trouxe para bordo e montou o rifle usado nas competições de tiro. Depois prendeu as amarras das correias de segurança e pôs metade do corpo para fora, segurando o rifle em posição.

O piloto ainda aturdido transmitiu as instruções e posicionou o helicóptero para deixar o avião do lado certo. Voava numa altitude menor para evitar ser localizado. Quando alcançou o Cessna, se elevou para ficar na mesma altitude emparelhando a cerca de cem metros do alvo.

Susan não hesitou. Disparou três tiros em sequência, acertando um na ponta da asa principal, um no estabilizador traseiro e outro no leme. O Cessna estremeceu como se estivesse com espasmos. Ela voltou para dentro gritando para o piloto.

— Acompanhe de perto. Vou descer perto de onde pousarem.

— Senhora, estamos sobre floresta fechada. É perigoso.

— Ótimo. Estou mesmo precisando de um pouco de adrenalina.

Ouviram o estrondo do Cessna se chocando contra as arvores, abrindo um rasgo de fogo no meio da escuridão. Assim que o helicóptero estabilizou, Susan se jogou para fora apoiada nas cordas, levando sua mochila comprida.

O piloto voltou ao local na tarde do mesmo dia, trazendo a equipe de resgate, formada por quatro homens sob o comando de outro Tenente Eagles, da Polícia Montada.

Nunca mais ouviu nenhuma outra notícia sobre aquele casal de irmãos, malucos por florestas.

31 — Convidado para jantar

A quebra do sigilo telefônico de Apolônio revelou o que não foi surpresa para ninguém. O pedido para soltar Sophie veio de Blacksword.

Isto criou um problema para Irina.

Blacksword está em clara campanha para assumir o comando geral, no lugar de Espério. A divulgação de que Irina já estava exercendo a função colocou os dois em conflito direto. Qualquer coisa que um dissesse a respeito do outro, podia ser interpretado como intriga política.

Toda a organização está dividida.

Irina, Cora e Steve estão trabalhando em Paris. Joan, fiel a Cora, cuida interinamente de Londres, enquanto o marido, o Comandante Sloan está em Genebra. Os outros da equipe exclusiva de Espério continuam em São Paulo, incluindo a ex-vampira Alana, pivô de tudo.

Sem a base de Tóquio, ainda em reconstrução, ainda sobram outras vinte para elegerem o novo Comandante Geral. Blacksword está ligando para o comandante de cada uma, pedindo o voto. Uma acusação de traição nesse momento, sem as provas adequadas, pode ajudar a eleger o traidor para a posição maior.

As palavras chave são: provas e adequadas.

E ainda falta descobrir qual o interesse de Blacksword em soltar a vampira. A sorte é que os melhores investigadores estão do lado de Irina: ela mesma, Steve e Claudius.

Na reunião entre os três, Cora estava inconformada.

— Não pode ser. Me autorize e arranco a verdade daquele crápula. Nem quero pensar se ele foi o responsável pela perda de Alice e Espério.

— E pela perda de Kuato e de Apolônio. Já pensou que tudo pode estar ligado?

— Se isto se confirmar terei satisfação em separar aquela cabeça do corpo.

— Não podemos fazer isso, Cora. Só matamos vampiros.

— Sim, Irina, mas se nos traiu ele se equipara a um vampiro.

— Mesmo assim, não podemos nos rebaixar a este nível. Steve, você trabalhou com ele. O que sugere?

— Não podemos quebrar o sigilo telefônico de um comandante na ativa. Mas podemos investigar os últimos passos dele. Ele pode ter deixado algum rastro, se bem que sabe ser bem discreto.

— O primeiro ataque dos lobisomens foi em Tóquio, bem longe de New York. Se conseguirmos estabelecer uma ligação podemos ter um ponto de partida.

— Vamos precisar da ajuda dos LH.

— Michael estava vindo para cá quando desviou para o Brasil. Já deve estar na floresta amazônica resgatando Susan. Mas me deixou os contatos. Vamos ver se eles conseguem encontrar uma ligação naqueles lobisomens que foram mortos.

— Do nosso lado o que temos?

— Blacksword tirou férias há poucas semanas. Temos registros de que foi a Las Vegas. Depois fez uma viagem até Manaus. Qualquer outra coisa foi feita de New York mesmo.

— É muito pouco.

— Acho que temos que abrir outra linha, Irina.

— No que está pensando, Cora.

— Nas nossas forças. Não temos só investigadores. Também temos os melhores estrategistas, agora que Espério e Alice se foram.

— Alana e o professor?

— Exato.

— Faça contato.

Em poucos minutos, através das salas de teleconferências, Alana e Noboiushi se inteiraram das dificuldades.

— Sinto que traição e política serão constantes em minha vida.

A observação foi de Alana, já tendo passado por outras situações com estes mesmos componentes.

— Alguma ideia, professor?

— Traidores não são o meu forte, Irina. Shogun os eliminava ao menor sinal de existência. Mas uma coisa eu sei: todos são covardes. Faça-o se sentir acuado e ele se entrega sozinho.

— Ele pode trair a si mesmo? Interessante esse ponto de vista.

— Quais as motivações dele?

Esteve pediu a palavra.

— Posso responder isso. Ele sempre desejou o Comando Geral, como forma de se exibir. E a favor dele, odeia vampiros. Parou de falar comigo depois que me casei com Cora. De alguma forma doentia, pensa que me transformei num inimigo.

— O que ele tem contra a VH, Steve?

— Nada, Alana, Sempre foi muito dedicado. Acredita que pode ser melhor do que Espério, exterminando vampiros mais eficientemente, se tivesse o poder.

— Ter o poder significa não seguir regras?

— Penso que sim.

— Então ele não quer destruir a VH. Quer saneá-la. E nós somos a infecção. Irina, podemos assustá-lo um pouco para ver a reação?

— No que está pensando, Alana?

— Mandar o pesadelo dele fazer uma visita social. A quanto tempo não visita New York, Noboiushi?

— Se me lembro, desde a inauguração da Estátua da Liberdade. Quais as ordens?

— Nenhuma, a menos que as investigações de Steve encontrem algo. Mas Blacksword não precisa saber disso. Ele deve pensar que você está indo atrás dele. Não precisamos mentir, só deixar vazar que você está indo lá. Isso viola algum protocolo, Irina?

— Isso nunca sequer foi previsto, Alana. É até bom que vocês estejam em São Paulo. A viagem pode ser justificada como algo relacionado à investigação sobre a morte de Apolônio.

— Então está combinado. Vamos oficializar e pedir os arranjos para Alexia.

Quem mais vibrou com a notícia foi Pedrinho. Ninguém duvidava que o professor o levaria onde quer que fosse.

De propósito, Alexia fingiu organizar uma viagem displicentemente. Ligou para a base New York pedindo ajuda para reservar um hotel com urgência, depois pedindo horários de aviões e ainda deixou escapar os nomes dos viajantes. Esqueceu de pedir sigilo. Quem a conhece poderia desconfiar de alguma coisa, sabendo que ela sempre resolve esse tipo de coisa sozinha.

Mas esse não era o caso dos subordinados de Blacksword. Não se atentavam a detalhes desse tipo. O Comandante vigiava todas as comunicações da base como se temesse alguma notícia ruim, principalmente se a origem fosse um dos locais infectados.

Não gostou nem um pouco daquela notícia de última hora. Apolônio devia ter feito uma besteira muito grande, para que os vampiros de Espério se manifestassem tão cedo. E devia ser pior ainda, se estavam enviando o carrasco deles.

Sabia que o amigo estava morto, graças aos relatórios confidenciais que todos os comandantes recebem. E que a menina do grupo de caça de Los Angeles escapou. Mas então as informações ficavam embaralhadas. Alguns relatórios diziam que Apolônio foi morto por uma vampira, o que não seria nenhuma surpresa, considerando os indivíduos que Espério recrutou. Porem outros textos diziam que o assassinato foi executado pela menina, uma das noivas do Imperador dos Vampiros. Havia até imagens nos arquivos provando isso.

Se ainda tivesse Steve, seria fácil provar que aquelas imagens são montagens.

Mas a dúvida foi plantada. As imagens podem ser verdadeiras, o que traz possibilidades terríveis. Indica que pode haver uma ligação entre o homem do sindicato de Los Angeles e os vampiros. Já ficou óbvio que os locais onde havia informado estarem infectados foram atacados por lobisomens. Até aí, não via problema, desde que os vampiros fossem extintos.

Se for confirmado que a menina é uma vampira, isso muda tudo. É hora de passar a limpo. Pegou um celular não rastreável e ligou para Las Vegas:

— Senhor Smith, precisamos conversar.

— Foi bom ter ligado. Tem alguma informação da jovem que falamos mais cedo?

— É sobre ela mesma. É uma das suas colaboradoras?

— Digamos que é uma terceirizada. Onde ela está? Meus associados estão preocupados.

— Foi liberada conforme combinamos. Não chegou ao destino?

— Meus associados dizem que não. Estão no meu pé. O que o seu pessoal diz?

— Nada. Pode ter terceiros envolvidos. Um está para chegar, só para me incomodar.

— Não podemos discutir negócios por telefone. Pode vir até meu escritório?

— Pegarei o primeiro avião. Será bom me afastar enquanto esta cidade fede.

O voo direto entre New York City e Las Vegas demorou apenas cinco horas para cobrir os quase 4100 quilômetros, entre a costa leste e a costa oeste. Blacksword estava pronto para se encontrar com Bigdog no final da tarde.

A reunião foi marcada para acontecer na sede do Sindicato presidido por Bigdog. Era a primeira vez que Blacksword podia constatar a influência do advogado Willian Montgomery Smith, que além de responsável por um grupo de caça poderoso ainda era presidente de um importante sindicato.

Foi conduzido para uma grande sala de audiências, no subsolo do prédio. Smith já o esperava, acompanhado por meia dúzia de engravatados. A conversa começou sem rodeios:

— Aqui podemos conversar sem códigos, senhor Blacksword. Posso garantir que não há escutas indiscretas. Estes homens são de minha inteira confiança e conhecem a natureza dos nossos negócios.

— Nesse caso, pode responder a uma pergunta que está me incomodando. A menina que ajudei a ser libertada, é uma vampira?

— Posso dizer que é protegida de outro associado, com quem tenho um relacionamento estritamente comercial. A propósito, enquanto ela não for localizada, estou sujeito a ter prejuízos enormes. Já tem o paradeiro dela?

— Quando conversamos pela primeira vez, pensei ter deixado claro que meu objetivo é exterminar monstros. Não me associar a eles, mesmo que indiretamente.

— É o que estamos fazendo. Mas me reservo a responsabilidade de decidir o meio de fazer isso. Principalmente quando estou perdendo homens.

— Eu nunca disse que seria fácil. Minha organização também já perdeu muita gente, e este é o motivo de eu ter vindo negociar sua ajuda.

— Então deve saber que estamos fazendo progressos.

— Estavam, até essa menina aparecer. Perdi um amigo importante para a causa e ao que tudo indica, foi ela quem o matou.

— Então sabe onde ela está?

— Ela fugiu. Não tem mais nenhum relatório em meu sistema. Como se outra organização tivesse assumido o caso dela.

— Poderia ser a organização que eliminou os dois seguranças que estavam com ela?

— Isto está no sistema. Os monstros infiltrados estão sendo ajudados por terceiros. É mais um motivo para os eliminarmos, o quanto antes.

— Quem mais sabe deste nosso acordo?

— Ninguém. Tomei todos os cuidados.

— Mas eu não. Deixei uma ponta solta ao trazê-lo até aqui. Preciso corrigir isso.

A um aceno de Bigdog os outros seis engravatados se levantaram e começaram a se despir.

— O que está acontecendo?

— Conheço essa terceira organização a que se refere. Eles jamais devem obter a localização deste local. Terei que enviar suas roupas para onde não nos exponham.

— Então devo me despir?

— Não fará diferença. Senhores, o jantar está servido.

Blacksword tentou sacar a espada no bolso do paletó quando o primeiro lobisomem iniciou a transformação. Foi interrompido por uma garra poderosa que imobilizou e torceu o braço, antes que tivesse tempo de ligá-la. Se livrou da garra e tentou correr para a porta, caindo estrondosamente quando recebeu a primeira mordida na perna. Mesmo sabendo que era inútil, gritou o mais alto que pode. Não apenas pela dor, mas por tomar consciência das decisões erradas que tomou durante toda a vida.

Uma hora depois, Bigdog recebeu um comunicado do Rei Napoleão. A jovem e adorável noiva do imperador sanguessuga estava perdida na selva amazônica. Dois lobisomens escondidos nas redondezas informaram que viram um grupo de vampiros e outro grupo com balas de prata a perseguindo. O próprio Napoleão enviou uma equipe para resgatá-la.

O destino da menina está lançado, dependendo de qual dos três grupos a encontrará primeiro. O acordo com Shogun já não parece tão promissor.

32 — Clima de enterro

Noboiushi estava frustrado. Assim, que ele e Pedrinho se instalaram no hotel em New York City, ligou para a base e solicitou uma reunião com o Comandante, avisando que estava cumprindo uma ordem da Comandante Irina. Foi informado que o Comandante havia viajado pela manhã, para atender uma emergência.

Não entendia aquela fuga do traidor, a menos que apenas estar presente fosse um motivo tão assustador. Se o homem era um comandante deveria haver outro motivo. Ligou para Steve.

— O quê? Blacksword fugiu? Vou fazer uns contatos e descobrir para onde foi. Por favor, professor, vá para a base. Diga que tem uma reunião comigo, por teleconferência. Ainda tenho amigos de confiança lá, para abrir as portas.

O taxi demorou uma hora e meia no percurso até Poughkeepsie, até chegar na construção que já foi uma fazenda, nas margens do Rio Hudson. Pedrinho não gostou de saber que a base ficava na zona rural, longe do glamour da metrópole protagonista de tantos filmes.

A frase abrir portas, dita por Steve, não foi retórica. A Base New York é formada por diversos galpões, enormes, construídos lado a lado separados por largas alamedas, ao mesmo tempo ligados por corredores semelhantes a tuneis, alguns aéreos e outros subterrâneos. Em pontos estratégicos, guaritas ocupadas por seguranças vigiam e orientam os raros visitantes, indicando os galpões identificados por números. Várias vezes tiveram que esperar, até que alguém viesse abrir as portas, pelo lado de dentro. A Sala de Teleconferência que os dois procuravam é a H25 no Prédio 15. Até chegar nela, passaram por diversos corredores desertos, onde vez ou outra, alguém saía de uma porta e entrava em outra. Sem nada do calor humano que haviam experimentado na Base São Paulo.

Quando cruzavam com alguém, ambos eram analisados discretamente, muito provavelmente pelo contraste que apresentavam. Pedrinho vestia uma camiseta colorida, calças jeans com rasgos nas pernas e tênis surrado. No bolso traseiro deixava aparecer a ponta de um tubo, marca registrada de todos os agentes. Noboiushi, exibia o vigor de um oriental com um metro e noventa de altura, impecavelmente vestido em um terno italiano, com camisa e gravata de seda, sapatos brilhando à distância.

Dois agentes os esperavam na porta da sala H25. Um rapaz indiano e uma moça que o professor identificou imediatamente como chinesa. Antes que os dois se manifestassem, Noboiushi cumprimentou o rapaz falando em hindi, e a moça falando em mandarim.

O rapaz agradeceu a deferência informando que era natural de Bengala, autorizando que a conversa prosseguisse em inglês. Ao que o professor se desculpou. Falando em bengali. A moça agradeceu em mandarim.

Pedrinho não conhecia nenhuma das línguas, mas aprovou a estratégia. Qualquer animosidade ou gelo desapareceram naturalmente.

Em poucos minutos, as figuras de Steve e de Cora, estavam projetadas na tela.

— Vejo que conheceram Arry e Erika. Sem a ajuda deles eu teria demorado muito mais tempo para achar as informações.

— Então temos progressos?

— Sim. Irina recebeu vários relatórios dos LH. O Tenente Eagles passou excelentes recomendações dela. Até eles a aprovam como nossa Comandante Geral. Sobre aqueles lobisomens no Japão, foram identificados como americanos. Todos eram suspeitos de integrarem um núcleo em Las Vegas. Erika identificou o destino de duas viagens recentes de Blacksword, uma sendo a desta manhã.

— Posso chutar? Vegas.

— Exato, professor. Antes de vir a Paris, eu estava fazendo uma investigação sobre desaparecimentos em Vegas. Se tivesse cruzado informações com os LH teríamos descoberto um núcleo de lobisomens lá. Meus relatórios ficaram com Blacksword.

— Me parece pouco para estabelecer uma ligação.

— Tem razão, mas não acabou. Lobisomens são difíceis de identificar. Os LH têm muitos suspeitos, mantidos sob vigilância cerrada, mas não podem fazer nada até que surja alguma prova. Muitos desses suspeitos se reuniram recentemente em Manaus.

— Vou dar outro chute. Na mesma época em que Blacksword esteve lá.

— Está bom de chutes hoje. Tem mais. Os dois lobisomens que estavam com Sophie em São Paulo. São americanos e suspeitos de pertencer ao mesmo grupo de Vegas.

— Então a ligação entre o ataque ao Japão e a São Paulo é Las Vegas, passando por Manaus. Blacksword quer nos destruir, e foi um dos que conheciam o local onde emboscar Espério e Alice. Como provar que ele estava associado com lobisomens?

— Talvez não soubesse. Os lobisomens mortos eram membros de um clube de caça legal. Segundo os LH deve ser um grupo de fachada. Blacksword pode ter contratado caçadores mercenários, sem saber que eram lobisomens.

— Faz sentido. Com lobisomens trabalhando com Shogun, ele estava passando informações para vampiros, sem saber.

— Isso.

— Qual o próximo passo? Irina pode fazer alguma coisa?

— Não, ela está de mãos amarradas, pelos protocolos. Mas o Comandante Sloan está expedindo uma ordem para deter Blacksword e trazê-lo para interrogatório.

— Isso vai transformar Sloan em alvo. Temos que protegê-lo.

— Alana disse a mesma coisa. O Comandante está voando para Londres, para proteger Joan e a filha. Eu e Cora vamos para Genebra, continuar de lá. Irina comanda Paris, até a eleição. Está disposto a atravessar o Atlântico, até Londres? Se o traidor voltar aí, Arry e Erika vão presenteá-lo com um belo par de algemas. Trabalhamos juntos, eles sabem como fazer isso.

— São Paulo está sem comando. Alana e Claudius são consultores.

— Mas lá eles têm Ricardo e George, além de Alexia. Conhecendo os dois, sei que são excelentes agentes e odeiam burocracia. Não me surpreenderia se indicassem Alexia para o comando. Pelo que ouvi dela, seria uma excelente decisão.

— Concordo, as mulheres ainda vão dominar o mundo. Gosto da ideia.

Erika olhou de soslaio para Arry e sorriu.

Pedrinho adorou a oportunidade de almoçar e conhecer New York, mesmo que apenas por poucas horas. O voo Delta 401 para Londres decolou do aeroporto John F. Kennedy exatamente as 19h30, no horário previsto, com previsão de chegada ás 07h50.

Enquanto os dois dormiam no avião, outro acontecimento abalou as estruturas das organizações VH.

Turistas encontraram uma trouxa de roupas rasgadas e sujas de sangue na Estátua da Liberdade. A polícia foi chamada e encontraram documentos no meio das roupas identificando Alan

Blacksword, um industrial de Poughkeepsie. Foram eles que avisaram a empresa.

Poucas horas depois um avião particular decolou do Aeroporto Internacional de Cumbica, controlado pelo melhor piloto de Mirages que a França já teve, embora estivesse num Legacy. O Comandante Jean Pierre entendia o clima de enterro a bordo. Também sabia da morte de Alice Loren, em Paris, uma pessoa a quem devia a própria vida. Dessa vez aquela mulher surpreendente não conseguiu vencer os malditos terroristas.

Era natural que a deusa que transportava para a Cidade Luz, a dona do sorriso mais lindo que jamais vira, estivesse séria e calada.

Alana pensava na decisão que acabou de tomar. Chega de mortes estúpidas. Mesmo que precise matar para interrompê-las.

É hora da estrategista ceder lugar para a guerreira.

Alana Ghosten e as Viúvas do Vampiro

Parte 7 — O começo do fim

33 — Iluminando a Cidade Luz

Todas as outras vezes começaram do mesmo jeito. Falta de notícias absoluta, esperando até que a pior chegasse. Sempre chegavam. Cada vez com uma nova condição diferente das anteriores. Quem vive uma guerra permanente deve estar habituado com baixas, mas perder uma noiva sempre incomoda mais.

Todas elas podem ser substituídas, facilmente, mas a preparação leva tempo. Sophie ainda é uma criança, apesar de ter sido transformada a quase cem anos. E ainda não teve tempo de procurar uma substituta para Katsumí. Malditos Caçadores.

Pelo menos as últimas notícias fornecidas por Bigdog tinham algo de positivo. Sophie podia estar desaparecida, mas eliminou um comandante dos Caçadores, numa operação totalmente improvisada. Normalmente as noivas apenas morriam.

Pelas contas que fazia, segundo as informações de Bigdog, quatro núcleos dos inimigos estavam desativados: Japão, Genebra, Paris e agora São Paulo. O lobisomem desconfia que um quinto núcleo estava morto: New York, mas isso depende de confirmação. Sem cabeças, todos deviam estar se atropelando como baratas tontas. E ainda tinha mais uma cabeça embaixo da bota, pronta para ser esmagada.

É uma pena que Bigdog tenha se desentendido com o traidor. Foi útil enquanto durou. Precisa planejar como conseguir outro.

Traidores normalmente são obtidos com suborno ou ameaças. Estava imaginando o que Alana usou para corromper Noboiushi. Esse pensamento ligou um sinal de alerta.

Ambos estavam em São Paulo quando Sophie desapareceu. O desaparecimento dela pode estar ligado ao processo que os inimigos usam para arrancar poderes de vampiros. Alana ficou desaparecida por cem anos. Sophie pode estar sendo torturada até trocar de lado. Noboiushi conhece todas as técnicas para quebrar alguém

Pegou o telefone celular e discou um número decorado. A voz conhecida atendeu.

— Mestre, ainda bem que ligou. Me ajude a convencer essa cabeça dura da Annette.

— Qual o problema que não consegue resolver agora, Donatello?

— A Annette. Ela quer reabrir a Casa de Paris de qualquer jeito.

— Mas a Casa não está fechada.

— Ela quer do jeito antigo. Com ela no comando e as vampiras trabalhando. Até aceita os lobisomens, mas quer voltar à ativa.

— Talvez seja uma boa ideia. Depois que Miyasaka eliminou os dois inimigos mais perigosos, Paris está mais segura para nós.

— Mestre, você foi genial. Como sabia que ela conseguiria sucesso nessa missão que esperamos por séculos?

— Eu sempre sei o que preciso saber.

— Então já posso retomar minha mansão? Tenho um grupo de samurais de prontidão.

— Não ainda, tenho outra missão para você. Prepare-se para ir ao Brasil.

— Qual o problema lá, mestre?

— Estão sem comando. Pelo que sei, Sophie eliminou o comandante brasileiro. Mas desapareceu depois disso. Pode ter sido capturada.

— Não gosto disso, mestre. Maria também não responde meus contatos.

— Quem é Maria?

— A responsável pela equipe de faxina brasileira. Quem eliminava as carcaças. Podemos dizer que era o braço direito de Katsumí e Sophie, antes dos enxeridos acabarem com tudo.

— Então estava ociosa depois que começamos a mandar as carcaças para os lobisomens.

— Em parte. Ela continua organizando tudo e mantem os contatos com a polícia, necrotérios e hospitais. É uma fonte de informações valiosíssima. E ao que tudo indica, está desaparecida.

— Vá ao Brasil e investigue isso. Não esqueça que Alana esteve desaparecida e apareceu lá completamente diferente. Noboiushi também está lá. Alguma coisa acontece em São Paulo que precisamos saber.

— Tenho carta branca, mestre?

— Sim, mas aja com cautela. Tente capturar algum agente vivo e traga-o para o nosso lado. Pode subornar, ameaçar, torturar, faça sexo com ele, o que for preciso. Se nada der certo, mate-o e pegue outro. Quero saber o que acontece lá.

— Farei o que manda, mestre. Tomara que eles tenham mulatas como agentes. E o que fazemos com Annette? Posso levá-la ao Brasil?

— Não, deixe-a reabrir a casa, como ela quer. Será bom para os negócios. Ela também pode conseguir um traidor, enquanto Paris está sem cabeça.

Donatello não respondeu nada, pois sabia que a frustração na voz seria evidente. Uma temporada no Brasil com Annette era tudo o que ele planejava há muito tempo.

A diretora exigiu que os melhores clientes da Casa fossem convidados, para uma recepção especial. Espalhou a notícia de que estivera viajando, e que atenderia pessoalmente um seleto grupo de convidados. O que ela não contava era que Noboiushi já havia informado os detalhes do funcionamento da casa, para o setor de vigilância da Base Paris.

E não havia como saber que Steve e Cora mantiveram toda a organização dos Caçadores funcionando normalmente, mesmo antes da chegada da Comandante Irina. Todos se esforçavam ao máximo, para manter viva a memória da Comandante Loren.

Alana e Claudius chegaram a tempo de ver a movimentação anormal na Base, deflagrada pelo aumento da atividade dos vampiros, detectada pelos vigilantes.

Depois dos cumprimentos habituais, o casal recém-chegado estava na Sala de Teleconferências, junto de Irina, se atualizando com os últimos dados.

— Todos estão instalados, Irina?

— Sim. Cora e Steve estão em Genebra, substituindo o Comandante Sloan. O professor e Pedrinho já estão em Londres, junto com a família Sloan.

— Irina, desculpe, mas porque não foi para Genebra, deixando Cora aqui?

— Protocolos, Claudius. Se assumo Genebra, seria como tomar o Comando Geral sem autorização. Um golpe. Pode parecer estranho, mas você e Alana têm mais direito de estar em Genebra do que eu.

— Não entendi.

— Vocês são um grupo sob o comando direto de Espério. Protocolarmente, vocês o representam e podem ir a qualquer lugar dentro da Organização, a menos que ele ou o sucessor proíbam.

— Mas Cora e Steve estão lá.

— Sim, em caso de emergência, Genebra deve ser comandada pelo Comandante mais próximo. Seria Paris, mas nesse caso extremo é Londres. Para que Sloan possa se ausentar, mesmo que temporariamente, ele deve indicar um substituto. Nada mais lógico do que um representante de Espério, se estiver presente. Cora e Steve preenchem todos os requisitos. Até você podia ser indicada, Alana. Não é segredo todo o trabalho que você nos deu, com suas estratégias e capacidade de combate.

— Pensei que estava livre disso, depois de conhecer Claudius.

— Nunca estamos livres, se for nosso destino.

— Irina, você mencionou a família Sloan. Quem mais pode estar em perigo?

— Estava pensando nisso. Tem o Comandante, tem a Joan e tem a filha do casal, Kate, de dez anos. Os três estão seguros na base.

— Se Shogun pretende atacar Londres, ninguém está seguro. Mesmo o professor e Pedrinho não serão capazes de proteger três pessoas ao mesmo tempo. Precisam de reforços.

— Eles têm todos os agentes. Estão bem preparados.

— Pensei outra coisa. Querida, as mulatas não precisam continuar o treinamento com o professor?

— Tem razão, amor. É uma boa oportunidade para que elas conheçam Londres. Estou passando uma mensagem para Alexia.

— Isso é outra coisa que quero conversar com vocês. Sua equipe já tem quatro duplas e tem aquelas outras três que estão treinando em Tel Aviv.

— Sim, as recrutamos nos ataques contra os depósitos. Dois irmãos, um pai e filha e um casal de noivos. Os teríamos treinado pessoalmente, mas não houve tempo.

— Eu sei. Gostei da iniciativa de enviá-los para Israel. Como vocês pretendem trabalhar com eles?

— Sinceramente, ainda não pensamos.

— Eu ainda não fui eleita, Alana, mas devo estar preparada para qualquer coisa. Sem Blacksword, parece que não tenho oposição. Se assumir o comando geral, quero continuar trabalhando com vocês, mas de uma forma diferente.

— Será um prazer receber ordens de você. Penso que todos os que conhecemos concordam. O que pretende mudar?

— Para começar, quero proteger as identidades de todos os especiais como vocês. Sei que sua equipe vai crescer bastante e não podemos correr riscos de que o inimigo os persigam, como está acontecendo com os nossos. Criem um esquadrão com um nome secreto, para quem pediremos ajuda quando necessário. Esquadrão Classe A, SWAT, SHIELD, Patrulha da Noite, qualquer coisa.

— Interessante.

— Outra coisa, não sou Espério. Não conseguirei cuidar de uma Organização do porte que ele criou. Precisarei terceirizar algumas coisas. Claudius, quer assumir a parte das pesquisas e armamentos? Sei que vocês têm dinheiro para investir, e a terceirização dos transportes está sendo um sucesso.

— Irina, só montamos uma companhia de taxi aéreo, pequena ainda. O que você quer é enorme, não saberei fazer isso sozinho.

— A VH tem muitos cientistas correndo o risco de morrer só por estarem conosco. Percebi isso no ataque à Base de Tóquio. Leve-os e proteja-os. Crie um Laboratório de Pesquisas onde possam se desenvolver. A VH será seu cliente permanente. Pode conseguir financiamento extra com as Forças Armadas. Eles sempre tiveram interesse nas armaduras, capacetes e espadas. Só cuide para que não caiam nas mãos erradas. Seus guerreiros podem cuidar disso.

— Uau, confesso que você consegue me surpreender. Vou pensar nisso, respondo assim que você for empossada.

— Alana, tenho um pedido para você.

— Claro, Irina, pode falar.

— Alice me contou um sonho dela, uma vez. Como seria bom poder levar os agentes para qualquer lugar, cumprir a missão e desaparecer. A ideia dela para entrar e sair secretamente de qualquer lugar, era criar uma agencia de modelos. Usar eventos de moda como disfarce.

— Pode ser feito. Temos os aviões e sei que eventos de moda acontecem quase todos os dias em todos os lugares.

— Faria isso pela memória de Alice?

— Com todo o prazer. Vou trabalhar nisso imediatamente.

— Então, vamos voltar para os problemas mais imediatos. O que acham que vai acontecer na Casa de Paris?

— Shogun não corre riscos desnecessários. Ele deve pensar que Paris está segura, depois de ter neutralizado nossos comandantes.

— Acredita que ele vai comparecer?

— Difícil dizer. Só se tiver algum negócio importante para fechar. Segundo Noboiushi, ele age nas sombras, mandando as diretoras para a linha de frente.

— A ideia geral de todos os agentes é que devemos desativar essa casa definitivamente. Representa um risco permanente. Vamos atacar exatamente há uma hora da madrugada.

— Ótimo, estaremos prontos.

— Vocês vão junto?

— Sim, é por isso que viemos para cá. Eu tenho experiência em combates, e Claudius já é veterano em desmontar casas de vampiras, segundo os relatos de Cora.

— Não duvido. Vamos manter os últimos protocolos de Espério. Evitar o máximo de baixas, inclusive do lado dos vampiros. Depois que vocês apareceram, sabemos que nossa missão não é extermínio. O mesmo não se aplica a lobisomens. Serão acompanhados por uma equipe dos LH, com munição de prata. Vampiros e humanos devem ser neutralizados preferencialmente com dardos anestésicos.

— Vampiros também?

— Sim, uma contribuição dos LH. Vimos que funciona lá em São Paulo. O Tenente Eagles nos conseguiu um bom lote.

— O irmão de Susan? Ela está perseguindo Sophie na floresta amazônica. Já entrou em contato com eles?

— Vou perguntar. Michael também foi atrás delas. Sei que nossos agentes voltaram. Reportaram que o aeroporto foi atacado por vampiros, mas não acharam ninguém.

— Deve ser o resgate que Sophie chamou. O lobisomem que a levava deve ter se assustado. Vi o relatório do piloto do helicóptero. Susan derrubou um avião com tiros de fuzil. O homem ficou impressionado.

— Você não viu o irmão em ação. Não erra um tiro.

A equipe se reuniu na Base por volta da meia noite, para as últimas instruções. Eram quatro agentes acompanhados por mais quatro atiradores de elite. Alana e Claudius chegaram usando as mesmas armaduras que todos os Caçadores usam, armados de pistolas de dardos e espadas Jedi. Alana portava mais duas adagas presas nas botas. Ambos levavam os capacetes nas mãos. Mesmo com os cabelos presos em um rabo de cavalo e sem maquiagem, a beleza de Alana impressionava. Claudius já estava acostumado com todos os olhares se virando na direção da esposa, mesmo quando ela não estava sorrindo.

Partiram em duas viaturas sem identificação. O local da casa ficava a quinze minutos da base. É uma construção recuada de três andares, cercada por um muro alto, no meio de um jardim bem cuidado. O portão estava aberto, auxiliando o fluxo de carros entrando e saindo. A alameda entre a casa e a rua estava apinhada de veículos luxuosos. Dois seguranças cuidavam do portão.

Claudius e Alana colocaram os capacetes e seguiram na frente, se comunicando pelos rádios. Rapidamente puseram os dois seguranças azuis para dormir, usando os dardos. Depois saltaram para cima do muro, um de cada lado do portão, correndo rapidamente e cortando os fios das câmeras de segurança, com as espadas Jedi. Dois atiradores se posicionaram em locais altos, destruindo as câmeras mais distantes, com tiros certeiros munidos de silenciadores. Os outros dois colocaram algemas de prata nos pulsos e tornozelos dos seguranças caídos, garantindo que não se transformariam caso fossem lobisomens.

O casal de frente chegou na porta de entrada junto com os primeiros vermelhos, mostrados pelas câmeras dos capacetes. Sem hesitar, foram derrubados por novos dardos. Claudius foi o primeiro a entrar, recebido por uma saraivada de balas. Se jogou ao chão, com algumas resvalando na armadura, rolou e pulou contra os atacantes, visíveis em cor azul. Descarregou a pistola de dardos nos lobisomens. Alana entrou em seguida, derrubando alguns mais resistentes. Dois atiradores entraram, destruindo mais câmeras perto do teto, enquanto Alana examinava os arranhões na armadura de Claudius.

O salão onde estavam era como o saguão de um hotel. Uma sirene disparou em algum lugar, indicando que aquela entrada se encheria de clientes fugindo em pânico.

Claudius agarrou a mão da esposa e correram em direção das paredes laterais, procurando um caminho para descer. Em casa de vampiros a diversão acontece nos locais mais escuros, geralmente nos subterrâneos.

Uma porta pareceu suspeita, sem maçanetas. Do tipo que abre por dentro.

Deus alguns passos para trás e arremeteu chutando a porta. Quase caiu na escada que descia.

Alana o seguiu, com a pistola em uma mão e a Jedi expandida na outra.

Encontraram um corredor comprido e vazio. Várias portas abertas dos dois lados, com papeis espalhados pelo chão. Claudius reconheceu a cena. Na Casa de Sophie foi igual.

Avançou examinando as salas. Na porta da maior, do lado direito, uma placa exibia "*Directeur Annette*". Na última sala, do lado esquerdo, diversos monitores chiavam, sem imagens. Deviam estar ligados nas câmeras destruídas.

Com movimentos rápidos da espada, cortou todos os fios ligados aos computadores. Operação de rotina.

Abraçou Alana e voltaram para a escada.

— Não estão mais aqui, querida. Agora é com o pessoal.

Distante um quilometro dali uma tampa de bueiro se abriu e deixou sair um casal.

O homem tentava eliminar um pouco da sujeira nas roupas, e estava incrivelmente calmo, embora sua voz dissesse o oposto.

— Não tinha uma saída de emergência melhor?

A loira escultural, vestida com um vestido de noite completamente sujo, pelo contrário, não escondia toda a irritação.

— Isto não pode estar acontecendo. Aqui é Paris. Somos civilizados. Bem que Sophie me avisou.

— Annette, não choramingue. Ainda não acabou. Viu aqueles dois nas imagens?

— Os de armadura negra? Monstros. Derrubaram lobisomens e vampiros como se fossem moscas.

— Reconheço aquele jeito de andar até no inferno. Se Alana e a aberração estão aqui, devo deduzir que Noboiushi também está. Paris não é segura.

— O que vamos fazer, mestre?

— Nos reorganizar. Vamos ao Charles de Gaulle. Tenho um avião lá, para nos levar a Amsterdam. Quero testar a fidelidade de Yoshiki.

34 — Reencontro

Marilia e Marcela pareciam duas adolescentes, viajando em férias escolares para a Disney. Marília, a que era dois anos mais velha, já conhecia viagens internacionais, pois esteve em Paris até poucos meses antes. Voltou numa maca hospitalar, tida como morta.

Marcela nunca saiu do País. As duas únicas vezes que esteve dentro de um avião, foi no jato particular de Alana, seguindo para ressuscitar a prima-irmã em Fortaleza, e voltando para São Paulo, se sentindo poderosa e imortal.

O aviso de Alexia naquela tarde, pegou ambas de surpresa:

— Aprontem-se, vocês duas. Alana pediu que vão para Londres. Estou providenciando os papeis. Marcela, preciso de uma foto com fundo branco para o passaporte, por favor.

— Alexia, não temos visto.

— Não precisa, Marília. Vocês são agentes.

— E o que vamos fazer lá?

— Ora, proteger a família real, é claro. Agora, mexam-se.

As duas sabiam que Alexia era uma gozadora. Ricardo e George já haviam avisado.

Marcela lembrou:

— Já sei, isso deve ser coisa do *filé de palmito*. Ele está em Londres, não está?

— Credo, porque você implica tanto com o Pedrinho? Está apaixonada por ele?

— Eu? Nem morta. Apaixonada por aquilo? Uma *lombriga afeminada* que vive com um samurai?

— O professor é um bonitão, não negue. Vi a ficha dele, quando estava fazendo meu turno lá nas comunicações. Sabia que ele passou mais de quatrocentos anos só vivendo com prostitutas?

— Ah, tá. E decidiu encerrar a carreira com um *bichinha.*

— Não é isso, boboca. Quero dizer que ele gosta de mulher. Esse lance com o Pedrinho deve ser só coisa de sangue. Como eu e você. Estamos ligadas pelo sangue para o resto de nossas vidas, mas não somos namoradas.

— Nem pode. Somos irmãs. E primas. Você mordeu meu pescoço e eu deixei, mas isso não conta. E acho que o *pedaço de macarrão sem molho* considera o professor como namorado, desde que trocaram mordidinhas.

— E se for isso, você se importa? Lembra quando nós duas ficamos com o mesmo cara, no colegial?

— Aquilo foi coisa de adolescentes. Eu sabia que ele tinha outra, e que era você. O cara pensava ser experto, dando em cima de nós ao mesmo tempo. E a gente tirando uma casquinha dele, coitado. Nunca vou esquecer a cara que fez, quando o desmascaramos.

— Coitado nada. Foi bem feito. Sinceramente, acho que o Pedrinho nunca esteve com uma mulher. Nem sabe como é.

— Beleza. Está querendo dar uma aula para ele, para ver se ele se anima comigo.

— Errado. É você que deve dar a aula.

— Marília, acho que seu cérebro se deformou, com a falta de sangue. Vou lá na rua, fazer a foto, antes que Alexia volte.

— Não finja, maninha. Não esqueça que sinto seu coração. Essa nossa capacidade não mudou depois dos poderes.

— Eu sei, percebo seu coração acelerado quando você treina com o professor.

— Não gosta de ser derrubada por um samurai bombado de um metro e noventa, ainda mais sendo um cavalheiro?

— Prefiro quando derrubo o cara, mesmo um pirralho desbocado menor que eu

— E seu coração acelera quando você se joga em cima dele. Não temos como esconder sentimentos, irmãzinha. Pelo menos uma da outra. Vá fazer a foto.

As duas chegaram ao Aeroporto Internacional de Guarulhos por volta das dezoito horas, para embarcar no voo que decolaria perto das vinte e duas. Oficialmente, a missão delas seria apenas treinamento, sem muita importância, mas que as deixavam tão excitadas que não se importavam de esperar quase quatro horas.

Alexia conseguiu um voo militar, para poder despachar as maletas com as armaduras, mas sujeito a horários. As duas seriam acompanhadas por outros militares, seguindo numa missão de intercambio. Voos noturnos são mais confortáveis, permitindo dormir durante o trajeto, estimado em onze horas.

Sem nada para fazer, decidiram passear pelo aeroporto. Bastou meia hora para visitarem a área de café, a pequena praça de alimentação, umas poucas lojas e os abarrotados balcões onde centenas de pessoas faziam check-in, sempre apressados e mal-humorados.

Através de um corredor comprido chegaram na área de desembarque, com o mesmo fluxo de pessoas carregadas de malas, mas no sentido inverso. A correria neste lado era na direção dos taxis, dos ônibus e dos estacionamentos, o coberto e o descoberto. Elas se divertiam enquanto desviavam de carrinhos entupidos de malas de todos os tamanhos.

Perto de uma saída embaixo de uma placa que identificava *Desembarque Internacional*, Marcela viu duas loiras altas, usando óculos escuros, apesar de ser quase oito da noite. Saíram puxando malas com rodinhas, rebolando e batendo os saltos das botas no chão.

Chamou a atenção da irmã.

— Veja como as artistas se comportam. Algum dia serei famosa e vou chamar a atenção como elas.

— Eu pensava assim quando embarquei para Paris, Marcela. Agora só quero passar despercebida. Mas o fato de sermos mulatas não nos impede de usar óculos escuros. Trouxe o seu?

— Só o especial.

— Eu também. Vamos colocá-los, deve ser legal.

Os óculos dos Caçadores são equipados com o mesmo tipo de micro câmeras usadas nos capacetes, para diferenciar humanos de vampiros, mostrando as pessoas em cores diferentes, azul ou vermelho. Também possuem um microfone, fones e rádio, que permitem a um agente se comunicar com os outros, como se falassem dentro de cada ouvido. Externamente, são como óculos Ray-ban normais.

Marcela tocou na haste, programada para só ligar se reconhecesse os dados pré-gravados da dona do óculos. Imediatamente passou a ver todas as pessoas como se fossem membros desbotados do Blue Group, um grupo de artistas que se apresentam pintados de azul.

Esperou Marília pegar o dela na bolsa, e colocar no rosto, antes de testar o rádio. Quando o segundo óculos foi ligado, falou baixinho dentro do ouvido da irmã.

— Isso até pode ser divertido. Já imaginou se tiver algum vermelho aqui?

O sorriso no rosto de Marília desapareceu. Marcela sentiu o coração da irmã disparar e pressentiu um calafrio, daqueles quando um suor gelado desce pela nuca.

Marília a agarrou pelo braço e a puxou para trás de uma coluna.

— É ele. Está aqui.

— Quem?

— O monstro que me matou em Paris.

Noboiushi havia notado uma outra característica peculiar naquelas duas mulatas, durante os treinos em grupo. Elas possuem um sincronismo quase sobrenatural, como se tivessem um botão que quando acionado, as colocava no modo combate. Uma conhecia exatamente onde e o que a outra estava fazendo, para completar um golpe ou iniciar um ataque. A indicação de quando estavam sincronizadas era a ausência de qualquer sorriso. Pedrinho não havia percebido essa característica e era sempre o que mais apanhava.

Mesmo que não estivessem com o rádio ligado, Marcela fechou o semblante, parando de sorrir, sabendo exatamente o que as duas fariam em seguida. Marília deu o comando inicial:

— Vá pela direita. É o havaiano.

Cada uma seguiu para um lado do saguão, abrindo caminho para as pessoas que saiam do setor de restituição de bagagem. Na frente de um grupo, um homem com chapéu de palha puxava uma grande mala com rodinhas, usando óculos escuros, camisa estampada padrão havaiano, calças de cor bege e sapatos esportivos. Tinham acabado de sair da ala internacional. Assim que passaram pela porta automática, o grupo foi recebido por outras pessoas que os esperavam e o havaiano prosseguiu sozinho.

Jacques Donatello, o segundo em importância em um dos conglomerados mais influentes do mundo, se sentia um perfeito turista, chegando para passar férias em terras tropicais. Ninguém imaginaria estar na presença de um dos fundadores da Red Moon, a multinacional administrada por vampiros sensíveis ao sol, verdadeiros parasitas dependentes de sangue humano, sem alma e sem escrúpulos.

O diretor chegou de Paris, depois de uma maratona por diversos aeroportos, procurando locais onde não havia a exposição direta aos raios solares. Um humano sem a resistência dos vampiros estaria esgotado, mas ele caminhava calmamente, como um executivo na flor dos seus quarenta e um anos, embora já tivesse quase duzentos.

Seguia na direção do estacionamento coberto, situado depois do descoberto. A distância de quase trezentos metros até a entrada podia ser feita a pé, aproveitando a suave brisa da noite. Como Diretor Financeiro, sabia que o aluguel das três vagas estava em dia, onde Maria mantinha as Vans equipadas com filme escuro, para a eventualidade de algum vampiro chegar ainda durante o dia. Bastava ter o nome na lista de autorizados para retirar um veículo. O mesmo nome falso grafado no passaporte que portava. Seria melhor se ela estivesse esperando, mas ainda não conseguiu contato por telefone nenhum, nem pelo celular particular dela. Seria bom aplicar um corretivo na funcionária relapsa, quando a encontrasse. Ela deve ficar bem num daqueles biquínis de couro, que trazia na mala.

Continuava com o próprio celular desligado, desde que embarcou no primeiro avião em Paris, portanto não tinha conhecimento das diversas ligações não atendidas, nem das muitas mensagens de texto enviadas por Annette e pelo mestre, o convocando de volta.

Se soubesse que Alana desmontou a Casa de Paris, teria feito meia volta imediatamente e entrado no mesmo avião que o trouxe. E teria percebido as duas figuras que o seguiam a distância.

As duas mulatas não tinham nenhuma dificuldade em seguir a imagem vermelha nos óculos. Ambas usavam calças jeans e tênis confortáveis, que permitiam caminhar sem fazer nenhum barulho. As mãos direitas de cada uma seguiam dentro das bolsas tiracolo, segurando o cabo da espada portátil ligada. Ainda não havia nenhuma necessidade de expandir as lâminas.

Quando reconheceu o destino do vermelhão com chapéu de palha, Marília acelerou o passo, para chegar antes e interceptar o vampiro no melhor local, de onde não haveria fuga. Não precisou dizer nada para Marcela saber que deveria continuar no mesmo passo.

A entrada de pedestres no estacionamento é um comprido corredor, fechado como um túnel de vinte metros, que desemboca no guichê onde sempre tem um funcionário esperando. Assim que Marília o viu, correu com a supervelocidade, o derrubou com um golpe de capoeira e o deixou desacordado.

Donatello só viu que estava sendo esperado quando chegou no meio do caminho. No final do corredor uma deliciosa mulata estava parada bem no meio do caminho, usando óculos escuros e com a mão dentro da bolsa. A mulher começou a andar vagarosamente na direção dele, com aquele gingado que só as mulatas possuem. Ela parou a cerca de cinco metros e cumprimentou:

— Bem-vindo ao Brasil, senhor.

Ele abriu um enorme sorriso.

— Entendi. Você foi enviada por Maria, como um presente. Acabo de mudar meus conceitos sobre ela.

— Não está me reconhecendo?

A pergunta o pegou de surpresa. Já tinha visto centenas de mulatas, mas nunca precisou memorizar a imagem de nenhuma. Sempre as via seminuas, vestidas com minúsculos biquínis e quando olhava para o rosto delas, estavam gritando apavoradas. Depois de mortas, as esquecia em minutos.

— Confesso que não. Já nos encontramos antes?

— Claro que sim. O senhor me deixou morta no chão do grande salão, na noite em que perdeu sua mansão.

O sorriso dele desapareceu. Não lembrava do rosto da menina, mas a noite estava bem viva na memória. Um aviso de perigo se acendeu dentro do cérebro, reforçado pela expressão determinada e séria no rosto à frente.

— Você está muito bem para quem está morta. O que quer de mim?

— Quero devolver o favor!

A mulher retirou a mão da bolsa segurando um tubo semelhante a um vibrador. Antes que ele fizesse qualquer comentário, ela mexeu em alguma coisa e uma lamina de quase um metro apareceu na ponta do tubo. Não era o que ele estava pensando. Era muito pior.

Já viu aquele tipo de espada nas filmagens dos ataques que destruíram as Casas. Nas mãos das aberrações vestidas em armaduras.

A mulher não estava usando armadura e tem cheiro de humana. Sangue humano é inconfundível. Se ela é uma aberração, só tem uma explicação. Precisa contar ao mestre: os Caçadores estão devolvendo a vida para cadáveres, usando os poderes dos vampiros. Mas para poder contar, precisa antes escapar da aberração.

Usou a supervelocidade para se virar pensando em correr para longe daquilo, estacando no segundo passo. Parou com o pescoço a cinco centímetros da ponta de outra espada daquelas, manejada por uma segunda mulata, cópia exata da primeira.

Desde que foi transformado em vampiro nunca precisou lutar pela própria vida. Sempre tinha um samurai, vampiro ou guerreiro como guarda-costas, para morrer na frente. Deixou o desespero assumir o controle.

Girou um quarto de volta e correu em direção da parede. Pulou arremessando a perna para frente, se apoiou e saltou para trás fazendo um círculo no ar, tentando cair em pé atrás da segunda menina, onde teria uma chance de sair correndo. Desde que foi pirata sabia que fugir é uma estratégia tão boa como qualquer outra.

Mas o que viu acabou com qualquer esperança.

As duas humanas se moveram com a supervelocidade dos vampiros, se colocaram lado a lado e levantaram duas espadas ao mesmo tempo, como se estivessem em um balé de nado sincronizado. Chegou ao chão sentindo duas agulhadas no tórax, com as pontas se cruzando onde devia estar o coração. Pelo menos o destino foi camarada, permitindo que morresse pelas mãos de duas deliciosas mulatas.

Marília e Marcela sustentaram o corpo no ar, até os espasmos cessarem. Depois apertaram os botões para recolher as duas laminas, deixando que o corpo sem vida se esborrachasse no chão. Calmamente, com movimentos sincronizados, pegaram lenços de papel nas bolsas e limparam o sangue que escorreu para o cabo das espadas.

Neste momento Marília olhou para a irmã e sorriu.

— Estou uma tonelada mais leve.

Marcela retribuiu o sorriso.

— Eu sei. Estou sentindo. O que fazemos agora?

— Não tenho a mínima ideia. Alexia deve saber.

Marília guardou a espada na bolsa e pegou o celular. Foram atendidas por Paulinha, de plantão no turno da noite. Pediu para chamar Alexia e esperou poucos minutos.

— O que foi Marília? Algum problema com seu voo?

— Não sei qual o termo correto. Quero que você registre um monstro a menos. Pegamos o Indesejado Número 2.

Alexia deve ter dado um pulo do outro lado, pelo barulho do Headset caindo. A voz voltou entrecortada por uma respiração forte que podia ser ouvida até por Marcela.

— Repita o que disse, acho que não ouvi direito.

— Pegamos o Indesejado Número 2. É como Pedrinho chama o diretor Donatello. O corpo está aqui, na entrada do estacionamento coberto do Aeroporto, mortinho da silva.

— Caramba. Todas as bases precisam saber disso. Em algumas horas vocês serão as celebridades mais famosas do mundo. Acreditem, eu já passei por isso!

— O que faremos agora?

— Prossigam com sua missão. Já estou mandando uma equipe cuidar de tudo. Quando estiver no avião, faça um relatório e peça para o piloto transmitir aqui. Eles têm equipamentos com essa capacidade.

— Certo, chefa.

— Só mais uma coisa, meninas. P-A-R-A-B-É-N-S! Vocês duas são o máximo. UHU!

Marcela ouviu. Aquela personalidade de Alexia era completamente desconhecida. Olhou no relógio.

— Precisamos correr, estamos quase em cima da hora.

— Ansiosa, maninha?

— Sim, não vejo a hora de chegar a Londres, só para ver a cara do *pirralho dançarino do ventre*. Pena que não posso contar pessoalmente.

— Marcela, acho que temos um problema.

— Qual?

— Como se faz um relatório num caso destes?

— Perguntando para quem já fez. Vamos, eu te ajudo.

As duas saíram correndo em direção do Terminal de Embarque Internacional, leves e risonhas como duas crianças.

35 — Como uma cebola

O comunicado de Alexia agitou todos, como ela havia previsto. As mulatas nem haviam chegado à Londres e já eram o assunto principal, em todas as conversas.

Noboiushi confirmou a identidade do Indesejado Número 2, pelas fotografias enviadas pela equipe de suporte.

Isso exigia ações rápidas. Irina mais uma vez estava reunida com Alana e Claudius.

— Vocês dois tem ideia do que o Indesejado Número 1 vai fazer agora?

— Pedrinho vai gostar de saber que esse nome pegou. No lugar de Shogun, eu organizaria um contra-ataque.

— É o que também penso, Claudius. Espério dizia que é preciso pensar como o inimigo, para antecipar a reação.

— Nesse caso, prefiro evitar os pensamentos do Shogun. Ele deve estar fazendo buracos no teto com a cabeça. Perdeu a Casa de Paris e o atual braço direito. Está sozinho.

— Não é bem assim, Alana. O professor nos alertou sobre as noivas. Já sabemos do que são capazes. E ainda não as conhecemos.

— Essa talvez seja nossa melhor chance no momento. Ele só pode estar escondido com alguma delas. Temos os endereços das Casas. Vamos preparar outro ataque combinado, como fizemos com os depósitos. Mas desta vez, quero que Noboiushi estude as plantas dos locais e nos mostre as possíveis saídas de emergência.

— A ideia é boa, Alana, mas não temos certeza de que ele esteja em alguma das casas. Pode estar nas proximidades, depois de perder o dois.

— Talvez seja possível trabalhar com um alvo mais fechado.

— No que está pensando, Claudius?

— Vi no relatório de Alexia que eles apreenderam o telefone celular do vampiro. Se ele falou com Shogun recentemente, podemos triangular a ligação.

— Eu autorizo. Mas penso que a polícia vai demorar para devolver alguma informação.

— Não se fizermos a investigação por conta própria.

— Como, Claudius? Você está aqui, Steve em Genebra e o telefone em São Paulo. Quem mais domina a tecnologia assim? Alexia?

— Eu pensei em um cientista profissional, um físico. O armeiro de São Paulo, Kyu. Aquele garoto é muito bom.

— Faça contato! Quero saber imediatamente de qualquer coisa que ele puder descobrir.

Kyu havia trabalhado com Claudius, interrogando computadores para encontrar o paradeiro de Alana, durante a semana em que ela permaneceu sequestrada. Um telefone celular não passa de um computador em miniatura. Bastou meia hora para que Alexia colocasse o jovem japonês, sempre repetindo que era brasileiro, na tela da Sala de Conferências.

— Achou alguma coisa interessante, Kyu?

— Achei o que vocês querem.

O rapaz era conhecido pelas respostas curtas e diretas. Sempre sinceras.

— Então diga, homem!

— Tinha várias mensagens SMS e ligações não atendidas. Peguei um dump do cache, decodificando os metadados de origem e destino intermediários...

— Kyu, só os resultados, por favor.

Quando se tratava de informações técnicas as respostas nem sempre eram curtas e diretas.

— Qual resultado?

— Sabe onde Shogun está?

— Amsterdam, na Holanda. Bairro da Luz Vermelha.

Irina deu um pulo na cadeira.

— Parabéns, Kyu! Voltamos a ligar se for necessário.

Ela mesma assumiu os controles. A conexão foi remanejada para Londres. Mais alguns minutos e uma segunda janela apareceu na tela. Genebra entrou no circuito.

— Professor, Shogun está em Amsterdam. Ele tentou contato com Donatello e triangulamos a ligação. Pode nos ajudar a analisar as plantas para fechar todas as saídas?

— Claro, Irina. Mandem os mapas para cá. Conheço a Casa.

— Eu faço isso. — Cora sempre adorou esse tipo de missão urgente.

— Alana sugeriu outro ataque simultâneo. O que acham de atacarmos mais duas outras casas, com intervalo de quinze minutos, para criar uma cortina de fumaça?

— Vai deixá-lo completamente tonto. Se Amsterdam for a última das três, ele estará na saída mais provável. Podemos armar uma excelente emboscada. Bem pensado, Irina.

— As mulatas ainda não chegaram, o que considero muito bom. Apesar do feito delas, sei que ainda não estão preparadas para um combate assim. Portanto, sobram três duplas. Professor e Pedrinho fecham a Casa de Londres. Cora e Steve pegam a Casa de Genebra. Alana, querida, posso te pedir que vá para Amsterdam, com Claudius?

— Eu iria mesmo que não pedisse. Está na hora dessa guerra terminar.

— Convoquem todos os agentes disponíveis. Sugiro que o ataque comece em Londres, ás vinte horas. Com o fuso horário, Genebra às vinte uma e quinze, hora local. Alana, estará pronta às vinte uma e trinta?

— Com certeza.

Alana imediatamente pegou o celular e ligou para Jean Pierre. Voar no jato particular facilitava tudo.

Claudius observava a esposa, atentamente. Conhecia todas as histórias das batalhas dela, mas na realidade nunca a viu em ação. Na tomada da Casa de Paris ela praticamente apenas o seguiu, sem oportunidade de mostrar o que sabia fazer.

Os dois estavam a caminho para enfrentar o monstro que a matou e a escravizou por mais de cem anos. Embora ela e o vampiro estivessem num período de trevas, houve uma longa convivência entre eles que poderia trazer todo tipo de lembranças. Claudius temia que a esposa fraquejasse na hora H, quando a criatura fosse enfrentar o criador. Alana estava calada e concentrada, como se pensasse a mesma coisa.

Seis agentes acompanharam o casal no Legacy, decolando as dezenove horas, hora local de Paris, a mesma da Holanda, para um voo previsto em uma hora e dez, desde o Charles de Gaulle até o Aeroporto Schiphol, em Genebra. Claudius e Alana vestiram as armaduras na cabine reservada, dentro do avião. Quatro agentes portavam as novas armas padrão dos Caçadores: espada Jedi equipada com laminas extensíveis de prata, pistolas de dardos, armadura, óculos e capacete. Dois traziam armas de fogo, rifle e pistola com balas de prata no lugar das espadas, e outra pistola com dardos anestésicos para lobisomens. As botas de Alana escondiam duas adagas afiadas.

O transporte entre Schiphol e o Bairro da Luz Vermelha foi feito em duas viaturas da polícia local. Chegaram com tempo para se posicionar. Os Caçadores seguiram para a porta principal da Casa, se ocultando até o momento do ataque. Alana e Claudius seguiram para a frente do segundo prédio, onde seria a saída de emergência, conforme indicado pelo Professor. Os dois atiradores LH encontraram locais altos, nos edifícios frontais, de onde podiam vigiar os dois grupos de agentes. Os rifles de longa distância equipados com miras telescópicas seriam a segurança externa contra lobisomens.

Exatamente no horário combinado o ataque começou. Os agentes avançaram contra a entrada principal, atraindo os seguranças para fora. Três vampiros e três lobisomens aceitaram o desafio, partindo para o combate. Mesmo com a velocidade típica, os vampiros podiam ser vistos pelas câmeras dos capacetes, podendo ser detidos pelas pistolas de dardos especiais. As armaduras resistiram aos que conseguiram chegar aos seus alvos. Os três lobisomens se transformaram rapidamente, se tornando alvos para as balas de prata, disparadas pelos rifles. Um foi detido pela prata de uma espada Jedi. O ferimento foi superficial, mas por ser prata tinha o efeito letal.

Vencidos os seis defensores, o grupo de quatro agentes entrou, provocando o pânico e o disparo de vários alarmes.

Pelo rádio instalado nos capacetes, Ana e Claudius ouviam tudo, prontos para intervir a qualquer momento. Esperavam pacientemente até que o plano se concretizou.

No segundo prédio vizinho, uma porta lateral se abriu e Shogun saiu para a calçada. Foi seguido de perto por duas jovens, uma linda japonesa e uma loira escultural. Depois das duas noivas, um outro brutamontes saiu e fechou a porta.

Claudius não gostou nem um pouco do imprevisto, arriscando toda a missão. Dois contra quatro, sem poder chamar os agentes, saía completamente do planejado. Mesmo assim, avançou para fechar o caminho de Shogun. Avisou pelo rádio:

— Precisamos de apoio na retaguarda!

O Imperador dos Vampiros reconheceu o atacante. A mesma armadura, a mesma espada, a mesma figura estranha. Esperava por aquilo a qualquer momento. Estava preparado. Sacou uma espada com o cabo cravejado de joias das costas e encarou Claudius.

— Só podia ser você, aberração!

As duas noivas se posicionaram atrás do mestre. Também sacaram espadas curtas de bainhas presas nas coxas, se posicionando em posição de combate. Yoshiki, a diretora local, e Annette, a loira ex diretora de Paris possuíam o mesmo treinamento de defesa oferecido por Noboiushi, sendo que a japonesa acumulava a vantagem de ser uma veterana. Para completar, o brutamontes rasgou as próprias roupas, se transformando rapidamente num enorme lobo com mais de um metro de altura.

O lobisomem avançou para a frente dos três vampiros, exercendo sua função de segurança, se preparando para atacar Claudius, mas estacou quando o cenário mudou.

Uma segunda figura de armadura, com contornos claramente femininos, usando a velocidade típica dos vampiros, apareceu na frente de Claudius, segurando aquela estranha espada numa mão e uma pistola na outra.

Os seis contendores ficaram se encarando por dez segundos, cada um estudando qual seria o primeiro passo. O lobisomem saiu na frente, saltando para cima de Alana. Ela reagiu com outro salto, na direção do monstro, passando por baixo enquanto levantava a ponta da espada, fazendo um profundo corte na barriga do bicho. O lobisomem uivou de dor, não pelo corte, mas pelo contato com a prata letal. Caiu em pé na frente de Claudius, no local onde ela estava um segundo antes, no momento em que um tiro foi ouvido.

A bala de prata vinda de um prédio, desde o outro lado da rua, penetrou na cabeça do lobisomem, interrompendo o uivo e qualquer possibilidade dele continuar vivo.

Shogun não tinha como saber quantos atiradores poderiam aparecer, percebendo que a vantagem numérica deixou de existir. Correu para o primeiro beco que viu, temendo ser o próximo baleado. Balas não poderiam matá-lo, mas o tornariam vulnerável para a espada da aberração. Claudius o seguiu.

Ao ver o mestre fugir, as duas noivas compreenderam que estavam por conta própria. Correram para o lado oposto, procurando por algum outro beco. Alana as seguiu. Do primeiro beco vieram os sons de duas espadas se chocando, aumentando o ritmo rapidamente. Claudius e Shogun estavam duelando. Pelo conhecimento que Alana detém do antigo mestre, ela sabe que o vampiro mais velho de todos é dono da maior força física acumulada. Logo o barulho das duas espadas se chocando mudou para algo semelhante a batidas metálicas em algum outro tipo de estrutura. Como se uma espada massacrasse uma armadura. Um sentimento de pânico a invadiu.

Apontou a pistola de dardos para as duas fugitivas em fuga e descarregou a arma, sem tempo para fazer pontaria. Um dardo atingiu cada uma interrompendo a corrida. Fez meia volta e disparou de volta para o beco.

Shogun sempre soube tudo o que precisava saber. Até que o ponto fraco das armaduras é a eletrônica embarcada no capacete. Assim que conseguiu atingir o primeiro golpe, com toda a força, na cabeça da aberração, alguma coisa se rompeu, desequilibrando o adversário. A partir daí foi só repetir os golpes, não deixando tempo para que o outro se recuperasse. Claudius ainda conseguia repelir a maioria dos golpes, porém sem muita precisão. Mais alguns golpes no capacete, e Claudius foi derrubado contra a parede do beco.

Shogun saboreava a vitória, preparando o golpe para decepar o capacete com a cabeça da aberração dentro, quando alguma coisa o atingiu. Caiu de joelhos com a dor, largando a espada. Uma adaga antiga apareceu espetada entra as costelas, na altura do estomago. Não é suficiente para matar um vampiro, mas precisa ser retirada para permitir a regeneração em poucos minutos.

Olhou para a direção de onde a adaga veio. A figura feminina de armadura estava tirando o capacete, caminhando a passos curtos. Era o mesmo rosto que o encantou a quase trezentos anos, apesar de não estar sorrindo. A seriedade a deixava mais madura, sem a expressão infantil, e mesmo assim continuava desejável como sempre foi.

— Sabemos que você não é capaz de me matar. Fui eu que te criei. Se está aqui, deduzo que Yoshiki e Annette estão mortas. Diga que voltou para mim e te darei outra chance. Terá tudo o que foi delas: poder, dinheiro, influencia.

— Está errado, mestre! Você não me criou! Você me destruiu! Não conheço a loira e Yoshiki nunca me prejudicou. Não tenho necessidade de matá-las. Se estou aqui é porquê Claudius dividiu a luz dele comigo, me devolvendo a vida.

— Tola, você está fraca como os humanos idiotas, presa nestes sentimentos inúteis. Posso livrá-la dessa prisão. Sou o único que pode te libertar deste aqui.

— Você não entende mesmo! Eu nunca estive tão livre e tão viva como agora. Já tenho tudo isso que me oferece e muito mais. Claudius me colocou entre as mulheres mais poderosas do planeta. Graças a ele conheci amizades verdadeiras, tive momentos de absoluta felicidade, tenho esperança. Você só tem trevas e sofrimento.

— Essa sua vidinha é temporária e fútil. Eu sou eterno, Alana. Em breve tudo o que tem estará destruído e eu permanecerei.

— Você fala demais e não diz nada, mestre. Sei que está ganhando tempo. Conheço suas táticas.

— Diz que me conhece e não consegue me matar. Prova que está vivendo de ilusões.

— Mestre, chega! Esta adaga não foi para matá-lo. Só a atirei porque cebolas não se movem.

Assim que conseguiu retirar a adaga do estômago, olhando para o corte que se fechava, Shogun abaixou as mãos o suficiente para receber a segunda adaga, atirada com precisão para atingir o coração. Um homem ajoelhado e imóvel possui um coração do tamanho de uma cebola grande, alvo perfeito para a exímia lançadora que não era atrapalhada pelo capacete.

Shogun devia ter prestado atenção ao aviso. Uma das coisas que ele não sabia, porque nunca precisou saber, foi que Alana raramente errava um alvo. Havia treinado por dez anos nas florestas da Áustria, logo depois que fugiu dos vampiros para casar com um nobre e se tornar a Duquesa de Ghostenburg, nos primeiros anos do Século XX. O detalhe é que ela treinava com cebolas.

Ele caiu para a frente, atingindo o chão com o nariz, com os olhos arregalados e incrédulos, enquanto o corpo tremia com os últimos espasmos.

Alana correu para socorrer Claudius, com dificuldade para retirar o capacete danificado. Quando se livrou do equipamento, ele inspirou profundamente para conseguir o ar que já fazia falta. Antes de expirar foi interrompido pelo beijo de Alana, novamente tentando impedi-lo de respirar.

Ela o soltou, ao perceber o que estava fazendo. Falou no ouvido dele:

— O Indesejado Número 1 está morto, querido. Eu escolhi você.

Claudius inspirou profundamente para encher os pulmões e a puxou para outro beijo apaixonado. Não havia necessidade de palavras e nem de dúvidas.

Na rua, um segurança vampiro observava tudo. Havia passado pela saída secreta de emergência, fugindo da confusão reinante dentro da Casa.

Assim que viu o corpo do lobisomem morto, já retornado para a forma humana, correu para o beco, parando na entrada sem fazer nenhum barulho. Viu o corpo do mestre estatelado no chão e o casal se beijando. Era o momento ideal para agir. Disparou correndo para o lado oposto, se afastando da cena macabra. Algumas balas de prata acertaram as paredes por onde ele passava, removendo lascas de tijolo.

Mais abaixo na rua, encontrou as duas noivas desmaiadas na calçada. Sem o mestre elas seriam a melhor chance de sobrevivência. Usou a força sobrenatural para colocar cada noiva sobre um ombro e prosseguiu na corrida até a garagem secreta, onde havia um veículo escondido para emergências.

O carro foi a última ideia de Donatello, implantada em todas as Casas depois da saída de Noboiushi.

36 — Troca de mãos

Nos dois dias seguintes, desde que o comunicado de Alana foi divulgado, todas as bases comemoraram a vitória histórica. Em outra época, a derrota do Imperador dos Vampiros seria o motivo de festas por um mês inteiro.

Para os Caçadores, trabalho é mais importante do que comemorações.

Sloan, o Comandante Geral interino, não havia parado nem por um minuto, depois que retornou a Londres. Deixou claro, nas diversas reuniões por Teleconferência, que o sucesso só foi possível graças as decisões do Comandante Geral Espério. Há menos de um ano, ele havia criado a força tarefa especial, responsável pela mudança da face do globo, a qual ele chamava de Guerreiros de Amor.

Reconheceu que houveram baixas doloridas e profundas durante a mudança. Para preencher a vaga na Base de Genebra, era necessário eleger um novo nome para o Comando Geral. Segundo os protocolos, todos os comandantes de base deviam votar. Ele requisitou que as três bases incompletas elegessem seus comandantes no primeiro dia. No dia seguinte anunciou os nomes vencedores para todo o planeta.

Na Base New York foi eleito um texano bonachão e alegre, respeitado pelos agentes, o novo Comandante Robert Wayne.

Em Paris, o escolhido foi um bom discípulo da Comandante Loren, promovido a Comandante Maciel.

A Base São Paulo, depois da renúncia dos Agentes Ricardo e George, elegeu a Comandante Alexia, mal acreditando na surpresa até quando estava recebendo os cumprimentos.

Com todas as bases preenchidas, a última votação foi para Genebra, sem nenhuma surpresa. Sloan foi convidado para concorrer com Irina, mas alegou que não poderia exercer o cargo com a dedicação necessária, por ter esposa e filha. Candidata única, a responsável pela Base Japão, Irina Skopova, foi eleita e oficializada a Comandante Geral dos Caçadores de Vampiros, e Diretora Geral das VH Enterprises. Ela assumiu imediatamente, mesmo estando em Paris, dispensando pompas e festas.

A primeira decisão da nova comandante foi adiar a definição do comando da Base Japão, até que a base voltasse a ficar totalmente operacional. A segunda decisão foi convocar uma reunião com os Guerreiros, para definir o futuro da equipe.

— Claudius, nossa parceria vai continuar?

— Em tudo, Irina. Conversei bastante com Alana. Podemos expandir a estrutura da LightYear e assumir a parte científica da VH. Eu, Alana e o Professor Noboiushi temos como levantar o capital necessário. Posso pedir que Kyu venha trabalhar conosco?

— Ele, os armeiros das outras bases e mais alguns estudantes de Tel Aviv que estão revelando muito potencial científico. E você, Alana, pensou no meu pedido?

— Pensei. Estamos procurando mais aeronaves para o serviço de taxi aéreo, em leilões. Será fácil transportar nossas duplas e algumas modelos para qualquer lugar do planeta. As mulatas vibraram com a ideia. Até sugeriram um nome: Lightning Models.

— Ótimo. Se vocês vão atuar nas sombras pensaram em algum nome secreto?

— Pedrinho, nosso especialista em revistas em quadrinhos e séries de TV, bolou um: Esquadrão COAGO.

— Nunca ouvi falar. O que significa?

— Nossas iniciais. Claudius Oliveira e Alana Ghosten Oliveira. Ele diz que isso nunca será decifrado, por quem não nos conhece pessoalmente.

— Tem lógica. E como vamos entrar em contato com vocês?

— Vamos montar uma linha quente na Agencia de Modelos, com sede aqui em Paris, na mansão do professor. Pedrinho chamou de Coagofone, interligado com todos os escritórios da LightYear, bases da VH e nossos aviões. Vamos aproveitar o sistema que a Red Moon estava colocando nos dois Legacy. Alexia vai ajudar no planejamento do sistema.

— Me parece que vocês têm tudo sob controle.

— Se não tivermos imprevistos, tudo estará operacional em dois meses. O conhecimento que o Professor detém da Red Moon nos será muito valioso.

— Isso nos leva ao próximo assunto. Sabemos que os vampiros da Red Moon estavam concentrados em doze casas e mais algumas empresas de apoio. Seis das casas foram desativadas: duas em Brasília, Paris, Londres, Genebra e Amsterdam. Ainda faltam Roma, Munique, Cairo, Washington, Hong Kong e Tóquio. Professor, o que pode nos dizer?

Noboiushi, normalmente calado, se aproximou do microfone na Base Londres:

— Todas estas casas estão desorientadas com a perda do Shogun. O melhor momento de desativá-las é agora, antes que se reorganizem.

— Mas não temos duplas de Coagos suficientes para fazer um ataque simultâneo.

— Não é necessário, Comandante. A morte do Imperador ativou mecanismos de segurança. Não deve ter praticamente nenhum vampiro nas casas. Equipes normais darão conta do recado, mas sugiro levar atiradores, para o caso de ter lobisomens na espreita.

— Se não tem vampiros, ainda devemos atacá-las?

— As casas atuam como sustentação e apoio dos vampiros. Se continuarem existindo significam a continuação do Império. Sim, devemos fechá-las. Isso não vai interferir na existência da Red Moon, que deve continuar, mas saneada, nas mãos de humanos. O trabalho social que é feito não pode ser interrompido.

— Entendi. Preciso deixar isso claro para nossos agentes. Nossos inimigos são os vampiros e agora os lobisomens, mas não a Red Moon.

— Exato, Comandante. Depois de fechar as casas, o próximo trabalho será sanear as empresas de coleta de lixo, que desaparecem com os corpos. São mais numerosas do que as casas e infestadas de vampiros.

— Vejo que teremos muito trabalho pela frente.

— Tem outra coisa, que não podemos menosprezar. Cada uma das doze casas era administrada por uma noiva. Lamento dizer que fui eu quem as treinou em artes marciais, para se defenderem, e também ensinei como se tornar executivas de sucesso.

— O que está querendo dizer, Professor?

— Que elas são perigosas, dissimuladas e eficientes. Vocês viram o que uma, provavelmente sozinha, fez aí em Paris, e ainda nem sabemos qual delas foi. Quando assimilarem a perda do mestre, teremos problemas.

— Estava se referindo a elas, quando disse que as casas podem se reorganizar?

— Sim. Uma foi morta em Brasília, mas as outras continuam ativas, juntas ou isoladamente. Podemos ter trocado um Imperador de Vampiros, por outra ameaça multiplicada. As Onze Viúvas.

37 — A flor que floresce

No último dia em Londres, as duas duplas Coago estavam treinando na Base, usando uniforme completo. Tinham uma manhã livre, antes de pegar o trem que os levaria a Paris para conhecer a mansão do professor, onde estavam sendo instalados a COAGO, a Lightning Models e os escritórios que comandariam o complexo LightYear Research, embora a sede oficial desta última fosse em São Paulo.

Era a primeira vez que Marcela e Marília usavam as armaduras oficiais de batalha, justas como uma segunda pele. As silhuetas das duas mulatas ficaram muito mais provocantes do que normalmente eram. Noboiushi estava irreconhecível sem os habituais ternos italianos ou franceses. Alto e musculoso, ficou com a aparência de um daqueles robôs dos filmes japoneses.

Marcela se divertia desfilando na frente do esquelético Pedrinho, o provocando todo o tempo.

— O *subnutrido*, como é que você pretende ser um guerreiro com esse físico de palito de fósforo sem cabeça?

As respostas voltavam no mesmo nível.

— *Cabeçuda*, não preciso de toda essa banha para ser um guerreiro. Basta a força e a agilidade.

— E de onde tira a força, se as baterias são de curta duração? Já sei, você será usado no lugar da espada. É o *garoto-florete*.

— Olha, *baranga*, não preciso dos seus comentários. Quer treinar ou só ficar fofocando?

Sempre era necessária a intervenção do Professor ou de Marcela, interrompendo o próprio treino para pôr fim nas lutas verbais. Apesar da animosidade, durante o treino ativo, os dois se mostravam atentos e eficientes, conseguindo atacar e neutralizar os golpes de cada um. A capoeira de Marcela era neutralizada pela agilidade e leveza de Pedrinho e vice-versa.

Enquanto os quatro treinavam, o resto da base seguia seu ritmo normal. Joan Smith Sloan, estava mais uma vez na sala reservada ao comandante, enquanto o marido, John, saiu para um encontro de negócios. A filha do casal, nascida no ano seguinte ao da formatura de Joan em Tel Aviv, estava na base, acompanhando os pais. Kate Sloan foi criada em segredo, enquanto a proibição de relacionamentos entre agentes estava em vigor. Quando Espério revogou a proibição, finalmente Joan e John oficializaram o casamento e divulgaram a existência de Kate. Imediatamente a menina conquistou todos, pela simpatia e presença de espírito. Conhecia o trabalho dos pais, inclusive já tendo um treinamento básico de defesa pessoal. Se tornou presença constante na base, adotada com uma mascote.

No casamento de Cora, Kate conheceu Claudius e Alana e ficou encantada por conhecer o que ela chamava de super-heróis. Era afilhada de Cora, mas adotou Alana como uma segunda madrinha. Uma afinidade mútua que surgiu sem explicações.

Antes de seguir para a sala de treinos assistir aos exercícios dos novos amigos, ela estava na sala de Comunicações, substituindo a operadora que saiu por alguns minutos, quando um alarme começou a tocar. Kate podia ser uma criança de dez anos, mas sabia exatamente o que a tela no painel estava mostrando.

Alguns minutos depois os quatro Coagos e Joan chegaram à sala, para saber o motivo do alarme. Encontraram a operadora desesperada, acionando os protocolos de emergência.

Assim que viram o monitor, Joan foi a primeira a reagir?

— Onde está Kate? Ela tinha vindo para cá!

A operadora confirmou.

— Estava aqui há um minuto atrás, senhora.

A próxima reação foi do Professor.

— Procure nas câmeras. Ela não pode ter desaparecido.

Bastou acionar poucos botões para que Kate fosse mostrada na garagem, subindo na motocicleta de um dos agentes e saindo em disparada.

Joan ia dizer alguma coisa, quando o Professor autoritariamente tomou a frente.

— Vamos atrás deles. Pedrinho, pegue o endereço e trace uma rota a pé. Meninas, vão buscar nossos capacetes.

O monitor e a sirene tinham sido disparados por uma espada Jedi que perdeu contato com o proprietário.

Kate mal conseguia controlar a moto, pela baixa estatura e pelos olhos teimando em se encherem de agua. O nome do pai no monitor de emergência não saía da memória. Ele havia se despedido das duas poucas horas antes, dizendo que estava indo para uma reunião com executivos italianos. Disse que precisava recebê-los no Terminal da Alitália, no London City Airport.

Ela conhecia o aeroporto. Já estivera lá várias vezes com os pais. Chegou em cerca de trinta minutos depois do alarme. Deixou a moto na rua, perto do acesso dos executivos e entrou segurando uma espada Jedi sem codificação, roubada do arsenal.

O saguão estava relativamente vazio, com poucas pessoas circulando apressadas, como deve ser padrão em todos os aeroportos. Ela se lembrou de onde ficava o terminal atendido pela Alitália e seguiu naquela direção, segurando o coração para que não saísse pela boca. Havia uma saída para o estacionamento, bem na frente das portas do desembarque.

Andou silenciosamente até quase a metade, por entre os carros estacionados, até que viu um movimento suspeito em um dos cantos mais escuros. Estava a uns vinte metros quando conseguiu identificar o que via. Três enormes animais, semelhantes a lobos, estavam devorando alguma coisa no chão. Forçou um pouco mais os olhos e reconheceu as roupas no meio daquela massa ensanguentada.

As lágrimas que teimavam em sair despencaram de vez. Começou a tremer, deixando cair a espada, provocando um barulho metálico que ecoou em todo o estacionamento. Tentando evitar o choro, foi derrotada pelas emoções e caiu desfalecendo.

Os três animais levantaram as cabeças ao mesmo tempo, olhando na direção do barulho, ainda mastigando e deixando cair uma baba vermelho sangue. Os olhos dos três brilharam, antecipando o sabor do novo aperitivo.

Um deles disparou, correndo na direção dela. Estava a meio caminho quando foi desviado por um míssil negro, de um metro e noventa e musculoso, disparado de lugar nenhum.

Do jeito que veio correndo com a supervelocidade, Noboiushi se atirou contra o lobisomem, ao ver a cena. Ambos se chocaram contra alguns carros estacionados, disparando alarmes e airbags, provocando os estragos típicos de acidentes automobilísticos. O aturdido lobisomem, sem saber o que estava acontecendo, demorou mais tempo para se recuperar. Recebeu um potente direto no focinho, esmigalhando vários ossos. Urrou, latiu e uivou, pulando desengonçadamente com a dor. Se calou quando uma segunda figura de negro se alojou em suas ancas, depois de um salto espetacular, o cavalgando. Pedrinho espetou a espada com força no flanco da fera, atingindo o coração, promovendo outra destruição de carros.

Os dois outros monstros reagiram atrasados, partindo em socorro do companheiro. O que saiu na frente foi alcançado por mais duas figuras de negro, correndo emparelhadas e sincronizadas na mesma velocidade. As duas espadas foram usadas ao mesmo tempo, uma de cada lado, se cruzando no coração. Em desespero, o lobisomem se atirou contra uma das atacantes, derrubando Marcela. Antes que o monstro desabasse por cima dela, Pedrinho a puxou depois de outro salto espetacular.

O terceiro lobisomem desistiu de correr. Saltou no meio do caminho, pretendendo cair sobre Noboiushi. Foi recebido por uma espada sendo atravessada na garganta, que surgiu misteriosamente brotando de um tubo na mão do robô japonês. O Professor saiu da frente no ultimo milésimo de segundo, puxando a espada lateralmente, abrindo um rasgo mortal na boca e garganta do bicho. O carro já amassado acabou de ser destruído.

Antes da adrenalina dos quatro voltar aos níveis normais, Noboiushi tirou o capacete e se ajoelhou ao lado de Kate. As duas mulatas correram em direção ao corpo do Comandante Sloan, voltando enojadas. Nunca tinham visto um corpo em tal estado, embora tenham confirmado a identidade, num gesto para o Professor.

Kate despertou, se atirando contra o peito gelado da armadura, deixando que o choro e as lágrimas desabassem.

— Calma, pequenina. Pegamos os monstros. Vamos sair daqui. Sua mãe precisa de você. Pedrinho, ache a moto! Marcela, vá com ele! Marília, encontre nossa patrulha!

Os cinco abandonaram o local macabro.

Na sala de segurança do Aeroporto, Ayumi retirou o pendrive do gravador. Passou por cima dos três seguranças mortos, acompanhada de dois vampiros sobreviventes da Casa de Londres. Pegou o celular e fez uma ligação internacional.

— Annette, você estava certa. O sujeito caiu na cilada como o mestre havia planejado. Tem certeza que ele não deixou mais nenhum nome?

— Não, Ayumi, este foi o último. Agora estamos por nossa conta. É incrível como Sophie previu que seria assim, enquanto estava comigo.

— Tem notícias dela?

— Não. Se os Caçadores a pegaram pode reaparecer daqui a cem anos. Espero que não esteja naquela armadura preta, como a que vi em Amsterdam, quando o mestre foi morto. Yoshiki confirmou que era Alana na armadura.

— Certo. Filmei a ação deles. São rápidos e letais, mas é evidente o ponto fraco. Eles se importam uns com os outros. Igual aos nossos cachorrinhos. Aliás, obrigada por enviar os três mafiosos. Agradeça a Danielle por mim.

— Deixarei que você mesma agradeça. Quando vem para cá?

— Não gosto muito da Sicília, mas precisamos combinar o que faremos daqui para a frente. Pode ser na próxima semana?

— Pode. Danielle quer reunir todas nós. Miyasaka está resistindo. Ela diz que prefere se virar sozinha, controlando a Yakuza. Até trocou o nome. Virou Kireina. E diz que pode nos ajudar, quando for necessário.

— Não me parece seguro reunir todas. Duas, três ou quatro no máximo. Falaremos disso na semana que vem. Beijos, querida.

Parte 8 — O novo mundo

38 — Pegue ou morra

O porto de Manaus não mudou nada. Continua cheirando a peixe em 2029.

Futoshi caminha tranquilamente em direção do abrigo, com folga suficiente para chegar antes do maldito sol aparecer. Mais uma vez a reunião não deu em nada. A ação dos Caçadores de Vampiros continua atrapalhando os negócios. Até os lobisomens estão com dificuldade para entregar as drogas produzidas no oeste do estado.

Se vampiros não se alimentassem de humanos, alguns até poderiam estar passando fome. Desde a extinção das Casas e da morte do mestre Imperador, treze anos antes, não existe emprego para vampiros.

Estava tão absorto nos próprios devaneios que nem viu a estranha figura bloqueando o caminho. Um rapazola, vestido como um praticante de pesca submarina, estava de braços cruzados o encarando a poucos metros. Devia estar bêbado ou drogado, usando óculos escuros às quatro da madrugada.

— O que quer, moleque?

— Vim te dar um recado, senhor Futoshi.

O vampiro estacou, surpreso. Pior do que o moleque saber seu nome era ter sido chamado de "senhor".

— Como sabe meu nome? Quem é você?

— Já disse, tenho um recado. Sou um Agente COAGO, a serviço dos Caçadores de Vampiros.

A coisa ficou séria. Um exterminador. Mas um desse tamanho minúsculo não deve representar muito perigo. A lenda diz que exterminadores não conversam.

— Desembucha, *coágulo*. Que recado é esse?

— Não é coágulo, é COAGO. Sei o que está pensando. Acredite, se quisesse matá-lo, o senhor já estaria morto. Vim oferecer um emprego.

A coisa além de séria está ficando interessante.

— Conseguiu minha atenção, *candiru*. Estou ouvindo.

Pedrinho gostou dessa associação. Candiru é um pequeno peixinho amazônico, muito perigoso. Gosta de entrar no canal urinário das vítimas, e depois que entra, só pode ser removido com cirurgia.

— Seguinte. Sua ficha diz que o senhor é um bom soldado, que já foi um samurai, conhece técnicas de luta e sabe ser leal. O Esquadrão COAGO está contratando gente assim. Oferecemos um bom salário, possibilidade de viajar pelo mundo todo, emprego vitalício e a cura para a sede e para a intolerância ao sol.

— Está abusando da minha paciência, moleque. Não estou aqui para brincadeiras. Quem te deu essa ficha?

— Não estou brincando. Quem me falou do senhor, foi meu namorado, o Kenji.

— Agora chega. Se queria virar isca de piranha, veio ao lugar certo.

Deu um passo ameaçador para a frente, mas o garoto continuou impassível, com os braços cruzados.

— Senhor Futoshi, se não acredita em mim, pergunte ao Kenji. Ele está atrás do senhor, com uma espada na mão.

O rapazola falou com tanta convicção que não parecia blefe. Sem tirar os olhos de Pedrinho, Futoshi usou os sentidos de vampiro para conferir a informação. Com um pouco de concentração eliminou os ruídos ambientais, na maior parte feita por grilos e aves noturnas, para constatar que realmente havia uma respiração muito perto, atrás das costas. Não era blefe. Se virou rapidamente, mas não se atreveu a sair do lugar. A ponta de uma estranha espada estava apontada para o coração, a vinte centímetros, nas mãos de um homem conhecido.

— Ge... Ge... General Noboiushi? O menino o chama de Kenji...

— Ele pode, eu autorizei! Como vai, Futoshi? Quanto tempo faz? Oitenta anos? A última vez que o vi você era um lambe-botas da Katsumí. Que botas está lambendo agora? Da Sophie?

— Eu sempre fui um segurança leal, General. Conheço os princípios dos samurais. Não vejo a Diretora Sophie desde que a casa dela foi atacada.

— Estamos interessados nessa lealdade, samurai. Ouça o garoto. Cuidado, se tentar enganá-lo ele o mata. Eu o treinei e garanto que é um excelente aluno.

Futoshi também foi treinado por Noboiushi e entendeu o recado. Naquela época, o General era considerado o samurai mais violento e mais mortal de todos os vampiros, sendo temido até pelo Imperador. Virou-se para Pedrinho.

— Essa oferta não pode ser gratuita. O que preciso fazer?

— Ótimo que estamos nos entendendo. É verdade, tem uma condição. Só aceitamos duplas.

— O que isso significa?

— Que o senhor deve encontrar uma pessoa que o ama. Homem ou mulher, não importa, desde que seja amor verdadeiro. Essa pessoa deve te oferecer o sangue dela espontaneamente, sem coação. Como um sacrifício para que o senhor possa viver. Deixa-a se transformar. Quando a pessoa acordar, retribua o favor doando um pouco do seu próprio sangue. Depois ligue para o número que vou deixar e viremos buscar os dois, com os contratos para serem assinados. Deve assinar com seu sangue, para que tenha valor.

— Só isso?

— Só. Não tem segredo. A pior parte é achar alguém que ame um vampiro. Consegue fazer isso?

Futoshi estava envolvido com uma prostituta de Manaus, a Clarinha. A jovem desconhecia a natureza dele, pensando que era apenas mais um fazendeiro em dificuldades e aparentava ter um interesse legítimo em ajudá-lo. Mas não queria entregar o ouro ao bandido.

— Não é da sua conta. — E lembrando da presença nas costas — Quero dizer, darei um jeito.

Pedrinho descruzou os braços para entregar um cartão de visitas, com um número de telefone e outro número anotado a mão.

— Quando tiver formado a dupla, ligue nesse telefone. Informe o código numérico para quem atender e passe um endereço onde possamos te encontrar. Vamos te dar seis meses.

— É só isso? Sempre ouvi que Caçadores são exterminadores.

— Nós somos. Mas não no primeiro encontro. Se não responder dentro dos seis meses, nós vamos te achar, e não será para conversar.

— Só mais uma coisa: como sei que está dizendo a verdade?

— Se duvida de mim, pergunte ao Kenji. Pense, qual o interesse dele em deixá-lo vivo?

O vampiro não conseguiu pensar num argumento para contrapor. O General sempre respeitou os códigos samurais de honra e tradição, mesmo quando ainda era um monstro demoníaco.

— Então eu posso ir?

— Claro. Nós não temos problemas com a luz do dia, mas sabemos que o senhor tem.

— O General pode caminhar sob o sol?

— Frequentamos praias bastante ensolaradas. Isso vem com o pacote.

— Terão notícias minhas.

Começou a caminhar lentamente na direção do fim do cais. Quando viu que não estava sendo acompanhado, disparou para longe.

Noboiushi recolheu a lamina e guardou a espada Jedi.

— Você está ficando bom nisso. Pensei que ele fosse resistir mais tempo. Que história foi aquela de assinatura com sangue?

— Vi num filme. Achei massa. Parece legal para impressionar vampiros.

— Você foi convincente. Até eu acreditaria. Atualize a missão.

Pedrinho pegou um telefone celular e acoplou no relógio de pulso, formando uma pequena plataforma. Apertou alguns botões na tela touch, escolhendo o número para a ligação e apertou um botão lateral. Imediatamente uma cabeça holográfica de quinze centímetros se formou sobre a tela.

A cabeça iniciou a conversa.

— Ora, ora, vejam quem continua vivo. Ainda não te colocaram num anzol, *minhoca esquálida*?

— O que está fazendo aí, *baranga*? Vá chamar sua irmã, só falo com as bonitas.

— Ela não atende qualquer um. O plantão hoje é meu, *inútil*. Diga o que quer agora ou cale-se para sempre. Estou surpresa que consiga usar o holophone.

— Esse meu protótipo deve estar com defeito. Sua cabeça está o dobro do tamanho. Ou será assim mesmo, o Diretor Kyu me disse que estava bem calibrado.

— Não desperdice bateria, *estrupício*. Ligou para que?

— Essa bateria de pedra lunar dura oitenta anos no mínimo, *sua xarope*. Registre que a mensagem 8753 foi entregue. Iniciar contagem de 180 dias.

— Precisou de uma semana só para isso? Eu teria feito em três dias. E não é pedra lunar, é moonium, *seu ignorante*.

— E o moonium vem de onde, *espertalóide*? Chega de conversa fiada, estamos voltando para o hotel.

— Beleza. Desligando. Ah, só mais uma coisa. Volta logo. E volte inteiro, tá?

— Que isso? Preocupada comigo?

— Claro que não. Só não quero que se atrase para o vôo para a Tailândia. Cada atraso é um ponto negativo na minha ficha. Sou a organizadora.

— Então já sei que vamos parar na Tanzânia. Conserto tudo assim que chegar aí. Desligo.

Outro toque no botão lateral e a imagem se desfez. Desacoplou os dois aparelhos e guardou o celular. O Professor que assistiu a tudo sem mover nem uma sobrancelha comentou:

— Vocês dois se amam. Porque não admite?

— Que isso, Kenji. Odeio aquela cabeçuda. Estou ligado a você!

— Nossa ligação é diferente. É inquebrável e vitalícia. Imagino que se um de nós morrer o outro morre junto. Nem a morte conseguirá nos separar. Mas isso não significa que precisamos nos isolar dos outros.

— Não estou entendendo. Está querendo dizer que devo ficar com ela?

— Que deve, não. Que pode. Se for isso que o seu coração pede.

— E você aprovaria uma coisa assim?

— Aprovo qualquer coisa que te faça feliz. Marcela não é uma mulher qualquer. Ela é especial. Marília também. Se elas nos aceitam como somos, por que não podemos aceitá-las como elas são?

— Tenho medo, Kenji. Não sei lidar com mulheres.

— Eu sei. E acredito que você deve superar isso. Vou te contar uma coisa. Eu vivi mais de quatrocentos anos em bordéis, com prostitutas e até rapazes. Já te contei isso. Mas só há pouco tempo notei que nunca permiti um relacionamento mais longo. Eu as matava ou abandonava depois de poucos meses. Eu tinha medo e não sabia, Pedrinho. Tinha medo de criar laços, de vê-las envelhecer na minha frente enquanto eu continuava jovem. É um paradoxo. Eu as matava violentamente para não vê-las morrer de velhice. Por quê tinha medo de me envolver.

— E como isso mudou?

— Tive ajuda. No dia em que te conheci. Está tudo bem claro em minhas memórias. Alana me orientou, mas foi Claudius o agente da transformação. Quando apertou minha mão ele devolveu minha honra, que eu procurava desde que virei vampiro. Você é o motivo de eu querer continuar a viver. Está tudo ligado.

— Então ele tem mais poderes?

— Não sei se é outro poder. Vejo Alana como uma ponte que nos leva para um mundo novo. Claudius é a coluna de sustentação dela. Os dois só funcionam se estiverem unidos. Talvez eu seja uma coluna para você. Não sei qual seria a sua função daqui para a frente, ou onde as mulatas entram nessa equação. Vamos ter que descobrir juntos, nós e elas.

— Preciso digerir tudo isso.

— Na Tailândia, se quiser entrar acompanhando Marcela, tudo bem. Não me oponho. Pode até segurar a mão dela, se vocês dois conseguirem. Imagino que ela ficará muito feliz. E a audiência também. Se preferir entrar comigo, tudo bem. Mas isso pode parecer que estamos desafiando alguma coisa, num gesto egoísta. Você decide.

— Segurar na mão dela? Seria declarar a Terceira Guerra Mundial.

— Talvez não. Tenho certeza que ela reservou dois lugares juntos no avião, para você e ela.

Pedrinho suspirou. Os quinhentos anos de experiência do Professor, analisando reações das pessoas, permitiam deduções que raramente falhavam.

39 — O fim da VH

A cidade de Pattaya, na Tailândia, foi escolhida por ser um local neutro, para inaugurar mais uma novidade na administração da Comandante Geral Irina Skopova. Uma novidade que provocava calafrios em vários Comandantes de Base, do mundo todo, convocados para participar da primeira assembleia com presença física, em mais de trezentos anos. Primeira e que podia ser a última.

Um teatro foi alugado para comportar todos os convidados e suas comitivas. Mais de trezentas pessoas, sem contar outra centena de Agentes Coago distribuídos em duplas. Havia ainda mais um enorme grupo de convidados de honra os Lycan Hunters.

Duas horas antes da hora marcada para início do evento, Irina conversava com Alana finalizando os preparativos, sozinhas no quarto de hotel.

— Tem certeza, Irina, de que é isso mesmo que você quer?

— Absoluta, Alana. Minha vida está aqui, mas tenho consciência de que já cumpri meu papel à frente desta organização. Está na hora de injetar sangue novo.

— Por que não deixa que votem como sempre fizeram?

— Esse modelo não funcionou. Perdemos Espério e Alice por culpa dessa política. Está acontecendo de novo.

— Não vão te matar, Irina. Todos os Coagos estão aqui, e todos nós te respeitamos e protegemos.

— Minha vida não é importante. Sempre estive preparada para morrer. Só não quero deixar que Wayne e outros como ele perpetuem nossos erros.

Desde que vazou a informação de que Irina ficou noiva de um capitão da polícia japonesa, o Comandante Bob Wayne iniciou uma campanha para se eleger o novo Comandante Geral. A diferença de Wayne para o antecessor, Blacksword, era a simpatia. Não precisava criar estratagemas ou se aliar aos inimigos para ganhar terreno. Avançava naturalmente, o que despertou a atenção da própria Irina.

— Steve completou o levantamento que você pediu, Irina. Estava certa. Wayne está quebrado, com dívidas até a raiz daqueles poucos cabelos. Mas não achamos nada ilegal até agora. É pura incapacidade administrativa para negócios.

— O estranho é que até agora ele não avançou nos cofres da *VH Consulting and Technology* e continua comandando a base normalmente. Temo que seja por pouco tempo, até que os credores dele aumentem a pressão.

— Já pensou em oferecer uma ajuda financeira? Claudius pode ajudar a achar uma solução legal, no jurídico da LightYear.

— Pensei nisso. Mas seria fortalecê-lo, fazendo parecer que aprovamos as besteiras dele. Quero deixar que seja ele a pedir ajuda, se não conseguir resolver por conta própria. Só não posso deixá-lo comandar toda a VH, sem estar preparado.

— E acha que ela está?

— Sim, só não sabe ainda.

— Ela precisa de mais tempo, Irina. A pressão do Comando Geral é muito forte. Ela não é você. Não entendo essa urgência.

— Alana, vou te contar um segredo. Eu não estava preparada quando perdemos Espério e Alice. Queria me trancar em algum local escuro e chorar até secar. Não pude fazer nada disso. Cora estava quase desmoronando. Eu precisei engolir minhas emoções e parecer forte, para que ela me dessas forças. A pressão despertou alguma coisa em mim, me permitindo chegar até aqui.

— Entendo. Pressão é uma coisa que Kate pode suportar. É uma aula que ela já teve.

— Wayne deu a ideia, quando disse que meu julgamento pode estar comprometido. Se não estou apta para o Comando Geral, vou deixar o caminho para alguém que está.

— Não precisa ser Kate. Alexia também está capacitada.

— Por isso a convidei para o conselho. Ela aceitou. Cora também. Só falta você.

— Seu plano é fazer de Kate a Comandante Geral e de nós quatro as conselheiras dela. Não sou a única que precisa aceitar esse acordo. O que te faz preferir Kate no lugar da Alexia? Trocá-las pode ser um enorme aprendizado para ambas.

— Alexia é excelente, mas só conhece o nosso lado. Kate ficou cinco anos vivendo com os LH depois da morte do pai. Ela diz que foi treinada pelos melhores. Sabe atirar, cavalgar, sobreviver em qualquer ambiente e foi treinada em artes marciais. O Superintendente Eagles fez um excelente trabalho. Os outros cinco anos estudando em Tel Aviv foram apenas aperfeiçoamento. Ela conhece as duas Organizações e circula perfeitamente em qualquer uma. Trabalha com Joan nos últimos sete anos. A ficha dela como agente é perfeita. Nem preciso falar do relacionamento dela com os Coagos.

— Essa parte eu posso atestar. Me chama de madrinha até hoje. Pedrinho brinca com ela como se fossem companheiros de escola primaria. Mas não assumiu nenhum comando ainda. Não pode ser eleita.

— Revoguei esse protocolo assim que assumi no lugar de Espério. Eu estava traumatizada por ver todos vocês dependendo de mim, antes de ser eleita. Qualquer agente pode ser o Comandante Geral, desde que tenha a aprovação dos demais comandantes, sinalizada pela maioria dos votos.

— Não sabia desse.

— Esperava que nunca fosse necessário.

— Foi por isso que convidou tantos LH? Para apoiarem Kate?

— Eu esperava que o próprio Superintendente viesse. Kate fala muito bem dele. Eagles se isolou depois que perdeu os filhos na Floresta Amazônica. Criou um Conselho para gerenciar as minas de prata da família e os Hunters. Esse conselho que quero criar é cópia da ideia dele. Soube que ele se aposentou da Polícia Montada, deixando o posto para um outro Superintendente misterioso, que eles chamam de Senhor M.

— Não conheci Michael, mas Susan era muito boa. Tenho saudades dela. Jamais deveria ter deixado ela seguir Sophie sozinha. Apolônio não merecia nenhum sacrifício, muito menos de alguém como ela.

— Entendo você. Michael me apoiou demais quando perdemos Kuato. Mais até do que Hiroshi. Não consegui falar com o Eagles pai pessoalmente, mas deixei claro para o Conselho dos Hunters que pretendia lançar Kate como candidata a minha sucessão. Nem assim ele apareceu. Mandou um representante, Koshiro, vindo do Japão junto com Hiroshi. Chegaram ontem à noite. Os agentes vieram antes, de todas as partes do mundo.

Na época em que a Base Japão foi atacada, o Capitão Hiroshi Katsuo era apenas um delegado, encarregado de investigar os estranhos corpos resultantes da batalha. Tinha sido apresentado a Irina dias antes, por Kuato, um dos corpos. Descobriu que sentia alguma coisa a mais por Irina quando se viu com ciúmes do canadense. Sofreu demais quando ela partiu intempestivamente para Paris. Voltaram a se encontrar quando ela voltou a Tóquio, já como Comandante Geral, para reconstruir a Base. Não a perdeu de vista depois disso.

— Precisamos ir para o teatro. Vamos fazer assim: se Kate aceitar o Comando, eu aceito fazer parte do conselho. Darei um jeito de arranjar tempo. Mas tem uma condição: a decisão tem que ser dela. E ela não me pareceu muito animada, quando jantamos ontem.

— Eu não esperava nada diferente de você. Só tenho um último pedido, antes de entregar a coroa.

— Diga. Não faça cerimonia.

— Quero que você anuncie o fim da VH!

40 — Mudança final

O burburinho no teatro antecipava uma cerimônia tensa, como se fosse uma entrega do Oscar. Apenas o glamour não era o mesmo. Todos os presentes usavam roupas comuns, do dia a dia, graças ao treino exaustivo para não chamar a atenção. O evento não era comemorativo. Todos sabiam que seria uma eleição para definir, talvez, a pessoa mais poderosa do planeta, sem que a população em geral sequer soubesse que essa pessoa existe.

Bob Wayne circulava à vontade entre os comandantes, apertando mãos, dando tapinhas nas costas, sorrindo muito e contando piadas. Até o momento era candidato único ao cargo maior, antecipando uma vitória fácil.

As vozes se calaram quando a pequena ruivinha subiu ao palco e foi até o microfone. Irina se vestia com calças jeans e um casaquinho curto, como se fosse uma estudante universitária. Quem não a conhecesse jamais diria que era a presidente de uma poderosa multinacional. A mulher simples, responsável pela aniquilação de algumas centenas de vampiros, odiada pelos inimigos e reverenciada por todos os subalternos. Um exemplo vivo de que poder não significa ostentação.

Em compensação, Wayne era o oposto. Alto e musculoso, vestido com um terno azul escuro, com colete e o largo chapéu texano. Usava algumas correntes de ouro no pescoço e outros pingentes pendurados no colete, provocando barulho ao se aproximar. Botas com saltos e uma bengala comprida completavam o quadro. Tentava contagiar todos com o sorriso.

A previsão era terminar tudo em aproximadamente uma hora. Um painel eletrônico montado no fundo do palco continha os nomes de todos os comandantes, para fazer a contagem dos votos. Irina iniciou o discurso agradecendo a presença de todos, incluindo os Coagos e os Hunters.

Quando terminou a fase protocolar dos cumprimentos, foi interrompida pela voz forte do Wayne.

— Também agradecemos por seu trabalho exemplar por todos estes anos, Comandante Irina. Podemos iniciar a votação?

— Compreendo sua ansiedade, Comandante Wayne. Peço que aguarde apenas mais uns poucos minutos. — E voltando-se novamente para a plateia — Não farei um balanço da minha gestão nestes dezenove anos, pois considero isso desnecessário. Todos vocês sabem o que fiz. Mas tem algumas coisas que precisam ser ditas.

A tensão no ambiente cresceu.

— Todos sabem que nossa Organização está baseada em protocolos, as nossas leis internas, desde a Idade Média. Um Comandante Geral tem a responsabilidade de criar ou revogar protocolos, desde que sejam para o bem da Organização e está sujeito a cumpri-los, como qualquer outro membro. Na época em que fui eleita, um protocolo se mostrou ineficaz, e eu o revoguei logo que tomei posse. Dizia que só um comandante de base era elegível para ser Comandante Geral. Desde que foi revogado, qualquer agente tem o direito de se candidatar.

Wayne parou de sorrir, atento.

— Mas tem outro protocolo muito mais antigo que continua em vigor. Diz que uma eleição para o Comando Geral deve ter, pelo menos, dois candidatos.

— Nesse caso, sua eleição foi irregular. Eu estava lá. — Wayne agora estava muito sério.

— Não, Comandante. O senhor foi eleito no mesmo dia que eu, e é natural que desconheça todos os protocolos. Aliás, já lhe agradeci por ter votado em mim. O candidato na época era seu antecessor, o Comandante Blacksword. O segundo seria indicado por Espério, que foi assassinado antes de manifestar a vontade. As pessoas mais próximas acreditam que eu seria a indicada e me lançaram na disputa.

— Blacksword também foi assassinado. Você virou candidata única.

— Não, de novo. O protocolo diz que o Comandante Geral indica um candidato, se não houverem dois. O candidato natural na época, depois de mim, era o Comandante Sloan, que já estava ocupando o cargo interinamente. Ele podia ter indicado a si próprio e provavelmente teria me vencido. Mas preferiu abdicar, alegando estar emocionalmente comprometido com a esposa e filha. Houve dois candidatos, o que tornou a eleição legítima. Não houve golpe.

Wayne começou a perder as estribeiras.

— Sloan está morto. Você está expondo coisas que não podem ser confirmadas pelos envolvidos. Está sim, parecendo um golpe.

— Comandante, se Espério, Blacksword e Sloan estivessem vivos, não estaríamos aqui tendo esta conversa. Estou falando de fatos, todos devidamente registrados nos arquivos da VH e dentro dos protocolos vigentes. Assim como é fato que eu tenho obrigação de seguir todos os protocolos, que eu e meus antecessores criaram.

O texano estava vermelho, mas não retrucou.

— Como o senhor é candidato único, invoco minha responsabilidade como Comandante Geral, perante nossas leis, para indicar quem desejo que me suceda. Se minha eleição tirou o poder das mãos de alguém melhor preparado, quero corrigir o erro: indico a filha do Comandante Sloan, a Agente Kate Sloan.

Kate estava sentada na primeira fila, ao lado da mãe, Joan. Ela olhou diretamente para os olhos de Irina, falando baixinho.

— Não faça isso comigo!

Wayne não deu tempo para que a surpresa fosse assimilada. Voltou à carga.

— Isso é ridículo. Ela é apenas uma menina, sem nenhuma experiência de comando. Foi fabricada pelo Coagos e pelos Hunters. Não conhece nossas tradições.

Todas as expressões se fecharam. Joan se levantou visivelmente irritada.

— Minha filha conhece os Caçadores melhor do que o senhor, Comandante. Posso atestar isso pessoalmente.

Kate se levantou tentando acalmar a mãe, ficando entre ela e o homem irritado.

O texano continuava falando, gesticulando como se fosse um ator na frente das câmeras.

— Conhecer a história não significa que esteja preparada para comandar. Não aceito esse golpe.

Num desses gestos midiáticos ele esticou o braço com a bengala, na direção de Kate.

A ponta da bengala se soltou e caiu, revelando conter uma espada oculta. Parecia ser um gesto acidental, mas provocou uma reação imediata.

Quatro Coagos se materializaram entre Kate e o texano, apontando as Jedi na direção do peito do homem. Pedrinho, o Professor e as duas mulatas estavam sérios como a morte, exibindo as expressões que provocavam calafrios até em vampiros. Algumas filas mais atrás, pelo menos oito pistolas com balas de prata foram destravadas, todas apontando para a cabeça do assustado Wayne.

Nada foi premeditado, mas o recado estava claro. Ninguém ameaça Kate.

Wayne não precisou responder. Foi salvo por outra presença inesperada.

Alana apareceu ao lado de Irina, como se o ar tomasse forma material. A voz dela foi ouvida no sistema de som, calma e incisiva.

— Coagos, debandar!

As quatro Jedi foram recolhidas, enquanto as duas duplas retornavam lentamente ais lugares que ocupavam antes. As expressões não mudaram. Shokiro, se levantou para dizer uma única palavra, em voz alta.

— Hunters!

As pistolas desapareceram tão rápido como quando surgiram.

O homem se abaixou para pegar a ponta oca da bengala, a rosqueando de volta, com mãos tremulas. Levantou o rosto ao ouvir seu nome sendo mencionado no microfone.

— O Comandante Wayne está certo. Eu represento os Coagos. Fomos contratados por Espério, como uma equipe independente sob o comando dele. Foi em honra dele que aceitamos trabalhar sob as ordens de Irina. Todos estes anos defendemos e ajudamos os Caçadores, muitas vezes salvando suas vidas. Mas estas vidas pertencem a vocês, não a nós. Não temos o direito de interferir. Assim que terminar o mandato de Irina, nosso contrato estará terminado. A partir desta tarde estaremos fora da VH.

A comoção foi geral. Muitas agentes caíram no choro. Quase todos os presentes, incluindo os mais jovens, tinham participado ou ouvido um relato de escapar com vida graças a intervenção dos super soldados.

Antes que Wayne abrisse a boca, Kate se manifestou.

— Madrinha, é por minha causa, né?

— Não, Kate. Essa é uma decisão comercial e estratégica. Não tem nada pessoal. Você sempre será nossa pequena Kate e vamos te proteger e defender enquanto existirmos.

— Mas isso é um golpe mortal contra a VH. Não tem como os Caçadores continuarem existindo sem o apoio dos Coagos ou dos Hunters. O mundo mudou, tem as Noivas, os Lobisomens, o crime organizado.

— Sim, tem. Sempre existiram. Como os Caçadores, que existem há séculos e continuarão a existir, com ou sem a nossa presença.

— Se eu aceitar esse comando, você renova esse contrato?

— Depende das bases comerciais. Wayne diz que você não entende disso. Mesmo que entendesse, não podemos te forçar a nada.

— Você acabou de dizer. A vida é minha e sou eu quem decido o que fazer com ela. Comandante Irina, declaro a todos os presentes que sou candidata ao cargo de Comandante Geral, com uma condição: meu primeiro ato, se eleita, será rever os contratos com os Coagos e com os Hunters.

Se tem uma coisa que Irina sempre soube, foi que é nos momentos de crise que os verdadeiros líderes se apresentam.

— Alana, lamento informar, mas sua rescisão de contrato deve ser negociada com quem me suceder, seja Wayne ou Kate. Devo informar a todos que, independente de quem seja meu sucessor, publiquei meu último protocolo na semana passada. Para evitar favoritismos, a partir de hoje o Comando Geral será assessorado por um Conselho Administrativo. Eu farei parte do primeiro, nomeando meus pares, e futuramente os membros serão eleitos por votação, quando algum decidir sair. Alguma dúvida, Comandantes?

Ninguém se manifestou.

Kate venceu a eleição com 86% dos votos.

Epílogo

Dois Big Macs acompanhados por dois enormes copos de chocolate deviam ser suficientes. O problema era carregá-los, junto da bolsa e dos óculos muito sensíveis para serem colocados dentro de qualquer coisa. A melhor solução era usá-los.

Alana parou ao lado de uma lixeira pretendendo usá-la como apoio, dentro do saguão do enorme Aeroporto John Fitzgerald Kennedy, a meio caminho entre a praça de alimentação e o setor de voos executivos, para ajeitar os objetos que carregava. Colocou os óculos, achou uma posição confortável para a bolsa e se preparava para pegar as sacolas com os lanches quando se virou e duas figuras coloridas foram capturadas pelos óculos especiais.

Em um canto na saída da praça, uma das figuras permaneceu sentada, enquanto a outra se levantou e seguiu na direção das lanchonetes. Alana não resistiu. Com o coração acelerado, pegou os lanches e se dirigiu até a mesa da figura sentada, seguindo em linha reta. Tentou aparentar calma, ao cumprimentar:

— Como vai, Susan?

A reação foi de espanto, quando Susan Eagles a reconheceu.

— Alana, não esperava te encontrar. O destino nos prega peças mesmo. Sente-se, por favor, se dispuser de algum tempo.

— Obrigada. Claudius pode esperar pelo lanche. Imagino que temos alguns assuntos a conversar.

— Não está com raiva de mim, pelo meu desaparecimento?

— Não, você teve seus motivos. Posso ver que não envelheceu nem um minuto, desde a última vez, há dezessete anos.

— Havia me esquecido dessa sua sagacidade. Então já sabe o que aconteceu.

— Por que não nos procurou?

— Foi tudo muito inesperado. Vou te contar tudo. É rápido. Fui capturada logo que entrei na floresta. Sophie e o lobisomem, o piloto do avião dela estavam à minha espera. Me obrigaram a acompanhá-los a noite toda, até uma tapera indígena abandonada, onde ela precisou se ocultar do sol. Ela me interrogou sobre como poderia se tornar imune ao sol. Queria o seu segredo. Contei a verdade, mas ela não acreditou.

Havia um copo de agua na frente de Susan. Ela tomou um gole e continuou.

— O lobisomem estava incomodado com a minha presença. Queria me devorar e continuar o caminho. Discutiram muito. Ela o matou logo que iniciou a transformação. Ficamos sozinhas por mais três dias e três noites. Ela estava esperando pela ajuda que havia solicitado quando saiu de Jundiaí.

— O grupo que atacou o aeroporto.

— Sim, comandado por Maria. Todo o tempo que ficamos sozinhas, ela me torturava psicologicamente, dizendo que me transformaria em vampira para obter a verdade. Me provocava de todas as maneiras.

— Mas não era tortura.

— Você pega rápido. Não fui atrás dela por causa de Apolônio. Eu já estava capturada antes de sair de São Paulo.

— Posso imaginar o que veio em seguida.

— Na terceira noite ela entendeu que Maria não chegaria. Se desesperou. Pensou que me transformando nós duas teríamos uma chance de sair daquela floresta. Ela conta que eu morri sorrindo. O dia seguinte foi apavorante, ela ficou completamente abandonada, enquanto meu corpo se transformava. Cada pio de ave provocava uma sensação estranha, de solidão. Sentia minha falta desesperadamente.

— Então você acordou.

— E ela me alimentou com o próprio sangue. Ficamos quase o dia todo, uma curtindo a existência da outra. Partimos á noite, mas fomos em frente, pois não sabíamos quem estava nos seguindo. Foi uma semana maravilhosa, correndo pela floresta, tomando banho em quedas d'água, nos alimentando de frutas e raízes. Eu ensinei tudo o que sabia de sobrevivência na mata. Você não imagina a reação dela quando descobrimos uma clareira e eu a convenci a experimentar o sol. Rolamos na grama como crianças, completamente nuas, até o sol se por.

— Eu imagino. Não precisa entrar em detalhes.

— Depois daquela semana, encontramos uma patrulha enviada por meu pai, perto de Boa Vista. Estávamos de partida, quando o rádio anunciou. Outra patrulha encontrou meu irmão, acompanhado por uma mulher.

— Maria.

— Ele a havia capturado, confundindo com Sophie, querendo informações a meu respeito. Foi por isso que ela nunca chegou. A equipe dele havia pego os vampiros, mas foi dizimada por lobisomens. Os dois fugiram para a floresta fechada. Depois de alguns dias ele a libertou, mas continuaram dependendo um do outro. Quando foi mordido por uma cobra, ela o transformou para salvá-lo. Maria diz que foi a magia da floresta que os uniu.

— Pode ter um fundo de verdade nisso.

— Voltamos os quatro para o Canadá, para procurar um jeito de continuar nossas vidas. Nos casamos um ano depois, eu com Sophie, Michael com Maria.

— Se pai aceitou bem essa mudança?

— No início, não. Ficou chocado. Mas depois que nos viu treinando, usando nossos novos superpoderes, e principalmente quando viu o carinho com que nossas companheiras nos tratam, ele mudou de ideia. Agora diz que ganhou mais duas filhas.

— Soube que ele se aposentou.

— Mais ou menos. Ele passou o cargo de Intendente para Michael, mas continua no comando através do conselho. Foi a forma que encontrou para esconder nós quatro.

— Michael é o Senhor M?

— Sim. Por falar nisso, acho que já posso te contar. Shokiro é um dos membros do nosso conselho. Ele fez um relatório completo do que aconteceu lá na Tailândia. Michael vai a Genebra essa semana, cumprimentar Kate pessoalmente. A eleição dela veio de encontro a um antigo desejo nosso.

— Não entendi.

— Quando Kate perdeu o pai e veio passar uma temporada conosco, meu pai praticamente a adotou, como se estivesse substituindo a neta que eu ou Michael não podemos dar. Ela se tornou uma de nós, da família. Fui eu quem a ensinou a atirar, Sophie ensinou artes marciais, meu pai e Michael ensinaram nossos valores.

— A malandrinha nunca nos contou nada disso. Soube guardar segredo.

— Essa parte foi Maria quem ensinou. Acreditamos que ela tem condições de comandar os dois grupos, Caçadores de Vampiros e Lycan Hunters. É o que Michael vai propor, a unificação dos caçadores.

— Kate vai gostar disso. Ela já superou o choque inicial da responsabilidade.

— Mas tem uma condição. Seu conselho deve aceitar mais uma pessoa.

— Vamos ver se adivinho. Você!

— Não tem como te esconder nada, né? Acha que isso pode constranger alguém?

— De forma nenhuma. Seja bem-vinda ao mundo dos vivos. E ao grupo das mulheres mais poderosas do planeta. Será um prazer trabalhar com você novamente.

— O prazer é todo meu, Alana. Nada disso seria possível sem você. Os novos Hunters, a VH, as parcerias, nossa existência. Até os lupinos e os vampiros mudaram. Todo esse mundo novo gira em torno de você.

— Já me disseram isso, mas não concordo. Irina encontrou um documento de Espério, dizendo que ele me considerava a primeira de uma nova espécie que mudaria o mundo. Deve ser uma das poucas coisas em que ele se enganou. O mérito de criar o novo mundo de Alana é do Claudius. Se ele não tivesse se apaixonado por uma vampira, com tanto amor, não estaríamos aqui agora. Por falar nele, deve estar azul de fome. Está acompanhando o reabastecimento do nosso avião, antes de irmos a São Paulo.

— Vocês não estão sediados em Paris?

— Ainda temos muita coisa no Brasil.

— Chame-o. Sophie foi buscar lanches para nós. Vamos brindar esse reencontro com hambúrgueres. Ela é louca para conhecer você. Por falar nisso, como nos encontrou?

— Estes óculos especiais. Foram ajustados para reconhecer humanos, vampiros, lobisomens e híbridos como nós. Posso ver Sophie tentando se ocultar atrás de uma coluna. Está esperando que você vá buscá-la. Não se preocupem, vou dar baixa nos arquivos-X onde seus nomes aparecem.

— Aquela vampira dos seus arquivos morreu na Floresta.

— Isso reduz as Onze Noivas para cinco ativas. Nunca imaginei que uma delas viria para o nosso lado. Espero que Sophie consiga trazer mais alguma. Vá lá. Me apresente sua esposa.

Alana Ghosten e as Viúvas do Vampiro

Sobre o Autor

Clovis Nicacio usa a experiência adquirida em noites mal dormidas, com patrões chupando sangue, de quando era Analista de Sistemas, para criar cenários, personagens e situações possíveis, dentro do mundo ficcional.

Além de vampiras, também escreve sobre viagens espaciais, planetas habitados por estranhas criaturas, preconceito, ação, romances inusitados e todo tipo de situação. Algumas personagens fogem do universo onde foram criadas para ganhar vida autônoma em publicações próprias. É autodidata e um eterno pesquisador, sempre aprimorando as técnicas de escrita aplicadas em todas as criações.

Alana Ghosten e as Viúvas do Vampiro

Sobre a Casa do Escritor

A Casa do Escritor é uma consultoria de autopublicação independente que presta serviços e auxilia escritores no processo de publicação e divulgação de seus livros. Se você tem interesse em publicar e lançar um livro, envie um e-mail para eldes@lanceumlivro.com com o assunto CASA DO ESCRITOR.

Conheça os livros publicados em casadoescritor.com.br

Alana Ghosten e as Viúvas do Vampiro

www.ingramcontent.com/pod-product-compliance
Lightning Source LLC
Chambersburg PA
CBHW031325170626
46807CB00002B/584